간절히 원하는 욕망을
현실로 바꾸는 글쓰기

책 잘 쓰는 법

1 이 책은 자기계발서가 아니라 실용서다. 당연한 말이지만 당신이 이미 이야기를 품고 태어난 작가이다. 저자가 되기 위해서 필요한 현실적인 조언과 팁을 담은 것이다.

2 누군가에게 지식을 전해주는 사람을 위한 책이다. 기존 책쓰기 책들은 어떻게(How) 써야 하는가만 이야기했지 누구(Who)에 대해서 무관심했다. 이제 누구를 위해서 책을 쓰는지 고민해야 하는 시기다.

3 쓰는 삶은 쓰임새가 있다. 쓰지 않는 삶은 반복되는 챗바퀴와 같다. 지나갔는데 남은 것이 없다면 쓰지 않았기 때문이다. 쓰는 삶은 스스로 쓰일 곳은 찾는 과정이다.

4 이 책은 책을 처음 쓰는 왕초보에서부터 책 쓰기를 가르치는 교사이든 상관없이 책쓰기를 통해서 성장하기를 바라는 이들을 위해 썼다. 필자의 20년동안 얻게 된 책 쓰기 노하우가 여기 다 공개되어 있다. 이 책을 순서대로 꼼꼼하게 따라하기만 하면 자신도 모르게 컴퓨터를 켜고 손으로 노트에 쓰고 있는 자신을 발견하게 될 것이다.

5 저런 책은 나도 쓸 수 있겠다고 해서 글로 쓸 필요는 없다. 정말 내가 아끼는 독자에게 무엇인가를 전하고 싶은 것이 솟구칠 때 써야 한다. 쓸거리가 없는데 책을 쓰는 것은 멍청한 짓이다. 내가 직접 경험한 노하우가 넘칠 때 책을 써도 늦지 않는다.

6 자기와의 대화에서 솔직해져야 글이 살아 있게 된다. 자기기만에서 벗어나야 글이 다른 이에게 진정성 있게 다가갈 수 있다. 자기를 어떻게 바라보느냐가 글에 묻어난다. 자기의 가면을 벗어내는 것이 좋은 글을 쓸 수 있는 첫걸음이다.

7 마지막으로 '책을 쓰는 궁극적 목적이 무엇인가'가 정해지지 않으면 책을 쓰지 마라. 먼저 책을 쓰지 말고 메모를 하고, '메모 서랍'에 차곡차곡 쌓아두자. 가끔 서랍에서 메모를 꺼내서 칼럼을 써놓자. 그리고 칼럼이 50개 이상이 모이면 책으로 묶자.

성장판이 닫기 전에 책을 써라

책쓰기 강좌가 여기저기서 열리고 있다. 저자는 물론, 출판사 편집자들도, 심지어 출판사 대표까지 '책쓰기를 권하는 사회'가 되었다. 출판시장이 어려우면 좋은 책을 만들면 되는데, '책 같지도 않은 책'을 양산하면서 부끄럽지 않은지 모르겠다. 책 하나 써서 명성을 쌓으려고 한다면 지나친 처사다. 차라리 방송이나 유튜브에 나가는 게 좋을지도 모른다. 책쓰기 강좌가 이름을 알리려고 이것저것 정보만 붙여서 내는 데이터북(Data-Book)을 책이라고 하니 이런 세태가 안타깝다.

"윤코치님! 어떻게 책을 쓰세요?"
필자는 2000년 초창기 때부터 20년간 전문코치로서 여러 일을 해왔다. 늦은 나이에 문학박사를 받고 비즈니스 글쓰기에 대해서 고민하는 사람들을 가르치는 코치로 활동하다 보니 이런 질문을 많이 받게 된다. 그리고 보니 직장인 중에 기획서부터 보고서, 이메일 작성법, 칼럼쓰기, 논문쓰기, 책쓰기 등을 못 하는 분들의 공통된 특징이 바로 '책쓰기 방법을 모르고 있다'는 것임을 알게 되었다.
이후로 《기획서 마스터》, 《보고서 마스터》에 이어 세 번째로 《책쓰기 마스터》 시리즈를 내게 되었다. 클래스101에서 《노션으로 책쓰기 마스터 클래스》을 오픈하면서 책의 요청이 있어서 이번 기회에 묶게 되었다.

구체적으로는 ㈜한국강사협회에서 '책쓰기 마스터 클래스 10주 과정'을 진행하면서 그 내용을 정리하게 된 것이다.

노션으로 통합해서 책쓰기 좋은 환경으로 최적화하라!

요즘은 '책을 읽는 사람'보다 '책을 쓰는 사람'이 많다는 농담이 통하는 세상이다. 누구나 자신이 경험한 이야기를 책으로 낼 수 있다. 자신이 취업한 이야기로 책을 낸 직장인, 아이를 키운 경험으로 책을 낸 주부, 마케팅 책을 낸 블로거, 생각하는 방법으로 책을 낸 청년, 어학 연수 경험으로 책을 낸 대학원생, 군대 갔다온 대학생도 책을 낸다. 자신의 분야에 대해 잘 알고 있는 하나에 대한 내용을 출판하게 됨으로써 인생의 새로운 기회들을 마주할 수 있다.

그렇다고 단순한 이야기가 책이 되지 않는다. SNS로 정보들이 널려있고, 인터넷으로 검색되는 시대이다. 그래서 다른 사람들이 필요한데, 잘 알려지지 않는 내용이 좋다. 이제 워드나 한글에서 벗어나 노션으로 통합해서 책을 쓴다면 점점 최적화해서 쓸 수 있다.

누구나 '잘 하고 싶은 것'과 '잘 하는 것'의 차이는 있기 마련이다. '쓰고 싶은 것'과 '쓸 수 있는 것' 사이에서 치열하게 살펴보자. 각자 자신의 성장판은 어디에 있는지 스스로 깨닫자. 육체 성장에는 무릎 부위가 65%로 가장 많이 자라도록 도와준다. 스스로 생각의 크기를 성장시키게 돕는 것이 책쓰기다. 대략적인 목차를 잡고, A4용지로 2장씩 꾸준히 50편만 글을 써라. 그 글을 묶으면 책이 된다. 한 번에 한꺼번에 책을 쓰려 하지 말고 천천히 칼럼 한 편씩 쓰자. 필자 역시 꾸준히 2년간 연재했던 칼럼을 보고 출판사에서 연락이 와서 책을 내고 퍼스널 브랜드 상승효과를 보았다.

성장판 닫히기 전에 책을 써라!

'저는 전문가가 되어서 나중에 책을 내려고요'

필자가 책쓰기 강의를 하면 이렇게 이야기하는 분이 있다. 하지만 그가 진짜 전문가가 되어서 책을 낼 수 있을까 의심스럽다. 왜냐하면 경험이 쌓이더라도 글을 써야지 지식과 지혜가 축적되기 때문이다. 경험과 학습을 기반으로 누구를 가르치기 위해 더 노력할 때 성장한다. 마찬가지로 누군가를 위해 글을 쓸 때 '성장판(Growth Plate)'이 열린다. 성장판이 열릴 때가 바로 성장할 수 있는 기회다. 육체적이든 정신적이든 성장판이 열릴 때 해야 한다. 성장할 때를 놓치면 후회를 하게 된다.

어제와 다른 오늘을 살기 위해 눈을 비비며 아침에 일어난다. 그때 잠이 덜 깼을 때 '모닝 페이지(Morning page)'에 글을 써야 한다. 오전이 지나고 오후에 쓴다면 그것은 모닝 페이지가 아니다. 알고 있는 것도 정리해두어야 축적된다. 경험이 많으면 숙련공일뿐, 결국 지식을 축척하지 않으면 프로페셔널(Professional)이 되기 어렵다. 가장 큰 학습이 바로 책 쓰기다. '구슬이 서 말이라도 꿰어야 보배'라 할 수 있듯이 글을 잘 쓰더라도 하나의 책을 묶이지 않으면 성장의 매듭을 놓쳤기 때문에 소용없다.

인생을 되돌아보면 성장에는 다 때가 있다. 곧 자신의 성장판은 닫힌다. 그러면 어떻게 성장했는지 금방 까먹는다. 올챙이적 기억은 잘 나지 않는다. 이미 개구리가 되었기 때문이다. 글을 쓰고 싶거든 올챙이에서 개구리가 될 때, 애벌레에서 나비가 될 때, 그 성장판이 열렸을 때 생생하게 기록해두자. 내가 어떻게 성장했는지 과정을 들여다볼 때 자신의 그림자를 되돌아보면서 실수가 적어지고 자기 안목이 커진다. 경험의 감각이 생생할 때 펜을 들자. 손으로 적으면서 자신에 대한 효능감도 생기고 필력이 느는 것을 확인할 수 있다.

20권을 쓰면서 터득한 20년의 지혜

당신은 이 책을 지금 왜 읽고 있는가? 시중에 나와 있는 책쓰기 책에서 실망했기에 당신은 이 책을 펼치게 된 것이다. 기존 책쓰기 책들은 시크릿 같은 동기 부여 위주 내용이 많았다. 출판기획자, 편집자, 저자 등 다양한 사람들의 책이 있으나 실질적으로 책을 쓰는 데 별로 도움이 되지 않았다. 그 이유는 실용주의자 입장에서 살펴보면 현실과 괴리된 책들이 많았다. 아직도 우주의 기운으로 책을 쓰는 사람들이 있다니 말이다. 책을 쓰는 데 무슨 비법이랄 게 있을까 싶겠지만, 이 책을 읽다 보면 그런 생각이 바뀌게 될 것이다. 이 책은 20년간 20권 책을 쓰면서 느낀 지혜와 실제 여러 예비작가를 가르치면서 느꼈던 검증된 이야기를 모았다.

훌륭한 저자들은 역시 같은 책을 쓰더라도 남다른 비법이 있었다. 이 책에서 인터뷰를 한 저자들은 자기다움이 있었다. 어떤 저자는 브런치에 글을 연재하면서 서랍에 차곡차곡 모아서 나중에 발행하면서 반응이 좋은 것을 책으로 묶는다고 한다. 엑셀에 정리해서 목차를 만든 사람들도 있고, 먼저 노션을 통해서 통합관리하는 사람들도 있으며, 블로그에 올리면서 책을 쓴 사람들도 있다. 종이노트에다 먼저 육필로 정리한 사람도 있고, 핸드폰 메모를 먼저 한 후 나중에 컴퓨터로 정리하는 사람도 나름의 비법들이 있었다. 저자들의 이야기 중에서도 스스로 책을 냈던 경험에서 나오는 지혜를 엄선해서 실었다. 제대로 책쓰기를 배우고 싶었지만, 어떻게 시작해야 할지 몰라 헤매고 있다면 《책 잘 쓰는 법》이 여러분을 새로운 저자의 세계로 안내할 것이다.

책을 쓰는 것은 자신의 길을 내는 것이다. 저자는 책을 써서 세상의 쓰임새를 찾는다. 인생에서 기회는 많이 오지 않는다. 이 책이 '마지막 책(last book)'이라고 생각하고 혼신의 힘을 다해서 써라. '이것은 책에 담기 아까울 정도의 콘텐츠다' 싶은 내용을 책에 담을수록 독자는 따라온다.

남이 떠다 주는 정보만 받는 데 익숙해지면 결국 자신의 안목을 가지기 어렵다. 리더란 스스로 정보를 분석하고 구성원들을 위해서 그 정보를 지식으로 생산해내는 사람이다. 글을 쓴다고 모두 리더가 되는 것은 아니지만, 스스로 킬러콘텐츠를 발굴하는 사람이 결국 리더가 된다. 당신이 자신의 이름이 들어간 책을 쓰고 세상을 이끄는 리더로 탄생하기를 응원한다.

이 책을 쓸 수 있도록 지지해주었던 많은 분들의 얼굴들이 스쳐지나간다. 클래스101 강의를 끝까지 마무리할 수 있도록 도와주셨던 관계자부터 책쓰기 강의를 맡겨주셨던 교육담당자들, 책쓰기 마스터 클래스를 들으셨던 사단법인 한국강사협회 회장님과 회원님들, 커리어코치협회 회장님과 임원님들, 진성아카데미에서 함께 해주신 스승님들과 도반님들, 글을 가르쳐주신 스승님들께 감사드립니다.

이 책은 단 한 사람에게 바치고 싶다. 그리고 단 한 사람을 위해서 썼다. 20년 동안 뒷바라지해주었던 아내에게 이 책을 헌사한다. 아내가 없었더라면 이 책은 나오지 못했을 것이다. 그저 부족한 남편을 챙겨준 아내의 감사함을 소중하게 마음에 담아 전한다.

- 윤영돈 코치

📖 노션으로 끝내는 책쓰기 마스터

1	2	3	4	5
Target	**Timing**	**Title**	**Index**	**Infomation**
1. 타겟 설정	2. 타이밍 잡기	3. 타이틀 잡기	4. 목차 짜기	5.정보 수집

10	9	8	7	6
Selling	**Contact**	**Rewriting**	**Sentence**	**Memo**
10. 도서 판매	9. 출판 연락	8. 퇴고 쓰기	7.문장 쓰기	6. 메모 정리

| 목차 |

이 책을 읽기 전에 일러두기 _2

prologue / 성장판이 닫기 전에 책을 써라 _4

제1강   Target : 누가 읽을 것인가?

- -

책쓰기 Rule 01| 오직 한 사람을 위해서 쓴다 _19

책쓰기 Rule 02| 내 책의 포지셔닝맵을 그리기 _30

책쓰기 Rule 03| 내가 쓰고 싶은 단 하나의 키워드는 무엇인가? _40

고수 인터뷰 01   초지일관으로 타깃을 잡기 – 오세진 작가 _52

제2강   Timing : 언제 나와야 하는가?

- -

책쓰기 Rule 04| 마감일을 잘 지키는 집필 계획 정하기 _59

책쓰기 Rule 05| 책을 쓰는데 미루지 않기 _65

책쓰기 Rule 06| 써야 쓰임새가 생긴다 _74

고수 인터뷰 02   마감일을 지키는 집필 계획 – 김유진 편집자 _84

제3강   Title : 제목은 무엇인가?

- -

책쓰기 Rule 07| 10가지 책 제목을 정하기 _91

책쓰기 Rule 08| 책 제목은 저자의 얼굴이다 _98

고수 인터뷰 03   맛깔스러운 책 제목을 결정하기 – 김성회 박사 _104

제4강　Index : 목차는 어떻게 구성하는가?

책쓰기 Rule 09ㅣ 목차를 선정하는 2가지 방법 _109
책쓰기 Rule 10ㅣ 목차는 뼈대를 만드는 것 _114
고수 인터뷰 04　무너지지 않는 논리적 목차 짜기 – 박종하 박사 _119

제5강　Infomation : 정보는 어디에 있는가?

책쓰기 Rule 11ㅣ 살아 있는 정보를 스크랩하기 _125
책쓰기 Rule 12ㅣ 인풋이 있어야 아웃풋이 있다 _129
고수 인터뷰 05　책을 읽고 비책을 찾기 – 박영준 질문술사 _139

제6강　Memo : 글감을 어떻게 모을 것인가?

책쓰기 Rule 13ㅣ 잠자던 글감을 깨우기 _147
책쓰기 Rule 14ㅣ 자신의 프로필을 정리하면서 문체 정하기 _168
고수 인터뷰 06　오감으로 글감을 깨우기 – 장윤영 작가 _178

제7강   Sentence : 문장을 어떻게 다듬을 것인가?

책쓰기 Rule 15ㅣ 문장은 야구포지션과 같다 _185

책쓰기 Rule 16ㅣ 칼럼을 잘 쓰는 방법 _192

책쓰기 Rule 17ㅣ 에세이를 잘 쓰는 방법 _198

고수 인터뷰 07   깔끔한 문장으로 다듬기 – 고두현 시인 _206

제8강   Rewriting : 어떻게 퇴고할 것인가?

책쓰기 Rule 18ㅣ 맞춤법만 고치지 말고, 내용을 수정하기 _213

고수 인터뷰 08   빨간펜으로 퇴고하기 – 최효찬 박사 _226

제9강   Contacting : 이 책은 어떻게 세상에 나오게 할 것인가?

책쓰기 Rule 19ㅣ 붕어빵 같은 출간기획서는 쓰지 않는다 _235

책쓰기 Rule 20ㅣ 출간기획서로 출판사에 투고하기 _243

책쓰기 Rule 21ㅣ 책이 브랜드 파워를 높여준다 _248

책쓰기 Rule 22ㅣ SNS 글쓰기의 원칙 7가지 _256

고수 인터뷰 09   퍼스널 브랜딩하기 – 김소진 작가 _265

제10강   Selling : 독자의 손에 어떻게 쥐여 줄 것인가?

- -

책쓰기 Rule 23ㅣ 출판의 종류 : 기획출판, 자비출판, 독립출판, 전자출판 _273

책쓰기 Rule 24ㅣ 계약서를 검토할 때 유의사항 _281

책쓰기 Rule 25ㅣ 파는 것이 저자의 몫이다 _286

고수 인터뷰 10   내 책이 출간할 때 유의해야 할 점 – 조관일 박사 _291

epilogue / 책을 내지 않는 저자는 존재하지 않는다 _294

부록 _298

제 1 강

Target
누가 읽을 것인가?

책 쓰기를 하다가 실패하는 이유는 무엇일까?

책을 내야겠다는 욕심에 사로잡혀서 자기 위주로 정리하는 데 그치고 만다.

바로 상대방을 위해서 쓰지 않고 자신을 위해서 쓰기 때문이다.

결국 자기를 위해서 쓰는 글은 외면당하기 쉽다.

처음 글을 쓸 때부터 글을 읽어줄 사람이 누구인지 명확하게 정하고 쓰면 좋다.

타깃이 정해지면 글의 속도도 빨라진다.

책쓰기 Rule 01

오직 한 사람을 위해서 쓴다

인류에 대해 쓰지 말고 한 인간에 대해 쓰라.

— 엘윈 브룩스 화이트

"뭐부터 써야 할지 모르겠어요!"

필자가 기업에 강연을 갔을 때 자주 받는 질문 중에 하나다. 저자가 되려고 하는 사람들을 이야기를 들어보면, 무엇을 써야 할지 모르겠다는 경우가 많다. 머릿속에 오만가지 생각이 꿈틀거리고 있고 그렇게 오만가지 생각이 있으면 책쓰기가 생각보다 더디게 진행된다.

📝 책쓰기란 단 한 사람을 위해서 쓰는 편지와 같다

책을 쓸 때는 내 앞에 마주 앉은 한 사람을 떠올려보자. 책 제목보다 책을 줄 사람의 얼굴을 떠올리다 보면 주제는 당연히 잡힌다. 인류를 위해서 책을 쓰지 말고 단 한 사람을 위해서 써야 한다. 인류는 추상적이라 손에 잡히지 않는다. 하지만 내 앞에 있는 후배는 실제로 존재하기 때문에 구체성을 갖는다. 그 사람에게만 속삭이듯 이야기해줘라. 누가 읽을 것인지 타깃을 분명하게 정하고 쓴다. 타깃이 결정되면 나머지도 쉽게 술술 풀린다. 편지를 쓸 때 생각해보라. 그 편지를 읽는 사람이 누구인가를 떠올리고 써야 잘 쓸 수 있다. 누가 읽느냐가 글쓰기의 90%를 좌우한다.

필자의 경험을 이야기해보겠다. 한국경제신문사 한경닷컴에서 칼럼을 2년 정도 꾸준히 연재하고 있을 때 일이다. 칼럼을 2년 정도 꾸준히 썼더니 중견 출판사에서 연락이 와서 책을 내게 되었다. 되돌아보면 그때 독자들과 먼저 소통할 수 있는 공간을 확보할 수 있었던 것이 출판을 하게 된 계기였다. 원고를 묶어서 《당신의 로드맵을 그려라》는 제목으로 넘겼다.

그런데 회신을 보니, 누가 읽을지 타깃이 명확지 않다는 피드백을 전했다. 후배 한 명을 떠올리고 다시 제목을 잡았다. 그렇게 해서 《30대, 당신의 로드맵을 그려라》라는 책이 탄생할 수 있었다. 책이 나오고 며칠 만에 운 좋게 당시 최고 프로그램인 SBS 〈파리의 연인〉에 배우 김정은 씨가 서점에 가는 장면에서 책이 노출되더니 신문에 4단 광고가 나오고 베스트셀러에 오르면서 그해 번역의 책으로 선정되는 행운이 찾아왔다. 이 얼마나 '계획된 우연'인가. 그해 한국문학번역원 주관 '한국의 책'에 선정, 중국어로 번역·수출됨에 따라 퍼스널브랜드 상승효과를 보면서 독립하는 계기가 되었다. 책쓰기가 영향을 크게 할 수 있도록 만든다.

독자를 연구해서 읽기 쉽게 써라

책을 쓸 때 가장 먼저 해야 하는 것은 음악가처럼 내 음악이 청중 앞에 어떻게 들리는지 생각해야 하는 일이다. 내 글을 역지사지로 독자 입장에서 바꿔봐야 한다. 독자가 읽지 않는 글은 결국 공허한 메아리가 된다. 책쓰기를 쉽게 생각하는 사람이 꽤 있다. 책을 읽기 쉽게 쓴다는 것은 맞다. 하지만 독자에게 책을 읽기 쉽게 쓰기는 더욱더 어렵다는 것을 깨달아야 한다. 초고를 독자 입장에서 다시 퇴고하지 않으면 결코 쉽게 읽히는 글을 쓸 수 없다.

책쓰기에서 니즈(Needs)와 원츠(Wants)를 구분해보자. 쓰고자 하는 책의 독자를 이해하고 그들이 '필요로 하는 것'과 '원하는 것'을 공감할 때 독자의 마음을 살 수 있다.

먼저 1차 독자 타깃을 정한다. 제일 책을 사줄 퍼스트 펭귄들이 있어야 2차 독자들도 움직인다.

필자의 경우는 주변의 지인 중에 이 책이 꼭 필요한 한 사람을 선택해서 그 사람에게 준다고 생각하고 쓴다. 실제 존재하는 사람일수록 생생하고 구체적으로 설득할 수 있다. 특정 대상을 선정하고 글을 쓰다 보면 구체화된다. 결국 단 한 사람을 위한 책을 써야 한다.

> "나는 한 사람을 염두에 두고 쓴다. 내가 알고 있는 한 경영자를 돕고 싶은 마음으로 쓴다."

세계적인 베스트셀러 《강점 혁명》의 저자 마커스 버킹엄은 말한다. 자신이 알고 있는 한 경영자를 돕고 싶은 마음이 독자에게 전달이 되어서 좋은 성과가 나온 것이다. 누구를 위해서 책을 쓸 것인가?

오직 단 한 사람을 위해서 써라!

나는 책을 쓸 때 단 한 사람을 떠올린다. 5년 후배 중에 이 책이 꼭 필요한 사람이 누굴까 떠올린다. 실제로 존재하는 그 사람의 나이부터 특징을 생각해보고 그 사람의 마음을 훔치기 위해서 노력한다. 막연히 불특정한 다수의 사람들에게 편지를 쓴다고 그들의 마음을 훔치기 어렵다. 단한 사람을 떠올리고 써야 그 사람의 마음을 훔칠 수 있는 기회를 얻는다. 그 사람의 마음을 생각하면서 메모를 하다 보면 금방 수북하게 다양한 메모들이 쌓여간다. 생각이 막히면 그 사람에게 직접 전화하거나 만나서 이야기를 들어본다. 그 메모를 서랍에 차곡차곡 모아서 글감을 떠올리고 글을 쓰다 보니 책이 나온다. 약 20년 사회생활 동안 20권쯤의 책을 썼고, 2권을 감수했다. 평소 1주일에 1편의 칼럼을 쓰려고 노력한다. 그렇게 모인 50개의 칼럼을 묶어서 1년에 1권을 묶으려고 노력해왔다.

어느새 나의 취미는 책쓰기가 되었다. 책이 하루아침에 뚝딱 떨어지지 않는다. 집을 지을 때처럼 공을 들여야 한다. 단 한 사람의 마음을 훔칠 수 있다면 그 책은 백 사람의 마음을 움직일 수 있다. 단 한 사람의 마음도 훔칠 수 없다면 그 책은 이미 죽은 책이다. 단 한 사람의 마음을 훔치기 위해 써라.

"요즘 이런 책이 잘 팔립니다!"

유행을 따르면 금방 망한다. 유행이 아니라 트렌드를 선점해야 한다. 유행은 1년 이하로 금방 사라지는 것이라면 트렌드는 1년 이상 지속되는 것을 의미한다. 메타버스가 뜬다고 메타버스를 책을 내면 늦은 것이다. 메타버스가 뜨기 전에 책을 내야 하는 것이다. 타이밍을 잘 잡아야 한다. 너무 빨라도 안되고 너무 늦어도 안 된다. 반 박자 빠른 것이 중요하다. 책을 잘 쓰는 방법 중에 유명한 것이 '3T 기법'이다. 타깃(Target), 타이밍(Timing), 타이틀(Title) 등은 차근차근 살펴볼 것이다.

미움받더라도 보호받고 싶은 욕망을 읽다

예를 들어서 베스트셀러 《미움받을 용기》라는 책을 분석해보면, 정확한 주타깃이 있었는데, 바로 30대였다. 그들이 움직이면서 20대, 40대도 함께 움직였음을 알 수 있다. 판매량을 살펴보면 30대가 33.6%로 가장 높고, 20대, 40대 순이었다. 50대 독자들도 10.3%나 차지해 비교적 다양한 연령층에서 폭넓게 구매했다.

한국사회의 사고방식을 반영한 적절한 타이밍에 나온 것이다. 우리 한국 사람은 대체로 가족, 사회 등 공동체를 중요시하는 사고방식에 익숙한데, 현재 한국 사회가 워낙 갑을관계 등으로 척박하다 보니 '미움받더라도 나를 보호하고 싶다'는 욕망이 적절한 타이밍에 나왔다. '상처받지 않을 권리'처럼 역설적인 제목이 눈에 띌 수 있다. 진짜 미움받고 싶은 사람은 없다. 오히려 응원받고 싶은 욕구 자체를 반영한 결과이다. '용기'라는 키워드로 한 도서 36종이 출간되는 등 출판계에서도 발 빠르게 움직였다. 결국 '용기'라는 키워드 시장이 생긴 것이다.

"코치님! 그냥 많은 사람이 읽어주면 좋죠. 굳이 독자를 제한할 필요가 있을까요?"

당신이 쓰고 있는 핵심독자는 누구인가? 단순히 20대라고 하면 안 된다. 20대 후반 여성으로 한정시켜야 한다. 20대 초반과 20대 후반은 달라도 너무 다르다. MZ세대도 M세대와 Z세대로 좀 더 세그먼트 해야 한다. 아무리 좋은 글을 쓰더라도 누군가 읽어주지 않으면 소용없다. 당신의 글을 읽어주는 독자는 누구인가? 글을 쓰다 보면 불특정다수를 대상으로 하는 글일수록 뜬구름을 잡는 경우가 허다하다. 독자의 니즈는 다양한데 그 모두 만족할 수 없기 때문이다. 정말 황당한 것은 모든 사람을 대상으로 하는 것이다. 주고객을 나눌 때, 연령별, 성별, 직업별, 직무별, 취미별, 등 세분화해서 분류해야 한다.

알라딘은 구매자 분석 정보를 제공한다

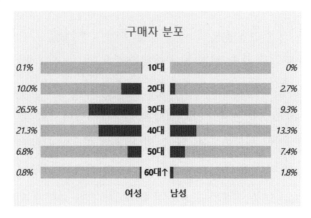

■ 알라딘에서 제공하는 구매자 분포 정보

필자는 책쓰기를 할 때 구매자 분석 정보를 활용한다. 알라딘에서 자신이 쓰려고 하는 책의 키워드를 쳐 보고 그 키워드로 나오는 책 구매자 분석 정보를 활용하면 책의 타깃을 명확하게 할 수 있다. 자신이 쓰고 싶은 책을 누가 사줄 것인가를 떠올리는 것만으로 도움이 된다.

고객이 없는 비즈니스를 하지 마라! 출판시장을 분석해보자

비즈니스의 주체는 고객이다. 고객이 아예 없는 시장에서 비즈니스를 하는 것은 어리석은 짓이다. 실제 존재하는 고객을 찾아야 한다. 최근 교보문고 자료를 보니, 전체 구매 독자들의 비중은 20대가 29%로 가장 많고 30대가 26.1%, 40대가 23.8% 순이다. 100권 이상 구매 독자들은 40대가 39.7%, 30대가 25.5%, 50대가 17.2% 순으로 나타났다. 이들이 구매하는 책들의 주요 분야는 자기계발, 인문, 소설, 경제경영, 학습서, 아동 등이었다. 특히 언택트 상황이 되면서 유아, 아동, 청소년, 자녀학습서 등 분야의 구매가 크게 늘었다. 100권 이상 구매 독자들은 가족으로 이루어진 단위가 많고 자녀를 위한 책 구매도 많기 때문이다. 얼마 전에 목동 교보문고에 가보았는데, 가족 단위로 사람들이 많았다. 시장조사를 할 때도 단순하게 통계자료만 보면 안 된다. 직접 현장에 가보면 통계치에서 보이지 않는 부분이 보이기 시작한다. 독자층을 볼 때도 나이, 성별, 결혼 여부, 소득, 교육수준 등을 분석하는 인구통계적 접근이다. 소비자의 행동 및 생활양식과 소비 행태를 분석하는 소비자 행동심리학적 접근이다. 감정, 가치, 태도, 관심사 등 어떤 생각을 하는지 알아볼 필요다.

출판계에서 책을 낼 때 타깃 독자층을 분명히 한다. 예상 독자를 1차 핵심독자군, 2차 영향독자군, 3차 잠재독자군으로 나눈다. 1차 핵심독자군을 타깃으로 제목, 편집, 디자인, 제작, 마케팅, 광고, 홍보, 영업 등을 기획한다. 1차 핵심독자군은 연령, 성별, 직업 등으로 나눠 선정한다. 독자의 페르소나를 만들어 보자.

예1) 사업을 성공시키고 싶은 창업가
→ 예1) 사업을 마케팅할 수 있는 방법을 찾고 있는 40대 개인사업자

예2) 일과 삶에서 균형을 찾고자 하는 젊은 엄마
→ 예2) 아이를 키우면서도 직장생활을 희생시키고 싶은 30대 워킹맘

페르소나는 대상 독자층을 명확히 드러내 책 전반에 걸쳐 글의 흐름, 내용, 난이도, 문체까지 일관성 있게 유지하는 데 도움을 준다.

	항 목	내 용
1	연령	45세
2	성별	남자
3	직업	개인사업자
4	경력	자영업 3년차
5	좋아하는 것	자기주도적이다
6	싫어하는 것	대충대충 책임없이 사는 것
7	의미 있는 것	배워야 산다
8	고객의 목소리	사업을 체계적으로 다시 하고 싶다. 사업계획서를 잘 쓰고 싶어 멘토를 찾고 있다.
9	숙련도	중급
10	목표	사업계획서를 잘 써서 자신감을 얻고 비즈니스 모델에 대해서 본질적 원리를 제대로 깨우치고 싶다.

필자는 아예 단 1명을 위해 쓰라고 강조한다. 단 한 사람도 설득하지 못하는데 어찌 1만 명을 설득할 것인가? 단 1명이 움직이면 1차 독자군이 꿈틀거리기 시작한다. 그리고 2차 영향독자군, 3차 잠재독자군까지 움직인다면 그 책이 베스트셀러를 넘어 스터디셀러까지 될 것이다. 책을 쓰는 가장 확실한 방법은 내 주위에 있는 사람 중에서 예상 독자를 고르는 것이다.

당신 자신의 이름이 들어간 책을 내는 것은 좋다. 하지만 당신 이름에 먹칠을 하는 책을 내서는 안 된다. 빨리 내려는 욕심에 책이 망가지고 당신의 명예에 오점이 될 수도 있다. 책쓰기는 당신이 최선을 다하지 않는 이상 오히려 성급하게 내지 않는 것이 최고다. 쉽게 쓰려는 욕망을 내려놓고 제대로 책을 써라.

1. 뒤죽박죽인 원고는 누구도 읽고 싶지 않다.

음식을 만드는 데도 수준이 있고, 맛도 각기 다르다. 음식을 현장에서 만드는 사람과 음식을 공부하는 사람은 다르다. 책쓰기도 논문 쓰기와 같다고 할 수 없다. 책쓰기는 논리적인 접근이라는 측면에서 논문 쓰기와 유사하지만, 본질적 차원에서 분명 다르다. 일기 쓰기와 책쓰기도 다르다. 책을 쓴다고 가지고 온 예비 저자들의 원고를 볼 때마다 이것도 저것도 아닌 뒤죽박죽인 원고가 많음에 놀라게 된다. 한 권의 책에서 모든 것을 다 말할 수는 없으며, 자신의 관점에 맞는 이야기로 글을 작성하면 된다.

2. 당신의 이야기가 어떤 형식을 갖추느냐가 결국 승패를 좌우한다.

교과서, 참고서, 교재, 소설, 비소설, 시집, 자서전, 에세이, 논픽션, 인문, 자기계발서, 경제경영서, 실용서, 아동서, 전집, 시리즈물, 만화, 등 내가 쓰려는 책이 어떤 종류인지 우선 알아야 형식을 알 수 있고, 형식을 알아야 내용을 쓸 수 있다. 무조건 내용을 막 써놓으면 형식에 맞춰서 구성하려 할 때 진짜 고생하게 된다. 당신의 이야기가 어떤 형식을 갖추느냐가 결국 승패를 좌우한다.

3. 당신의 글을 읽는 독자를 연구해서 읽기 쉽게 써라.

책을 쓸 때 가장 먼저 해야 하는 것은 내 요리가 누구 앞에 놓이는지에 대한 생각이다. 책쓰기를 쉽게 생각하는 사람이 꽤 있다. 책을 읽기 쉽게 써야 하는 것은 맞다. 하지만 독자가 읽기 쉬운 책을 쓰려면 저자는 더욱 어려운 글쓰기 과정을 거쳐야 한다. 초고를 독자 입장에서 다시 퇴고하지 않으면 결코 쉽게 읽히는 글을 쓸 수 없다.

4. 무작정 베껴 쓰지 말고, 꼼꼼하게 소화해서 글을 써라.

책쓰기를 할 때 수집된 자료를 무작정 베껴 쓰려고 해서는 안 된다. 무작정 베껴 쓰기는 결국 자신의 생각이 없는 상태에서 그 자료에 고착되어 최종에는 맛없는 음식을 독자에게 내놓는 꼴이 될 것이다. 저자에게 손쉬운 방법이 독자에게는 최악이 되는 것이다. 오히려 꼼꼼하게 자신의 것으로 소화해서 글을 써야 한다.

5. 남의 글만 인용하지 말고, 적절한 글을 내 안에서 찾아라.

문맥을 따지지 않고 책에서 한 줄 가지고 왔다고 해서 좋은 글이 되는 것이 아니다. 팩트체크도 하지 않고 감정적인 글만 쓰거나 구글링으로 쓴 글을 읽을 때 독자는 떠나간다. 관련된 자료를 수집하고 정보를 취사 선택해 지식과 경험으로 녹여서 써야 내 글이 살아난다. 다른 사람의 입장에서 도움이 될 만한 이야기를 내 안에서 찾아야 한다.

6. 좋은 경험을 갖고 있다고 해서 좋은 책을 쓰는 것은 아니다.

내가 경험한 이야기라고 무조건 좋은 책이 되지 않는다. '경험'이라고 해도 적절한 상황과 맥락에 맞지 않은 소재는 결국 독이 되는 경우가 많다. 좋은 경험을 갖고 있다고 해서 좋은 글을 쓰는 것은 아니다. 좋은 경험이 좋은 글이 되려면 오직 그것을 글로 여러 번 써서 표현해보는 수밖에 없다. 글은 오로지 글로써 배울 수밖에 없다. 책도 마찬가지로 책을 써보면서 배울 수밖에 없다.

7. 부정적인 내면의 비판자를 잠재우면서 글을 공유하라.

'내 까짓 게?'라는 부정적인 내면의 비판자 소리가 들릴 때 글을 쓰며 잠재워야 한다. 한 걸음 옮겨가며 마음속 요동을 줄여라. 어떤 노하우가 있거든 그때마다 글로 정리해두는 것이 자신을 위해서 가장 좋은 방법이고 그 노하우를 타인에게 공유한다면 더욱더 좋은 피드백을 받게 되는 지름길이다.

내 책의 포지셔닝맵을 그리기

책에 질문을 하면 스스로 분석하고 사고한 만큼 답을 얻게 된다.
— 모티머 J. 애들러

"이 책이 세상에 나와야 하는 이유는 무엇인가?"

책의 존재 이유는 이 질문에서 생긴다. 오랫동안 배웠는데 책을 못 쓰는 이유가 무엇일까? 너무 많은 사람에게 전달하고자 하는 데에서 패착을 한다. 책이란 오직 한 사람을 위해서 써야 하나의 메시지를 담을 수 있다.

여기서 잠시 책(册)의 어원을 찾아보면 흥미롭다. 책(册)은 글자를 새긴 대나무를 엮은 모습에서 유래했다. 고대인들은 문자가 기록된 대나무 조각을 끈으로 묶어서 보관하였기 때문에 그것을 간책(簡册)이라고 불렀다. 서양에서 영어 'book'의 어원은 너도밤나무(boc) 껍질에 글을 썼던 것에서 유래했다. 동서양을 막론하고 책은 대개 나무껍질에 글을 써서 엮은 것이다. 결국 책이란 자신의 껍질을 묶는 것이다. 지식노동자는 책을 써봐야 자신의 주제를 파악한다. 책을 쓰게 되면 알몸이 되는 느낌을 자주 느낀다.

'내가 이 정도의 실력이구나.'

그 많은 경험을 해도 다른 사람에게 알려주기 위해 글로 써보지 않으면 그 고충을 이해하기 어렵다. 책을 내기 위해 엄청난 용기를 필요로 하는 것이다. 하나의 책이 탄생하기 위해서는 그만큼의 에너지가 필요하다.

최근 문화체육관광부에서 조사한 '2021년 국민 독서실태' 결과를 보면, 성인의 경우 '종이책 읽기'(98.5%), '전자책 읽기'(77.2%), '웹소설 읽기'(66.5%)가 '독서'에 해당한다는 응답이 과반수였고, 학생은 '종이책 읽기'(91.2%), '전자책 읽기'(74.2%), '만화책 보기/읽기'(57.2%)가 '독서'에 해당한다는 의견이 과반수로 나타났다. 응답자가 주로 접하는 매체나 인식에 따라 '독서'의 범위에 대한 생각의 차이가 있음을 보여준다. 특히 '오디오북 듣기'가 '독서'라는 인식은 성인 42.6%, 학생 35.0% 수준으로 나타나, 오디오북에 대해서 아직까지 상대적으로 저조한 이용률(성인 4.5%, 학생 14.3%)을 보인 것으로 생각된다. 독서는 '종이책 읽기', '전자책 읽기'로 제한해서 인식하고 있다.

책을 읽는 독자를 어떻게 설득할 것인가? 당신은 특정 독자에게 초점을 두고 글을 쓰는가? 당신이 반드시 만족시켜야 할 대상은 누구인가? 당신이 쓰는 책을 기다리고 있는 독자에게 어떤 선물을 줄 것인가? 당신이 주려는 선물이 독자에게 진짜 선물이 되기 위해서는 무엇을 해야 할까? 당신이 특별히 잘하는 것은 무엇인가? 지금까지 해온 일 중에서 가장 성과를 낸 일은 무엇인가? 책을 읽는 고객들의 마음속에 당신의 책이 어떤 인식으로 자리잡고 있는가가 중요하다.

오지탐험가로 유명한 한비야, '바람의 딸'이라는 닉네임으로 소개된다. 세계 곳곳을 누비며 열성적으로 살아가는 그녀의 모습을 잘 캐치한 이름이다. 《바람의 딸, 걸어서 지구 세 바퀴 반》, 《지도 밖으로 행군하라》의 제목은 굳이 책장을 넘기지 않아도 이미 내용을 다 읽은 것처럼 명확하다. 제목 안에 저자의 메시지가 함축되어 있다. 삶의 '지도'라는 경계를 넘어

꿈과 목표를 향해 대범하게 행군할 것, '지도 밖'과 '행군'이라는 단어의 조합이 강력한 에너지를 발산한다. 이것이 바로 책에 독자의 언어로 생명을 불어넣는 과정이다. 그렇게 책의 포지셔닝으로 세상에 태어나는 것이다.

경험이 축적되어야 책으로 묶을 수 있다

SNS를 보면 "1개월 안에 책이 될 수 있다!"라고 선전하는 책쓰기 과정을 많이 들었을 것이다. 하지만 그것은 이미 경험과 노하우를 갖고 있어야 가능한 이야기다. 책 쓸 준비가 되어 있지 않다면 우선 노하우를 쌓는 과정이 더 중요할 수도 있다. '책이 최고의 명함'이라고 선전하는 것을 들어보았을 것이다. 그것도 전제조건으로 책을 읽어보았더니 좋았을 때 명함의 가치를 한다는 것이다. 책이 허접한데 어떻게 좋은 책이 되겠는가. 일반인도 자신이 퍼스널 브랜딩하고 싶은 분야의 책을 내어서 저자가 되고 계속 시간을 축적하다 보면 명예와 부를 얻을 수 있다.

유튜브를 보는 시대에는 책의 위치가 일종의 액세서리로 전락하고 있다. 저자는 당연히 선망의 대상이 될 수 있지만, 책 자체가 짜깁기라면 결코 명예와 부가 따라오지 않는다. 오히려 나중에 저작권 위반으로 소송에 시달려야 할 것이다. 따라서 책을 제대로 쓰겠다는 마인드셋으로 시작해야 한다.

내가 쓴 분야가 스스로 책을 쓸 만한 경험이 있는가?

책은 어떤 자격이 있어야 쓸 수 있는 것은 아니다. 하지만 두 가지 충분조건이 선행되어야 한다. 전자는 내가 다른 사람보다 경험이나 노하우가 있어야 하고, 후자는 경험이 있다고 해도 그것을 책으로 묶어서 전달할 실력과 시간이 있느냐다. 저자가 되어서 몸값이 올라가고 퍼스널 브랜드가 상승하려면 이 충분조건이 있어야 한다. 남이 써준 책으로 영향력이 생기기 힘들기 때문이다. 출판사도 실제로 글 잘 쓰는 사람이 누가 있나 찾아보려고 인스타, 페이스북, 브런치, 블로그, 유튜브 등을 열심히 한다. 하지만 정보, 지식, 감정이 평균화되는 부작용이 우려된다. 비슷한 게 많아지고, 금방 뜨거워졌다 빨리 식으며, 하나의 이슈에 집중하지 못하고 옮겨 다니게 되는 부작용이 있다.

저자는 다른 사람에게 그 책을 선물하고 싶고, 다시 읽어보고 싶어지는 책을 써야 한다. 그 책을 읽고 받는 변화의 충격이 점점 커지는 영향력의 변화를 보게 된다. 좋은 책을 만드는 것은 결국 영향력을 만드는 일이다. 내 자식에게 권할 수 있는 책을 써야 한다.

포지셔닝맵이란 무엇인가?

포지셔닝맵(positioning map)이란 서로 관련이 있는 브랜드들이 시장 내에서 차지하는 위치를 나타낸 그림을 말한다. 소비자들에게 브랜드의 유사점과 차이점을 질문하여 자료를 수집하고, 2차원 척도법에 근거하여 작성한다. 한마디로 포지셔닝이란 브랜드가 소비자들의 마음에 형성된 위치를 말한다. 예를 들어서 포지셔닝맵을 살펴보자.

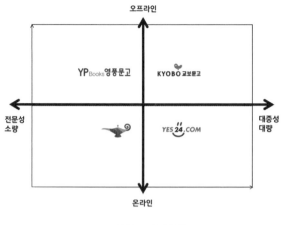

■ 서점 포지셔닝 맵

서점 포지셔닝 맵의 예시는 '오프라인↔온라인', '전문성 소량↔대중성 대량'으로 나누었다. 교보문고(www.kyobobook.co.kr)는 가장 많은 오프라인 서점을 가지고 있어 대중성 분야의 콘텐츠를 대량으로 보유하고 있다. 영풍문고(www.ypbooks.co.kr)는 교보문고와 비슷하게 오프라인 매장을 많이 가지고 있으며, 전문성 소량을 갖추고 있다. 예스24(www.yes24.com)는 온라인 도서구매에 1등 업체로 대중성 분야에 콘텐츠를 대량으로 보유하고 있다. 알라딘(www.aladdin.co.kr)은 온라인 장점이면서도 오프라인 중고매장을 가지고 있어서 중고책을 사고팔면서 회전율이 높은 콘텐츠를 소량으로 보유하고 있다.

출판사 입장에서 내 책의 시장성을 객관적으로 알아봐야 한다. 내 경쟁력을 봐야 한다. SNS의 인프라가 중요하다. 출판에도 인연이 필요하다. 내 책이 나왔다고 해서 내 책에 대해 다른 사람들이 관심을 갖는 게 아니다. 독자를 끌어들이고 독자에게 가치를 제공하는 주제가 필요하다. 포지셔닝을 독자의 머릿속에 있는, "내가 왜 이 책을 읽어야 하는 거지?"라는 질문에 맞추는 것이다. 포지셔닝을 하는 목적은 1차 핵심독자에게 책을 쥐여주기 위해서다. 1차 핵심독자가 20대 여성이라면 그들이 좋아하는 표지 이미지, 관심을 끌 만한 키워드, 책을 구매하는 장소 등을 거기에 맞춰야 한다. 내가 내놓은 책이 어느 코너에 놓이는지 먼저 서점에 가서 확인해볼 필요가 있다. 서점에 나오면 처음에는 책이 평대에 누워있다가 일주일 동안 10권 이상 팔리지 않으면 매대에서 빠져나와 서점 안쪽 서가에 꽂히고, 그러다가 다시 반품되는 사이클을 거친다. 신간이 매대에 진열되지 않고 서가에 꽂히는 순간 세상의 빛도 못 보고 곧 반품되는 것이다. 매대를 꼼꼼히 살펴보면 '누워있는 책'은 잘 나가는 책이고 '꽂혀 있는 책'은 언제 반품될지 모르는 책인 것이다. 따라서 경쟁도서나 유사도서를 파악해야 하고, 특정 독자층에 대한 이해도 필요하다.

내 책의 포지셔닝맵을 그리기

책 포지셔닝맵을 그리면 내 책이 어떻게 독자들에게 인식되고 다른 책과 어떤 관계를 맺고 있는지를 알 수 있다. 내 책의 포지셔닝맵을 그릴 때 유의해야 할 점은 독자들이 중요하게 생각하는 속성에 따른 2차원 그림을 그려야 한다는 것이다. 비즈니스 글쓰기의 예를 들어보자.

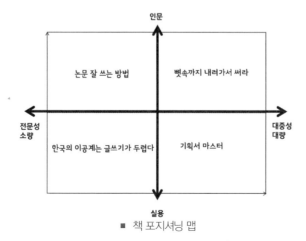

■ 책 포지셔닝 맵

책 포지셔닝맵 예시는 '인문↔실용', '전문성 소량↔대중성 대량'으로 나누었다. 시장조사에서 경쟁도서와 유사도서의 4분면을 그리면 더욱더 자세히 볼 수 있다. 나탈리 골드버그는 《뼛속까지 내려가서 써라》에서 글쓰기가 명상과 같다고 이야기한다. 당신 안에 잠들어 있는 작가를 흔들어 깨우는 세상에서 가장 자유로운 글쓰기 방법론을 소개하고 있다. 움베르토 에코는 《논문 잘 쓰는 방법》에서 어려운 논문을 쓰는 방법을 설명하면서도 필요한 마음가짐, 합리적이고 전문적인 논문작성법을 쉽게 알려주고 있다. 임재춘의 《한국의 이공계는 글쓰기가 두렵다》 역시 이공계를 전공한 사람들에게 사실을 알기 쉽고 간결하며 논리적으로 기술하는 전문적인 방법이 소개되어 있다. 필자의 《상대의 마음을 훔쳐라! 기획서 마스터》에서 기획하는 방법, 상사와의 소통법 등에 대해 적절한 예시와 비유로 시행착오를 줄여 기획안이 단번에 통과되는 방법을 알려주고 있다.

책을 구매하는 독자들은 까다롭다. 책을 사는 것은 종이를 구매하는 것이 아니다. 종이에 담긴 가치를 구매하는 것이다. '자존감'의 키워드가 뜬다고 비슷한 제목으로 책을 낸다고 하면 2등 밖에 안된다. 내 책을 구매하는 독자들을 적극적으로 만날 수 있는 포지셔닝을 확보해야 한다. 독자를 위한 가치제안은 기능적인 편익, 정서적 편익, 자아표현적 편익으로 나눌 수 있다. 독자에게 기능적인 유용성을 주는 책의 특성이 무엇인지 고민해야 한다. 이러한 기능적 편익(functional benefit)은 독자의 구매 결정에 직접적인 영향을 미친다. 기능적 편익은 책의 가격, 책의 종이질, 내용의 난이도, 등에서 나타날 수 있다. 기능적인 편익이 줄 수 있는 대표적인 책이 바로 IT 관련 서적이다. 잘 된 포지셔닝은 '무작정 따라하기', '한 권으로 끝내는' 시리즈로 확장될 수 있다.

기능적 편익의 문제점을 보완하고자 중요하게 인식되고 있는 것은 정서적 편익(emotional benefit)이다. 이는 긍정적인 감정들을 유발하여 독자들을 설득해서 구매를 유도하는 것이다. 이러한 정서적 편익을 마케팅 커뮤니케이션 활동에서는 공감, 유머, 즐거움 등을 통해 소구한다. 긍정적인 감성 소구는 광고 등을 통해 얻게 되는 감정들이 퍼스널 이미지에 전이되는 특성을 가지고 있다. 특별한 브랜드를 사거나 이용할 경우 그것이 소비자에게 긍정적인 느낌을 준다면, 그 브랜드는 정서적인 편익을 제공하고 있는 것이다. 이처럼 가장 확고한 브랜드 아이덴티티는 정서적인 편익까지 포함하기도 한다. 이러한 정서적인 편익은 그 브랜드를 사용하는 경험에 풍요로움과 깊이를 더해 준다. 정서적인 편익을 줄 수 있는 대표적 서적은 에세이다. 책 내용도 중요하지만, 그밖에 책 표지와 제목도 예쁘거나 세련된 것을 찾기도 한다.

마지막 가치제안은 자아표현적 편익(self-expressive benefit)이다. 독자들의 책 구매를 통해 사회적으로 인정받고 싶어 하는 욕구를 충족시키는 것으로 '상징적 편익'으로도 알려져 있다. 이미지를 넘어 환경 문제에 관심 있는 젊은 세대도 자아표현적 편익을 중시한다. 자아표현적 편익을 줄 수 있는 책은 필사책이나 자서전이다. 책은 기능적인 편익보다 정서적 편익, 자아표현적 편익이 중요하다.

책이란 누구도 대체해 줄 수 없는 독창적인 콘텐츠를 지닌 차별성을 가져야 한다. 포지셔닝이란 독자 머릿속에 위치를 잡아주는 작업이다. 책은 출산과 함께 세상에서 단 하나밖에 없는 유일무이한 생명체가 된다. 탄생과 함께 저작권이 확보된다. 저자는 책을 완성하는 것 자체가 저작권을 확보해 대체 불가능한 단 하나의 콘텐츠를 창조하는 것이다. 다수의 경쟁 구도에서 벗어나 오리지널리티(originality)를 확보하게 한다.

책을 쓰는 것은 자신만을 위한 것이 아니다. 책을 쓴다고 우쭐대지 말고 겸손한 마음으로, 경쟁에서 상생으로 나아갈 때 비로소 지식생태계를 풍성하게 하는 것이다.

Tip · 포지셔닝을 잡기 위한 5가지 핵심 질문

1. 내 책을 처음 사준 핵심독자는 누구인가?

아무리 좋은 책이라고 해도 누군가 사지 않는다면 소용없다. 내가 자주 접하고 있는 핵심독자를 명확하게 설정해야 한다. 명확한 타깃이 먼저 정해져야 포지셔닝을 잡을 수 있다.

2. 핵심독자가 내 책에서 기대하고 있는 것은 무엇인가?

핵심독자를 설정했다면 그들이 내 책에서 기대하고 있는 것은 무엇인가? 내 책에서 원하는 구체적인 것이 무엇인지를 알 수 있으면 책을 쓰는 시간을 줄여줄 수 있으며 가치 있게 만들어줄 것이다.

3. 내가 쓰고 싶은 책의 경쟁도서는 어디에 있는가?

내가 쓰고 싶은 책의 경쟁도서를 찾고 그것을 들추면서 몰랐던 것을 알고 내가 진짜 무엇을 써야 하는지 깨달을 수 있다.

4. 내가 책에 넣고 싶은 경험은 어떤 것인가?

마무리 좋은 아이디어나 개념이라고 하더라도 그것이 실제 적용되지 않으면 결과를 내기 어렵다. 책을 통해서 독자들이 할 수 있는 실수를 줄여줄 수 있다면 그것만큼 보람된 일은 없을 것이다.

5. 내 책의 차별화를 어떻게 부각하고 싶은가?

광범위한 주제의 책보다 특정 주제를 좁힐수록 호소력이 있기 마련이다. 포지셔닝할 때 기억해야 할 것은 내 책을 통해서 그들이 무엇을 할 수 있는지를 설득시켜야 한다는 것이다. 한마디 질문으로 축약하라면 다음과 같다.

"내가 당신 책을 왜 읽어야 하냐고?"

내가 쓰고 싶은 단 하나의 키워드는 무엇인가?

책에 질문을 하면 스스로 분석하고 사고한 만큼 답을 얻게 된다.

– 모티머 J. 애들러

나에게 책쓰기는 하나의 숨 고르기다. 책을 쓰면서 괜히 마음만 뛰기 시작하면 작업이 잘 안 된다. 그러면 기존의 일과 책쓰기를 분리할 수 없어서 좋은 책이 나오기 힘들다. 책을 쓰는 과정은 바로 자기 성찰의 과정이다. 자기에서 빠져나와야 냉정하게 관찰할 수 있다. 무엇인가 경험한 것을 많은데 손에 쥔 것이 없었다면 자신을 성찰하고 책으로 묶지 않았기 때문이다. 나의 발자취를 매듭으로 정리해주는 것이 책쓰다. 책을 쓰는 마음은 다른 사람을 성장시키려는 큰마음이다. 자기 확장력을 가지고 누군가를 위해서 책을 쓸 때 책임감이 커진다. 책읽기가 쉼표라면 책쓰기는 마침표이다. 책읽기는 쉬는 시간이 되어야 하고, 책쓰기는 내가 자라왔던 성장의 매듭을 묶어주는 마침표가 되어야 한다.

그러기 위해서는 저자의 컨디션이 중요하다. 내 몸이 좋은 컨디션을 유지해야 좋은 생각이 깃든다. 마음의 최적화가 되어야 성장 욕구가 올라온다. 몸이 멍든 상태라면 시간이 많더라도 책을 쓰기 어렵고, 마음이 부정적이라면 객관적으로 글을 쓰기 어렵다. 다른 사람을 이끄는 성장 마인드셋을 가져야 에너지가 좋아지고 좋은 책을 쓸 수 있다.

내가 쓰고 싶은 단 하나의 키워드는 무엇인가?

책을 쓰기 위해서는 먼저 책 키워드를 잡아야 시작할 수 있다. 사람들은 한 가지만 기억한다. 제목은 나중에 고치기 쉽지만, 콘셉트를 잘못 잡으면 쉽게 고치기 어렵다. 콘셉트는 밖으로 드러내고자 하는 하나의 메시지다. '콘셉트(Concept)'란 하나의 그릇이다. 콘셉트(Concept)의 어원은 라틴어 'Conceptus'로, 'con(여럿이 함께)'과 'cept(잡다)'의 합성어다. 콘셉트는 여러 가지를 하나의 핵심으로 엮어내는 정체성을 담아낼 수 있는 그릇이다. 구슬이 서 말이더라도 꿰어야 보배가 된다. 하나로 전체를 꿰뚫는 일 이관지(一以貫之)이다. 콘셉트를 어떻게 구축할 것인가?

아이디어와 콘셉트는 다르다. 아이디어는 어떤 주제와 관련해 특정 행위와 결과물을 예측할 수 있는 적극적인 생각이다. 콘셉트에는 차별화된 아이디어와 독자를 위한 베네핏(benefit)이 포함되어 있어야 한다. 콘셉트가 명확해지려면 숨은 의도를 끌어올려서 명확한 의도가 나타나야 한다. 한마디로 콘셉트는 맥락(context)을 읽어야 정체성이 파악된다.

좋은 책이란 겉으로 드러나지 않게 흐르는 내적 물줄기가 있어야 한다. 콘셉트는 내부에 있는 다양한 요소들을 누가 봐도 명확한 하나의 이미지로 엮어 기획자의 의도를 드러내는 역할을 한다. 콘셉트를 구축하는 것은 그 책이 지닌 가장 우선되는 가치를 발견하는 일이다.

 콘셉트를 실제로 어떻게 표현해야 하는가?

콘셉트는 20자 이내로 설명해보는 것이다. 온라인 서점에 가서 책을 보면 '오늘의 책'을 3줄로 소개한다. 예를 들면, 《새들이 모조리 사라진다면》

라는 책인데, "모든 생명이 고통에서 해방되기를/퓰리처상 수상 작가 리처드 파워스가 기후위기에 직면한 근미래를 배경으로 펼쳐내는 소설. 책은 우주생물학자 '시오'와 동물권활동가 '얼리사', 지금의 세상과는 잘 맞지 않는 그들의 아들 '로빈'의 이야기를 통해 이 세계의 생명과 자연, 절망과 희망을 아름답게 그린다."라고 설명하고 있다. '모든 생명이 고통에서 해방되기를'로 시작하는 이 첫 번째 문장이 모든 것을 담고 있다. 평소에 다른 사람이 잡아놓은 콘셉트를 많이 보고 요약해두는 것이 나중에 콘셉트를 빠르게 잡는 데 도움이 될 것이다.

가장 어려운 일은 '끌리는 콘셉트'를 잡는 것이다. 책을 쓰고 싶은 콘셉트를 잡기 어려우면 주제를 분명히 생각해본다. 다른 사람에게 이야기하다 보면 비슷한 생각들을 만나게 된다. 내가 쓰고 싶은 것은 어쩌면 벌써 다른 사람이 책으로 내놓았을지도 모른다. 결국 나만이 쓸 수 있는 차별화된 콘셉트를 잡아야 한다.

예를 들면, 처음에는 문서작성 책을 쓰려고 했는데 도서시장에 보니 좀 더 구체적인 니즈를 줘야겠다는 생각이 들었다. 그래서 문서라는 큰 개념을 쪼개서 기획서, 보고서, 등으로 구체화하여 "상대의 마음을 훔쳐라! 기획서 마스터"라고 콘셉트를 잡았다. 기존 기획 관련 서적은 많았는데 문서작성에 초점이 맞춰진 책들은 적었다. 결국 그 책은 출간 즉시 출판시장에서 베스트셀러가 되었다.

내가 쓰려는 책은 시중에 나온 책과 특별히 다른 점이 무엇인가?

요즘 책을 쓰고 싶은 사람들이 늘어나고 있다. 시중에 쏟아지는 책들은 많지만 독자의 선택을 받는 책들은 오히려 적을 수밖에 없다. 시중에 나온 책과 특별한 다른 점이 무엇인가를 연구하기 위해서는 좀 더 냉정해져야 한다. 내가 쓰고 싶은 책의 경쟁도서는 무엇인가?

 ## 당신의 이야기가 어떤 형식을 갖추느냐가 결국 승패를 좌우한다

교과서, 참고서, 교재, 소설, 비소설, 시집, 자서전, 에세이, 논픽션, 인문, 자기계발서, 경제경영서, 실용서, 아동서, 전집, 시리즈물, 만화 등 내가 쓰려는 책이 어떤 종류인지 우선 알아야 형식을 알 수 있고 형식을 알아야 내용을 쓸 수 있다. 무조건 내용을 막 써놓으면 형식에 맞춰서 재구성될 때 무척 고생스럽게 된다. 당신의 이야기가 어떤 형식을 갖추느냐가 결국 승패를 좌우한다.

 ## 교보문고 책 분류별로 베스트셀러를 유심히 보라

내가 어디에 놓이느냐를 잘 보면 책의 제목이 보인다. 상위 분류를 기본으로 하위분류까지 내 책의 시장을 분석해볼 필요가 있다. 키워드로 못 찾는 책들이 의외로 꽤 있다. 도서관에서 검색해서 찾는 경우도 있지만, 서점에 갔을 때는 내 책이 어디에 놓일지 이 표를 기준으로 참고할 수 있다. 저자들은 책을 정리할 때도 장르별로 구분해놓으면 책 정리와 책 쓰기가 훨씬 수월하다. 필자는 책꽂이 앞에 장르별로 구분해주는 편이다.

예를 들면, 기획 관련 책이라고 하면 책꽂이에서 잘 보이는 곳에 포스트 잇을 부친다.

이처럼 책을 쓰고 싶다면 책 정리부터 하는 것도 좋다. 이번 기회에 자신의 집에 있는 책을 점검하면서 어떤 책이 있고, 어느 쪽 분야의 책이 많으며, 어떤 분야의 책이 적은지 알면 결국 내가 어떤 쪽에 관심이 있었는지 자연스럽게 알 수 있다. 책꽂이에 주제별로 키워드를 붙여놓으면 나중에 관련 주제로 책을 쓸 때 시간이 확실히 줄어든다. 노션을 활용할 때는 워크스페이스별로 정리해서 활용할 수도 있다.

📖 책의 분류를 보면 책의 컨셉이 보인다!

기호	분류
A	잡지 만화
B	여행, 취미, 건강
	예술
C	일본서적
D	외국어
E	외국서적
F	유아, 아동
G	중·고학습
H	경제, 경영, 자기계발
	정치, 사회, 수험서
I	과학, 기술, 공학
	컴퓨터, 멀티미디어, 책공방
J	소설, 시, 에세이
K	인문, 역사, 문화
	종교

KYOBO 교보문고 (영원한 스승, 이어령의 마지막 수업)

국내도서 외국도서 eBook 웹소설 기프트 음반

홈 > 국내도서 ▾ > 자기계발 ▾ > 비즈니스능력계발 ▾ > 기획학 ▾

[무료배송] [소득공제]
기획서 마스터 아이디어에서 기획서
윤영돈 지음 | 예문 | 2021년 04월 28일 출간
♥♥♥♥♥ 9.8 (리뷰 5개) 클로버 리뷰쓰기

정가: 14,500원
판매가: **13,050원** [10% | 1,450원 할인]
북택: [기본적립] 720원 적립 [5% 적립]
[추가적립] 5만원 이상 구매 시 2,000원 추가적립!
[회원혜택] 회원 등급 별, 3만원 이상 구매 시 2~

 온라인 서점 판매지수를 참고하라!

국내에 출간된 모든 책에도 순위가 있다. 예스24의 도서 '판매지수'와 알라딘의 '세일즈 포인트'로 순위를 어림짐작할 수 있다. 두 인터넷 서점이 웹사이트에 공개하는 이 수치는 매일 오전 5시 정각에 자사의 인공지능(AI) 알고리즘으로 계산된 '업데이트 수치'로 바뀐다. 예스24 판매지수, 알라딘 세일즈포인트 등 종합적으로 확인해봐야 한다.

예스24(www.yes24.com) 판매지수는 판매한 상품의 수량 표시가 아닌, 당사에서 집계하는 일종의 판매실적 수치이다. 원만한 책은 보통 1000판매지수도 넘기 힘든 것이 사실이다. 일 판매량, 주 판매량, 월 판매량, 연 판매량이 각각 차별화된 비중으로 반영되어 합산된 점수이며, 상품의 누적 판매분과 최근 6개월 판매분에 대한 수량과 주문 건에 종합적인 가중치를 주어 집계한다. 예를 들어 두 개의 상품이 같은 기간 똑같이 100권이 팔렸다면, 1명이 1건의 주문으로 100권을 산 상품보다는 100명이 각기 100건의 주문을 통해 100권을 산 상품의 판매지수가 더 높게 나타나게 된다. 온라인 서점 검색결과의 인기순 정렬은 판매지수가 아닌 별도의 정렬 방법을 이용하고 있으며, 판매지수보다는 최근 판매량이 많은 상품을 우선적으로 보여주고 있다.

알라딘(www.aladin.co.kr) 세일즈포인트(SalesPoint)는 판매량과 판매기간에 근거하여 해당 상품의 판매도를 산출한 알라딘만의 판매지수법이다. 알라딘 세일즈포인트는 예스24판매지수보다 낮으며, 보통 500세일즈포인트도 넘기 힘든 것이 사실이다. 최근 판매분에 가중치를 준 판매점수.

팔릴수록 올라가고 덜 팔리면 내려간다. 그래서 최근 베스트셀러는 높은 점수이며, 꾸준히 팔리는 스테디셀러들도 어느 정도 포인트를 유지한다. 세일즈포인트는 매일매일 업데이트된다. 알라딘의 경우 특정 책의 어제와 1주일, 보름, 한 달, 3개월, 6개월 등 시기별 판매량에 '기간 가중치'를 부여해 산출한다. 이 수치는 '절대 평가'는 불가능하고, '상대 평가'만 가능하다. 그러나 출판사의 책 판매에 직접적인 영향을 끼친다. 두 서점이 각자 산정한 포인트를 기준으로 웹에 노출되는 책의 정렬 순서나 검색 순위를 정하기 때문이다. 일반 독자들도 같은 장르나 주제의 책 중 어느 책이 더 많이 선택받고 있는지 포인트 비교만으로 알 수 있다. 책을 쓰는 저자는 경쟁도서나 유사도서의 판매지수를 살펴보는 것만으로 많은 도움이 된다

제목	우리 강아지 재미있게 지내는 법
한 줄 책 설명	우리나라 실정에 꼭 맞는 재미있는 교육
저자소개	수의과대학을 졸업하고 동 대학원에서 동물행동 및 교육전문가이다. 풍부한 이론적 배경과 실제 애견을 키우며 얻은 지식을 바탕으로 동물병원을 운영하며 강아지 유치원 등 애견 교육프로그램을 개발해왔다. 대학교 겸임교수이자 동물교육 법인 대표이사를 맡고 있다.
카테고리	취미 〉 애완동물
집필동기	소득증가, 라이프스타일의 변화 등에 따라 애완동물의 숫자가 크게 증가될 것으로 예상되지만 사랑과 동물이 즐겁고 편안하게 살아가는 데 꼭 필요한 한글로 된 실용적인 정보와 지식은 매우 제한적이다. 이 분야의 전문가로서 애견관련 서적출판과 교육프로그램 개발 등을 통해 증가하는 수요를 충족시키고 사업모델로 발전시키기 위해 이 책을 쓰려 한다.

이 책이 꼭 나와야 하는 이유	이 책을 통해 강아지와 대화하는 법, 대화를 통해 교육하는 법 그리고 교육을 통해 사람과 강아지가 함께 살아가는 데 필수사 항인 대소변 가리기를 우리나라 환경과 실정에 맞게 제시하고 자 한다. 실제로 입증된 방법으로 사람이 강아지와 함께 사는 데 필요한 최소한의 교육만큼이라도 확실하게 시키기 위해서는 우리 실정에 맞는 실용서가 반드시 필요하다.
대상독자층과 그 이유	1차 타깃 : 대학생(여자) / 미혼 직장인(여자) 관심 + 시간 2차 타깃 : 주부(자녀가 성장한) / 시간 + 관심 3차 타깃 : 초·중학생 / 관심 4차 타깃 : 노인(독거노인) / 필요
경쟁도서 및 차별화 요소	우리 개 화장실 훈련 7일 프로그램(번역서). 보누스 애견 훈련학(팻 미디어) 애완동물과 대화하기(번역서)(삼호미디어) 전문성 강조, 번역서가 아닌 창작, 우리나라 실정을 감안한 실 용적인 내용, 온라인교육과 연계하여 마케팅

 두리뭉실한 주제보다 날카로운 콘셉트를 잡아라!

아무리 뛰어난 경험을 갖고 있더라도 책이라는 그릇에 담아내지 못하면 소용없다. 다른 책과의 차별성을 디테일하게 설정하는 것이 핵심이다. 한꺼번 많은 책을 내기보다 단 한 권이라도 유익한 책을 써라. 유익함은 한 번 더 들어간 '딥 디테일(deep detail)'에서 나온다. 어쩌다 걸린 한 방이 강한 선수를 넘어뜨릴 수 있지만, 두리뭉실한 콘셉트는 날카로운 콘셉트를 이기기 어렵다.

"나이가 들면서 세상은 예전보다 훨씬 커졌고 나는 부쩍 작아져 있었다.
사회에서 지위는 높아졌지만 말은 조심스러워졌다. 마흔을 맞이하면서
다시 꺼내 든 《손자병법》의 느낌은 전과 사뭇 달랐다."

최근 인문학 열풍이 있다고 모든 인문학 책이 베스트셀러가 되는 것은 아니다. 인문학 책 중에서도 날카로운 콘셉트를 잡아야 한다. 예를 들면, 요즘 출판계에 보면 '오십' 키워드가 많다. 왜 최근 오십 책들이 쏟아졌을 까? 10년 전의 '마흔' 키워드가 이어지고 있기 때문이다. 10년 전 출간되어 자그마치 20만 독자의 선택을 받았던 신정근 교수가 베스트셀러《마흔, 논어를 읽어야 할 시간》을 얘기하시면서, 10년 전 마흔 독자가 이제 쉰이 되었으니 논어를 다시 한번 꺼내 들어 오십을 위한 책을 만들어보면 좋겠 다는 콘셉트가 인문학 강사 최종엽 대표의《오십에 읽는 논어》의 시작점 이 되었고 흔들리는 50대를 위한 공자의 말과 공허한 마음을 채우는 논 어의 지혜를 담았으며, 결국 베스트셀러가 되었다.

《마흔, 논어를 읽어야 할 시간》은 애초에 없던 '마흔'이 제목에 들어간 경우이다. 지은이 신정근 교수는 성균관대학교 유학대학 교수로 서울대에 서 동양철학으로 박사를 받고 동양철학과 서양철학을 공부한 후 천자문, 중용, 유학 등을 소재로 다수의 책을 집필해왔다. 지은이가 논어에서 뽑 아낸 고독, 선택, 결단, 도전, 확장 등의 101개 코드에 지은이의 40대 나 이가 반영된 탓에 40대 대상에 먹힐 것으로 보고 제목을 그렇게 정했다 고 한다. 이 책 역시 온라인의 세대별 판매 점유율을 분석한 결과 30대 가 38%, 40대가 45%를 차지해 제목이 효과를 냈다고 한다. 여성 독자가 반을 넘은 것도 눈길을 끈다. 키워드 중심으로 짤막짤막하게 정리한 것 이 출퇴근 여성 독자들에게도 적합했을 것이다. 현재 출판계에서 50대 키 워드의 돌풍은 꾸준히 책을 읽었던 과거의 40대 독자가 있기 때문이다.

하나의 책에는 하나의 콘셉트가 존재한다

하나의 콘셉트가 없는 책은 세상에 나오지 않는 것이 좋다. 하나의 책에는 하나의 콘셉트가 존재한다(One Book, One Concept). 하나의 콘셉트가 없는 책은 출판되더라도 세상에 금방 사라진다. 마케팅보다 중요한 건 콘셉트이다. 책을 구매하는 결정타가 바로 콘셉트로 바뀌고 있다.

콘셉팅(Concepting)이란 독자의 취향에 맞게 콘셉트를 개발하는 것을 말한다. 설명보다 짧고 재미있는 콘셉트에 열광하는 독자들의 기호에 맞춰 출판사는 콘셉트 개발에 집중하고 있다. 한 권의 책에서 모든 것을 다 말할 수는 없다. 글은 자신의 관점에 맞는 이야기를 작성하면 된다. 연필이든 펜이든 붙잡고 글을 한 문장으로 쓴다는 것이 쉽지 않다. 노트북이든 PC이든 타자를 친다는 것도 답답하다. 어떤 것에도 관심이 없는 사람은 아무것도 사랑하지 못한다. 호기심이 없는 사람은 다양한 경험을 하기 어렵다. 경험이 전무한 사람은 쉽게 이해하기 어렵다. 상대방을 이해하는 사람이 관심을 가지고 사랑하고 주목하며 파악한다. 독자가 책을 잡는 이유는 결국 콘셉트 때문이다. 그리고 콘셉트로 구매하게 된다.

이제 언택트 시대가 되면서 책보다 유튜브를 보고 정보나 지식을 얻는다. 거부할 수 없는 변화에서 책을 소비하는 방식이 지식을 얻는 머리보다 개인의 취향이나 여가를 즐기는 가슴으로 이동하고 있다. 아날로그의 랜드마크(landmark)보다 디지털의 러브마크(lovemark)가 중요해지고 있다. 이제 팔로우가 없다면 책이 판매되지 않는다. 팔로우의 '좋아요'로 책이 날개를 난다. 옛날에는 굿즈(goods)가 갖고 싶어서 책을 주문했지만, 요즘은 저자가 좋아서 사는 책이 굿즈가 되고 있다. 내가 쓴 책을 독자들이 어떻게 읽기를 바라는가?

1. 독자가 내 책을 구입해야 하는 이유는?

콘셉트란 사야 할 이유인 구매동기를 자극하게 되고, 결국 구매행동을 유도하는 것이다. 사야 할 이유가 없으면 아무도 사지 않는다. 독자의 움직이는 마음은 구매동기이고, 인식은 독자의 이해이며 행동은 구매로 이어진다.

2. 독자가 원하는 하나의 키워드는 무엇인가?

머릿속에 떠도는 아이디어만으로는 콘셉트가 되지 않는다. 독자가 이해할 수 있는 하나의 키워드, 독자의 언어로 정리되어야 콘셉트가 된다. 하나의 키워드로 책을 바라보는 관점을 바꾸는 것이다.

3. 독자가 기대하는 것은 무엇인가?

콘셉트는 독자가 기대하는 욕구와 연관이 있어야 한다. 사실 구매가 어떻게 일어나는지 보면 독자는 직접 책을 다 보고 사는 것이 아니라 콘셉트가 담겨 있는 책 표지나 이미지만 보고 구매한다. 독자가 기대하는 욕구를 부추기면서 책이 좋아 보이도록 해줘야 한다.

4. 기존 책과 다른 차별성은 무엇인가?

콘셉트는 무조건 다르기만 해서는 안 된다. 독자 입장에서 튀지 않으면서도 본질적인 것이 독특해야 한다. 내 책에는 아름다운 내 가치와 철학을 담아야 한다. 단지 실제 책은 덤일 뿐이다.

5. 독자의 숨은 욕구를 읽어본다면?

책을 샀는데 지하철에서 들고 다니기 창피하다면 다음에 또 책을 살까? 남들에게 자랑하고 싶은 책, 타인의 시선을 의식하는 독자들의 숨은 욕구를 살펴야 한다. 숨은 욕구를 건드려 줄 때 폭발적인 반응으로 온다.

6. 독자의 언어로 바꾼다면?

저자의 언어에서 독자의 언어로 바꿔야 한다. 읽는 사람 입장에서 어려운 말이나 쉬운 말을 조절해 써야 한다. 콘셉트를 만들 때 명확하고 매력적인 언어는 독자 입장에서 읽기 편할 때 생긴다.

7. 독자의 머리에 포스트잇을 붙인다면?

좋은 콘셉트라고 해도 보이지 않는다면 실행에 옮길 수 없다. 독자의 머리에 각인되기 전까지 아무리 책이 좋아도 다만 하나의 움직임에 지나지 않는다. 독자가 콘셉트에 이끌려야 비로소 책을 구매하게 되는 것이다.

나의 유일한 경쟁자는 어제의 나다. 눈을 뜨면 어제 살았던 삶보다 더 가슴 벅차고 열정적인 하루를 살려고 노력한다. 연습실에 들어서며 어제 한 연습보다 더 강도 높은 연습을 한 번, 1분이라도 더 하기로 마음먹는다. 어제를 넘어선 오늘을 사는 것, 이것이 내 삶의 모토다.

– 강수진

이제 '책을 읽는 사람'보다 '책을 내는 사람'이 많아진 시대다. 특별한 사람이 책을 내던 시대에서 보통사람이 책을 내는 시대로 변화했다. 독자의 마음을 사로잡을 책 쓰기에서 타깃을 잡는 방법을 알려줄 작가를 어렵게 찾아 섭외했다. 바로 《몸이 답이다》의 저자 오세진 작가다. 처음 오세진 작가를 만났을 때 그녀는 참 부끄러워했다. '오세진'이라는 이름에, 작가, 힐링프로듀서, 트레일러너, 커뮤니데아 마스터코치 등 다양한 명칭으로 불리지만 사실 몸으로 글을 쓰는 작가다. 30~40대 독자의 지지를 가장 많이 받고 있는 작가로 초지일관 직접 몸으로 경험하는 포지셔닝을 잡았다. 초지일관(初志一貫)이란 처음에 세운 뜻을 끝까지 밀고 나가는 것을 의미한다. KBS 2TV 시사교양 프로그램 〈영상앨범 산〉에 '보은의 산-치악산 국립공원 1부'편에서 오세진 작가가 출연하고 화제가 되었다. 방송에서 오세진 작가는 치악산 종주로 성남탐방지원센터를 시작으로 상원골 주차장, 상원사, 남대봉, 향로봉, 곧은재, 비로봉을 찍은 뒤 마지막으로 구룡사에 도착해 총 20.9km에 달하는 산행을 다녀 왔다. 아나운서나 모델이 하기 힘든 산행을 할 수 있는 자신만의 포지셔닝을 얻게 되었다. EBS

교양프로그램 〈세상의 모든 기행〉에 '아주 각별한 기행'에 '박칼린, 오세진의 해남에서 강진, 남파길' 편에 출연하면서 더욱더 대중에 얼굴을 알리게 되었다. 시청자 게시판에 이런 글이 있다.

"밝고, 따뜻하고, 순수한 기운이 보는 사람까지 환하게 만드는 재주를 가지셨더군요. 이런 분이 어디에 숨어 계셨는지, 꼭 자주 뵙기를 바랍니다."

그녀는 원래 두려움이 많은 편이지만 새로운 것에 대한 동경과 호기심을 잃지 않으며, 뛰어드는 것을 두려워하지 않는 경험주의자로 살고자 한다. 오세진 작가는 세 번의 사고로 무너진 몸 때문에 알 수 없는 원망의 시간을 보낸 적도 있다. 그때 "함께 달려보지 않겠냐"며 권유한 지인이 있었고, 이 핑계 저 핑계를 대다 어쩔 수 없이 한 번 뛰게 되었다. 아무튼, 어쩌다 시작된 달리기. 격하게 달리고 싶지 않았고 끝까지 피하고 싶었지만, 그 이후로 오세진 작가는 오늘도 달리고 있을 정도로 성실함이 귀하다. 처음에는 200미터 달리기도 힘들어했는데 10킬로미터를 달리게 됐고, 10킬로미터 이상은 절대 뛸 일 없을 거라 생각했지만 다리와 몸을 동력 삼아 움직이는 것의 가치를 알고 나서 하프, 풀코스를 이어 뛰게 됐다. 첫 마라톤, 첫 풀코스의 느낌은 수시로 행복으로 재생됐고, 잔잔한 일상에 활력을 불어 넣어주는 인생 달리기를 만났다. 고비사막 250킬로미터를 일주일 동안 달렸고, 홍콩100에서 100킬로미터 장거리 트레일을 부상 없이 완주했다.

인터뷰 내내 그녀의 목소리는 인터뷰어를 배려하고 있다는 마음을 느꼈다. 고수 인터뷰는 오랜 세월을 지켜보고 여러 사람의 추천을 받아서 결정했다. 굳이 고수 인터뷰를 진행한 것도 책을 쓰는 방법뿐만 아니라 그들의 철학, 인생관을 비롯하여 그 사람 자체를 더 알고 싶은 호기심이기도 했다. 고수들의 인간미와 깊이 등이 전해지기를 소망한다. 오세진 작가의 저서로는 《몸이 답이다》, 《달리기가 나에게 알려준 것들》, 《자유롭게 이탈해도 괜찮아》, 《커뮤니데아》, 《호모코어밸리우스》 등이 있다.

Q1. 선생님께서는 첫 책을 어떤 계기에서 쓰시게 되었는지요?

첫 책 《커뮤니데아》는 그때 소통 강의를 하던 내용을 정리해서 내면 좋겠다고 생각했어요. 요즘 저는 에세이 위주로 부끄러움을 느끼면서 글을 쓰고 있어요. 아직 작가라고 불리기도 쑥스러운 면이 있어요. 저보다 더 뛰어난 작가님도 많은데요. 저는 그냥 매번 떠오르는 제 생각을 글에 담아내려고 해요. 지금도 소통하는 것을 좋아해요. 책을 낸 저자가 완벽하게 세상의 모든 지식을 알고 쓰는 것은 아니에요. 단지 다른 사람들보다 고민을 많이 했다는 것은 인정해야 해요.

Q2. 출판하신 책 중에 가장 추천하고 싶은 책은 무엇이고 그 이유는 어떻게 되는지요?

저는 《달리기가 나에게 알려준 것들》을 추천하고 싶어요. 제 언어와 표현으로 썼고, 달리기에 대한 글이라기보다 삶을 대하는 글입니다. 달리기가 삶을 바꾸지는 않았지만 삶의 태도를 바꿔줬던 계기가 되었어요. 그 계기를 주었던 강경태 소장님을 통해서 처음 달리기를 만났어요. 가장 아끼고 애착이 가는, 저답게 쓴 책입니다.

Q3. 예비저자들에게 해주고 싶은 선생님만의 책쓰기 노하우가 있다면 어떤 것이 있을까요?

스토리란 '스−스로 토−해 되는 리−얼한 이야기'라고 해요. 모든 스토리는 저마다 힘이 있어요. 토해낼 때 아이폰에 자체 메모장에 기록해서 단어를 보고 글을 풀어냅니다. 메모장이 10권 정도가 있어요. 내가 마음을 표현한 글귀를 찾아보기도 해요. 처음부터 분석적이지 않아서요. 목차가 먼저 나오면 오히려 잘 못 쓰는 것 같아요. 먼저 쓰다가 보면 비슷한 것끼리 분류가 되고, 그러면 목차가 만들어져요. 목차에 살을 붙이는 경우가 있어요. 달리기 주제였을 때는 틈틈이 써놓은 글들이 있어서 시작하기가 수월했어요.

Q4. 저서를 내고 나서 달라진 점이 있다면 어떤 것이 있을까요?

저는 책이 나오고 나서 크게 달라진 점은 별로 없어요. 글을 쓰는 즐거움이나 책이 나오면서 한 단계 성장된 느낌이 들어요. 옛날에는 강의를 할 때도 아직 설익은 말을 내뱉고 있지 않았나 싶어요. 강의와 연결된 책을 내려고 했는데, 어느 순간에 비슷한 생각을 가진 사람들이 내 글을 읽고 소소한 행복을 느낄 수 있으면 좋겠어요.

Q5. 선생님께서 꾸준히 책을 쓰시는 궁극적인 목적은 무엇입니까?

저는 경험을 통해서 소통을 하고 싶어요. 사막의 밤하늘을 보며 달리는 황홀함을 이렇게 사랑하게 될 줄은 몰랐어요. 최근 영상으로 소통할 기회가 많아졌어요. 내 영상을 통해서 보시는 분들이 치유되고 새로운 자극을 얻으며 용기를 냈다는 분이 많아요. 글을 쓰는 목적도 내 에너지를 나누는 것입니다. 앞만 보고 달리다 길을 잃은 사람들에게 쾌감과 정화의 소중한 경험을 선사하고 싶어요. 누군가에게 희망이 되고 싶어요. 제 글을 쓰는 목적은 제 경험과 생각, 그리고 에너지를 나누는데 기여하고 싶어서입니다. 미리 선 긋지 말고 몸이 나아가는 대로 가슴 뛰는 즐거움을 느끼면 생각보다 아주 먼 곳까지 나아가는 자신을 발견하는 순간이 올 것입니다. 지금 한 발을 떼시기 바래요. 응원할게요.

제 2 강

Timing
언제 나와야 하는가?

책쓰기를 하다가 기회를 놓치는 경우가 많다.

수많은 사람들이 책을 쓰다가 다른 사람의 의견들에 신경을 많이 쓸수록 결국 책이 나오지 않았다.

책쓰기에는 하나의 확고한 원칙이 있다.

그것은 마감일. 데드라인이 잡혔는가가 무엇보다 중요하다는 사실이다.

20년간 글을 쓰면서 출간하는 저자들을 지켜보며 다양한 정답이 있을 수 있다는 것을 깨달았다.

자신에게 맞는 방식을 찾으면 결국 좋은 결과가 나오더라.

굳이 남의 방식을 쫓지 말고 내가 어떻게 타이밍을 맞춰서 데드라인을 지킬 것인가에 몰입하라.

마감일을 잘 지키는 집필 계획 정하기

> 펜을 적실 때마다 잉크병 속에 자기의 살 한 점을 집어 넣을 때에만 글을 써야 한다.
>
> — 톨스토이

벼락치기는 반드시 벼락치기의 냄새가 난다. 벼락치기에서 벗어나기 위해서는 해야 할 일들의 데드라인(deadline)을 정해 반드시 기한 내에 마무리 짓겠다는 자신의 다짐을 받아야 한다. 책쓰기 강의를 하면서 여러 예비 저자들을 만났다. 하지만 처음부터 책을 쓸 수 있다는 확신을 갖고 있었던 사람은 적었다. 단지 책을 쓰면 좋겠다는 막연한 생각에서 책쓰기 강의를 들은 것이다. 그들 중에 책이 나온 사람도 있고, 책이 아직 나오지 않은 사람도 있다. 책이 아직 나오지 않았던 사람들과 달랐던 것은 책이 나온 사람들이 보다 적극적이었다는 점이다. 그들은 책이 나와야 하는 이유가 있었다. 최종 기한이 정해져 있을 경우 일에 더 집중하는 현상을 데드라인 효과(Deadline Effect)라 한다.

특히 저자에게는 데드라인 효과가 중요하다. 똑똑하게 책을 마무리하기 위해서 무엇보다 중요한 것은 더이상 책을 미루지 않겠다는 의지다. 기한이 임박해 착수하지 말고 될 수 있으면 조기 착수를 해야 한다. 마무리에서 가장 효과적인 방법은 단호하게 '쓸데없는 생각'을 차단하는 것이다.

데드라인을 지키는 가장 효과적인 방법은 단호하게 '쓸데없는 것'을 차단하는 방법이다. '쓸데없는 것'을 빨리 잊고 새롭게 '생산적인 것'으로 이끌어야 한다. 불필요한 것을 버리겠다고 결심하고, '쓰지 않을 것'을 버리며 '쓸 것'에 집중하라.

책 집필은 시작이 반이다

책을 내는 방법은 크게 두 가지다. 전자는 출판사와 계약을 하고 쓰는 경우, 후자는 먼저 집필해 원고로 출판사와 계약하는 경우이다. 처음 책은 원고를 써서 계약하기 어렵다. 아직 책을 써본 일이 없으니 시행착오를 많이 겪게 된다. 따라서 첫 책은 먼저 원고를 계약해서 쓰면서 책이 나오는 과정을 알면 다음 책부터는 원고를 집필해 출판사를 정할 수 있다. 집필 계획 없이 책을 쓰면 마감일을 지키기가 어렵다. 집필 계획 없이 쓰면 마치 지도 없이 여행하는 것과 같다. 일정한 시간 동안 의자에 엉덩이를 붙이고 앉아서 써야 한다. 책이 완성될 때까지 책상에서 날마다 쓰는 일이 일상이 되어야 한다.

출판사에서 먼저 연락이 오면 계약하고, 원고를 청탁하면 저자가 목차 구성, 자료수집 및 집필 등을 하게 된다. 그리고 교정본이 서로 오가기를 3번 정도 하면서 원고 마감을 한 후 표지 정하고, 출판사에서 인쇄에 들어간다. 인쇄가 완료되면 책이 서점에 깔리고 온라인에 올라온다. 저자에게 최종본을 우편으로 보내주는 곳이 있지만, 요즘은 많이 디지털화가 되어서 대부분 PDF로 보내주고 수정해달라는 경우가 많다. 그러면 PDF를 열고 서기에 주석 노트를 통해서 수정사항을 적어 보내야 한다.

데드라인(deadline)을 정하고 반드시 기한 내에 마무리짓겠다는 자신의 다짐이 없이 책 집필은 하루 이틀 뒤로 밀리다 보면 출판사에서도 더이상 독촉을 안 하고 결국 계약은 파기가 될 것이다. 한번 약속을 어긴 저자는 좁은 출판계에 금방 소문이 난다.

어떤 사람이 열심히 원고지에 연필로 글을 쓰고 있었다. 지나가던 동네 어르신이 잠시 그 사람을 바라보더니 나지막한 목소리로 "연필이 너무 무딘 것은 아닌지요?"라고 물었다. 그러나 그 사람은 "네~ 알아요."라고 대답했다. 어르신은 다시 물었다. "연필을 날카롭게 깎아 보지 그래요?" 그러자 그 사람은 "나중에요. 지금은 이 연필로 빨리 마감을 해야 하기 때문에 깎을 시간이 없어요."라고 대답했다.

잘 알려진 바와 같이 링컨 대통령도 이렇게 이야기했다.

"나에게 나무를 자를 여섯 시간을 준다면 나는 먼저 네 시간을 도끼를 날카롭게 하는 데 쓰겠다."

허둥대고 바쁘기만 하면 엉덩이를 붙이고 글을 쓸 시간이 없기 때문에 책을 내기 어렵다.

책을 제대로 마무리하지 못하는 이유는 아주 사소한 차이 때문이다. 데드라인도 크게 2가지로 나눈다. 일을 언제까지 종료하겠다는 '앤드 데드라인(End Deadline)'과 일을 언제부터 시작하겠다는 '스타트 데드라인(Starting Deadline)'으로 나누어보자. 시작점과 종착점이 나오면 중간에 징검다리를 놓아보자. 원고 마감일을 거꾸로 원고 퇴고 및 마무리, 자료 수집 및 집필, 저자 구성 목차, 제목 정하기 등으로 집필 계획을 세우자.

	세부내용	진행자	비고	1월	2월	3월	4월	5월	6월	7월
1	원고청탁	편집자		➡						
2	저자구성 목차	저자			➡					
3	자료수집 및 집필	저자				➡	➡			
4	원고검토	편집자						➡		
5	수정 집필	저자						➡		
6	편집, 인쇄 및 홍보 기획	출판사							➡	
7	마케팅 영업 판매	출판사								➡

■ 표 원고 타임테이블 작성하기

불청객, 갑작스럽게 울리는 전화 등을 단호히 거절하라. 책을 쓰기 위해서는 내 시간을 최적화해야 한다. 누구나 삶의 습관을 최적화하게 만들 수 있다. 내가 겪었던 경험과 노하우를 잊어버리기 전에 하나로 묶어서 소중한 사람에게 선물하겠다는 야심찬 각오를 해야 한다.

한꺼번에 책을 쓰려고 하지 말고 쪼개서 1편씩 써보자

일정한 분량을 채우기 위해서는 어느 정도 물리적 시간이 필요하다. 원고의 분량이 어느 정도 확보되면 원고의 질을 올릴 수 있다. 그래서 콘텐츠를 성실하게 생산해야 한다. 헤비 콘텐츠보다 슬림 콘텐츠를 생산하라. 한꺼번에 너무 많은 콘텐츠를 전달하지 마라. 쪼개서 어렵지 않고 무겁지 않은 콘텐츠를 써야 한다.

필자는 단지 글을 쓰고 싶은 마음에 1주일 1편씩 한국경제신문사 한경닷컴에 기고하기 시작했다. 내가 아는 일 푼의 지식이 읽는 사람에게 하나의 도움이 되면 좋겠다는 일념이었다. 책을 써본 저자와 읽는 독자의 경험은 다르다. 조수석에서 아무리 많이 탔다고 해도 운전사의 경험을 따를 수는 없다. 물론 회사 안의 경험과 회사 밖의 경험도 분명 다르다. 퇴사를 결정한 것도 책을 쓰고 난 이후 퍼스널 브랜드가 생겼기 때문이다. 한 걸음을 더 내딛는 용기가 변화를 부른다.

 ## 1주일 2장 분량을 정해놓고 써라

꾸준히 1주일에 A4용지로 2장씩 쓰면 50편의 글이 된다. 그 50편의 글을 묶으면 신국판 책 한 권(A4용지 1,000자 내외)을 묶을 수 있다. 가장 중요한 것은 자신에 맞게 1주일에 몇 편씩 쓸 것인가 정하는 일이다. 1주일에 1편을 쓰는 것이 좋다. 꾸준히 쓰다 보면 '글력(?)'이 붙어서 하루에도 한 편씩 쓸 수 있을 것이다. 칼럼에 올라가서 댓글을 보면서 독자들의 피드백을 반영할 수 있다. 칼럼을 수정하면서 점점 질적 성장도 이루어진다. 좋아서 하면 잘한다는 소리를 듣게 된다.

물론 쉬운 일은 아니었다. 어이없는 댓글부터 비난하는 글까지 만나게 된다. 어떤 일도 한 번에 이루어지지 않는다. 책을 쓰고 싶다면 무작정 준비가 안 된 상태에서 책을 내려고 하지 마라. 무책임한 사람들의 이야기에 휩싸이면 낭패를 보게 된다. 정작 자신도 그렇게 쓰지 않으면서 말로 먹고 사는 이를 경계하라. 한 걸음일지라도 스스로 꾸준히 써보는 것이 중요하다. 일터에서의 경험을 자신만의 메시지로 전달하는 과정이 바로 책쓰기이다. 천천히 책을 낼 수 있어 전문성을 확보하기도 좋다.

1일 2장씩 실천하면 1년 안에 저자가 된다

실천하지 않는 작가가 되려고 하지 마라. 당신은 특정한 분야의 책을 내 손으로 써서 낳아야 한다. 작가는 재능으로 될 수 있지만, 저자는 스스로 자신을 살펴보고 다른 사람을 위해서 글을 발굴하는 사람이다. 작가는 영감으로 단거리를 뛰지만, 저자는 한 걸음 한 걸음 내 손과 발로 밟아가야 책이 나온다. 작가는 타고난 소질로 쓰지만, 저자는 엉덩이를 붙이고 쓴다. 작가는 언어에 빠지지만, 저자는 실천을 통해서 다져진 근육이 있다. 작가는 자기가 쓰고 싶을 때 쓰지만, 저자는 1일에 A4용지 2장씩 분량을 정해놓고 쓴다.

결국 50일이면 A4용지 100장이 넘게 된다. 좀 더 여유 있게 1주에 칼럼 1편을 쓰면 1년이면 52주이니 100장이 넘게 된다. 적어도 책 분량이 되려면 A4용지 100장 이상이 되어야 하고, 신국판으로 250페이지 이상이 되어 책의 볼륨감이 있다. 처음 듬성듬성 초고를 쓰되 분량이 나오면 꼼꼼하게 퇴고를 해서 마무리해야 한다.

책을 쓰는 데 미루지 않기

시간 낭비의 모든 원인은 자신에게 있다. 누구나 자신의 약점을 공개적으로 드러내기보다는 다른 사람에게서 문제의 원인을 찾으려는 경향이 있기 때문이다

– 앨릭 매켄지

대한민국은 지금 책쓰기 열풍이다. 신년이 되면 책쓰기 목표를 세우는 사람이 늘고 있다. 주위에 책을 낸 분들이 늘어가면서 너도나도 책을 쓰고 싶다고 말한다. 그러나 실제로 책을 출간하는 경우는 많지 않다. 대부분은 '책을 쓰고 싶다'라는 바람에서 그치고 만다. 교육과정도 여기저기에 열려 있다. 하지만 진짜 전문가를 찾아야 한다. 대부분 '책을 쓰고 싶다'라는 바람에서 그치고 만다. 책을 처음 낼 때 대부분 사람들은 괜히 두려워하거나 반대로 너무 쉽게 생각한다. 두려워하는 사람은 앞으로 나아가지 못한 채 쉽게 포기하고, 쉽게 생각하는 사람은 쉽게 지친다. 아직 해보지도 않고 어떻게 함부로 그만둘 수 있는가?

이제 '저자 신화의 시대'에서 '대중 필자의 시대'로 변하고 있다. '저자 신화'의 시대에는 산속에서 숨어서 책만 내고 빠져도 되는 시기였다. 하지만 '대중 필자의 시대'에는 누구나 책을 낼 수 있기 때문에 책을 내고 빠질 수 없다. 책을 읽는 향유자에 머물렀던 대중이 책을 만들어 내는 지식 생산자로 영역을 확장하고 있다. '내가 쓴 책이 서점에서 독자들을 만날 수 있다면? 내 이름으로 된 책이 한 권쯤 있어서 고객들을 만날 때 명함 대신 건넬 수 있으면?' 지금까지 이런 생각으로 밤잠을 설친 이들에게 실질적 방법을 안내할 것이다.

'저도 생각했었는데…'

가끔 책을 쓰다 그만둔 사람들의 후회하는 말들을 쏟아낸다. 초보는 이것저것 핑계를 대고 미루지만, 고수는 미련하게 매일 쓰는 사람이다. 생각에만 그치는데 결과가 나오기 어렵다.

현장을 누비는 고수는 바쁜데 언제 썼는지 1년에 1권씩 꼬박꼬박 탈고를 한다. 스티브 잡스도 연설문을 다른 사람에게 맡기지 않고 자신이 쓴 이유는 자신의 마음을 담고 싶었기 때문이다.

책이 안 나오는 사람들의 5가지 공통점

1. 아이디어는 많은데 어떻게 써야 할지 막막하다.

→ 아이디어는 휘발성이 있어 어디에 써놓지 않으면 날아간다. 메모부터 시작하라.

2. 많은 자료를 쌓아놓고 정리를 하지 못 한다.

→ 컴퓨터에 있는 자료든 손으로 쓴 메모든 하나로 정리하지 않으면 통합이 되지 않는다. 노션에 컴퓨터 있는 자료는 붙여넣고, 손으로 쓴 메모는 스캔앱이나 스캐너를 통해서 정리한다.

3. 산만한 내용을 펼쳐 놓기만 하고 요약하지 못 한다.

→ 산만한 내용을 하나 읽어보고 내용이 중복된 것은 삭제하며 내용의 연

관성이 높은 것을 묶어서 목차를 구성해본다.

4. 읽는 사람에게 맞춰서 어떻게 구성해야 하는지 모른다.

→ 내 주변에 이 책이 필요한 사람부터 찾아서 내가 이런 책을 쓰려 하는데 어떤지 자문을 받는 것이다. 나이가 어린 독자라고 하더라도 요즘은 리버스 멘토링을 받는 것처럼 그들에게 묻고 그들이 어려워하는 페인포인트를 잡아서 책을 내면 된다.

5. 글쓰기 자체에 대한 부정적 인식을 갖고 있다.

→ 어릴 때부터 글쓰기를 못했다는 부정적 인식을 갖고 있는 사람이 의외로 많다. 우리는 사실 글쓰기 교육을 제대로 받아본 적도 없다. 태어날 때부터 글쓰기를 잘하는 사람은 없다. 특히 책쓰기는 글쓰기의 부분이 10% 밖에 안 된다. 나머지 90%는 저자의 잠재역량과 출판사의 핵심역량이 합쳐야 좋은 성과가 나오게 된다.

 글쓰기 태도가 내 책을 바꾼다

'너무 어려워서 못쓰겠어. 역시 난 글쓰기가 안 돼.'

자신의 재능과 능력이 '불변하고 고정된 자질'이라고 믿는 마음의 상태를 가지고 있을 수 있다. 흔히 그런 상태에 있는 이들은 선천적인 요인을 중시하며 "아무리 노력해도 재능이나 자질은 바꿀 수 없다"라는 낙인을 스스로 찍는다. 따라서 어려운 상황에 처할 때에도 그 상황을 극복하려 하기보단 감추거나 숨기려는 특성을 보인다. 이런 상태를 '고정 마인드셋(Fixed mindset)'이라고 한다. 반대로 위와 같은 상황에 닥쳤을 때 포기하는 대신 '어떤 부분이 문제일까?', '무엇을 다르게 봐야 잘 쓸 수 있을까?' 등 고민을 하는 성장 사고방식을 갖은 사람들이 있다. 언뜻 들어선 비슷하지만 '나는 글을 잘 쓰지 못해'라고 생각하는 것과 '나는 아직 글을 잘 쓰는 방법을 잘 몰라'라고 생각하는 자세의 차이는 크다.

스탠퍼드대학 사회심리학자 캐롤 드웩 교수는 《마인드셋》이라는 책에서 자신을 한계 이상까지 끌어올린 사람들은 삶을 살아가는 '관점'이 다르다고 주장한다. 그들은 부단히 노력하면 자신의 정신적·신체적·예술적 재능이나 능력이 점차 발전되고 성장할 수 있다고 믿는다. 그리고 그런 믿음은 새로운 도전과 경험을 가능케 해 어떤 실패나 어려움도 이겨내게 하는 거대한 동력이 된다. 그런 사람들을 '성장 마인드셋(Growth mindset)을 가진 사람들'이라고 지칭한다.

잭슨 폴록은 헌신적인 노력으로 현대 미술사에 한 획을 그은 인물이다. '타고난 재능이 거의 없었다'라고 평가받는 폴록은 굴하지 않고 항상 생활에서 예술을 생각하고 실천하는 자세로 살았다. 진지했던 그의 태도에 주변에서는 점차 그를 눈여겨보기 시작하고 재정적 지원까지 해줬다. 물감을 끼얹은 독특한 추상화가 뉴욕현대미술관에 걸려 있기까진 그의 이 같은 성장적 사고가 있었던 것이다. 드웩 교수의 말에 따르면, 실제 학교에서 마인드셋 이론을 가르친 후 작가를 지망하던 매기란 학생은 글에 대한 공포증을 극복했다. 성장 마인드셋을 향한 변화가 분명 모든 경험을 해결해주는 것은 아니지만 이전과는 다른 삶, 더 풍성한 인생을 살 수 있게 도와주는 것은 사실이라고 말한다.

뇌 과학자 테리 도일(Terry J. Doyle) 미시간 펠리스주립대 교수는 "인간의 뇌는 움직임에 최적화되면서 진화해 왔다"고 강조했다.

"앉아있는 것 보다 움직이는 것이 학습하는 데 도움이 된다. 움직이는 뇌가 생존하는 뇌다. 인간은 움직이며 생존해왔다. 걷거나 가벼운 운동기구를 이용해 학습하면 우리 뇌는 자극을 받으며 학습능력이 높아진다."

우리의 뇌는 '움직임'을 자극으로 받아들여 학습상태를 최적으로 유지한다. 뇌과학을 기반으로 한 학습에서 가장 중요한 것은 뇌의 신경가소성이다. 신경가소성(Neuroplasticity)이란, 지식이나 경험이 쌓이면 새로운 신경이 성장하고 신경 연결망이 추가되면서 뇌가 변화하며 발전하는 능력을 뜻한다. 학습은 집중력과 기억력의 싸움이다. 공부를 잘하고 싶다면 우리 몸에 '노르아드레날린', '도파민', '세라토닌'이 잘 나오도록 해야 한다. 이 세 가지 신경화학물질은 우리의 뇌가 집중하고 지속적인 배움을 가질 수 있게 해준다.

특히 도파민이 중요하다. 집중을 못 하는 사람은 도파민이 나오지 않기 때문이다. 테리 도일 교수는 "스트레스를 받거나 가족, 친구 등과 내적 갈등을 겪게 되면 우울해지고 우울증이 있는 사람은 학습을 잘할 수 없다"라고 설명했다. 우리의 두뇌는 화학반응을 일으키는데 감정과 연결되어 있기 때문이다. 책쓰기를 잘하기 위해서는 먼저 마인드셋부터 바꿔야 한다.

세상에는 완벽한 글은 없다. 다른 사람에게 맡기는 것이 더 좋아 보일 수 있다. 하지만 진정한 리더는 자신의 글을 다른 사람에게 맡기지 않는다. 왜냐하면 글을 써야 스스로의 생각을 정리하고 잘못된 생각을 피드백할 수 있기 때문이다. 구더기가 무서워 장을 담그지 않을 수는 없다. 잘못 쓴 글이 있으면 고치면 된다. 어제보다 오늘 더 잘 쓰면 된다. 실패를 통해서 인간은 성장한다.

말로만 떠벌이가 되지 말고 차라리 투덜대면서 글로 써라. 리더는 말을 적게 하고 글을 많이 쓰는 사람이다. 평가는 말이 아니라 글로서 받는다.

리더는 조직을 위해 지적 유산을 남긴다. 과거를 피드백 하기 위해 좋은 도구는 글쓰기다. 과거와 현재를 적으면 미래를 바꿀 수 있다.

처음 새로운 책쓰기 습관을 익힐 때는 장애물을 최대한 낮게 설치하는 것이 중요하다. 요즘 디지털 드로잉을 배우고 있다. 어릴 때부터 가장 못하는 것이 그림이었다. 1일 1그림을 1개월 동안 꾸준히 그렸다. 이제 캐릭터 명함을 만들 정도로 발전해있다. 글쓰기도 마찬가지로 30일 동안 쉽게 시작하라. 처음부터 너무 무거운 바를 들지 마라. 새로운 습관에 익숙해지면 그때 양을 늘려도 된다. 이 방법이 의지력을 키우는 데 크게 도움이 된다. 아무것도 쓰지 않으면 아무 일도 일어나지 않는다. 작심삼일이라도 계속 써라.

다만 책을 쓰는 일도 중요하지만, 그 책이 출간이 되어야 의미가 있다. 책쓰기는 누구나 할 수 있다. 하지만 책을 쓰려면 그 분야의 책이나 자료를 많이 읽어야 하고 많이 고민해야 한다. 그런 노력을 하는 것만큼 성장하는 것은 당연하다.

"책 쓰기를 방해하고 있는 걸림돌은 무엇입니까?"

필자가 예비저자들에게 자주 하는 말이다. 다시 옛날의 모습으로 돌아가지 않으려면 우선 해보고 포기해도 늦지 않는다. 내 안에 도사리고 있는 브레이크를 스스로 떼고 엑셀러레이터를 밟아야 진전이 있다. 걸림돌이 디딤돌이 될 수 있도록 자주 책쓰기 수강생들이 질문하는 목록 10가지를 정리했다.

1. "제가 과연 책을 쓸 수 있을까요? 소질이 없는데요."

타고날 때부터 소질이 있던 사람은 없다. 펜을 들고 태어난 사람은 없다. 내가 갖고 있는 지혜를 묶으면 책이 된다.

2. "주변에서 반대를 하는데요?"

사업을 하든 이직을 하든 주변에서 찬성하는 것을 본 적이 있는가. 내가 처음 국문과에 간다고 할 때 부모님께서도 반대했다. 하지만 끝까지 소신을 밀어붙였기 때문에 지금이 있다고 생각한다.

3. "경력이 없는데요. 책을 쓸 수 있을까요?"

청소년도 책을 쓰고, 군대 갔다 온 경험을 가지고도 책을 쓴다. 중학교 중퇴자도 책을 내는데, 경력으로 책을 쓰는 것이 아니라 내 경험으로 책을 쓰는 것이다.

4. "저는 돈이 없는데, 책 내는 데 1,000만원이라고 하던데요?"

자비출판, 기획출판이 있고, 기획출판으로 하면 돈이 없어도 책을 낼 수 있다. 게다가 소량으로도 출판할 수 있는 시대다. 흔히 POD(Publish On Demand)라고 부른다. 독자들이 책을 주문하면 그때 책을 인쇄해 판매한다. 인쇄비는 다소 비싸지만, 물류비 걱정이 없고 재고가 남지 않는다. 부크크는 POD를 지원하는 곳 중 하나다. 종이책 출판이 부담스럽다면 전자책 출판을 하면 된다. 이제 어떤 콘셉트의 책을 쓸 것인가를 고민하면 된다.

5. "저는 전문가가 아닌데 책을 쓸 수 있나요?"

책의 장르마다 다르다. 전문가가 아니어도 되는 장르에서 책을 낼 수 있다. 당신이 낼 수 있는 분야의 책은 무엇인가?

6. "저는 유명한 사람이 아닌데 책을 낼 수 있나요?"

유명한 사람은 처음부터 유명했겠는가. 책을 쓰고 유명해진 경우가 많다. 책은 자신의 지식과 경험을 쏟아서 어렵게 내는 것인 만큼 퍼스널 브랜딩 차원에서 유명해질 가능성이 높다. 단 책의 퀄리티가 보장되어야 한다.

7. "저는 글쓰기를 해본 적이 없는데요?"

사실 문학적 글쓰기와 실용적 글쓰기는 다르다. 당신이 쓰려는 책은 예술성이 있는 글쓰기가 아니다. 이미 당신은 직장이나 학교에서 글을 써왔다. 하나의 주제로 꾸준히 쓰면 책이 될 수 있다.

8. "출판사에서 내준다는 곳이 없는데요?"

처음부터 누가 당신을 알아서 내준다고 하겠는가. 요즘은 브런치나 블로그, 인스타그램, 페이스북 등에 글을 쓰면 출판사에서 자연스럽게 연락이 온다. 중요한 것은 내가 꾸준히 글을 쓰느냐다.

9. "책을 잘 읽지 않았는데요?"

지금부터 출간하려는 분야의 책을 읽고 쓰면 된다. 이미 당신은 경험과 노하우를 가지고 있지 않은가. 그것을 어떻게 엮느냐가 중요하다. 구슬도 엮어야 보배가 된다.

10. "책을 쓰면 어떤 것이 가장 좋은가요?"

이 세상에서 가장 큰 공부는 책쓰기이다. 책을 쓰는 과정에서 자신이 다듬어지기 때문이다. 인생을 제대로 살고자 한다면 책을 써보자. 그러면 자신의 수준을 철저하게 깨닫게 된다.

써야 쓰임새가 생긴다

작가가 되고 싶다면 작가들이 하는 일을 하라. 무슨 일이 있어도 매일 글
을 써라.

– 주디 리브르

 글을 쓰지 않으면 글쓰기는 절대로 늘지 않는다

대부분의 예비 저자들은 시작 전에 출간에 대한 고민과 자신감 부족 등의 고민을 안고 출발지점에서 벗어나지 못한다. 책쓰기를 시작할 결심은 누구나 한다. 책을 쓴다는 것은 정확한 마감 날짜를 지킬 수 있어야 한다. 집중력이 필요하다. 잘못된 것을 정확히 파악하고, 원고 집필 구조와 균형을 바로잡아 단시간에 가장 강력한 성과를 만들어야 한다. 최적화된 과정을 한 번 거치게 되면 스스로 책을 출간할 수 있다. 출간하면서 많은 것을 배우게 된다. 표지 디자인, 원고 교정, 책 마케팅 등 어디서도 배울 수 없는 것을 깨닫고 알게 되면서 시야가 넓어진다.

진짜 어리석은 행동은 쓰지 않는 것이다. 쓰지 않으니 쓰임새를 찾기 어렵다. 책을 쓰면 진짜 쓰임새가 생긴다. 써야 고칠 수 있다. 쓰지 않으면 피드백이 되지 않으니 고칠 수 없고 진척이 없는 것이다. 책을 안 쓴 사람들은 아직 쓰임새가 생기지 않았다는 얘기를 해주고 싶다. 써야 자라나고 자라나야 리딩할 수 있고 리딩하다 보면 리더가 된다. 책을 읽고 자신의 지식과 경험을 나눠주는 사람이 되어야 한다. 가지고 있는 것을 써야 쓰임새가 생긴다.

사람들은 자신의 뜻을 세상에 알리고 싶은 자기 발현의 수단으로 책쓰기를 한다. 리더는 자신만이 아닌 사회에 도움이 되고자 하는 목적으로 글을 쓰고 그것을 책으로 쓴다. 리더는 목차부터 고민해서 한 꼭지씩 알려주고 피드백하며 그 과정에서 얼마나 힘든지 해본 사람만이 그 심정을 이해한다. 그냥 혼자 쓰는 게 더 쉽고 빨리 완성할 수 있으나 팔로어들을 사랑하는 마음이 깃들었기에 차후 고전이 된다.

온갖 생각만 하고 아무것도 쓰지 않으니 열매가 없다. 글쓰기를 가르치다 보면 과제를 내지 않고 그냥 듣는 사람들이 많다. 하지만 그들은 피드백을 받지 못하기 때문에 실제로는 성장하지 못한다. 분명 똑같이 과제를 주었지만 어떤 사람은 과제를 내면서 글쓰기를 피드백 받고, 어떤 사람은 과제를 내지 않아서 그냥 강의만 듣게 된다. 결국 좋은 강연을 듣거나 유튜브를 봤다고 내 글쓰기가 성장하는 것은 아니다. '아는 것'과 '쓰는 것'은 다른 문제다.

 음악가 → 건축가 → 직물디자이너

좋은 책을 쓰기 위해서는 3가지 역할을 거쳐야 가능하다. 첫 번째, 음악가, 두 번째, 건축가, 세 번째, 직물디자이너이다. 발터 벤야민은 《일방통행로》에서 다음과 같이 이야기한다.

"좋은 글을 쓰기 위해서는 세 단계를 거쳐야 한다. 영감을 얻고 글을 구상하는 음악의 단계, 글을 짓는 건축의 단계, 마지막으로 세부를 엮는 직조의 단계가 그것이다."

독자에게 유의미한 책을 쓰기 위해서는 3가지 역할을 통과해야 한다.

첫째, 음악가(musician)의 역할이다.

주제에 맞는 소재를 포착하기 위해 고도의 집중력을 동원해 콘셉트를 구상하는 첫 단추다. 책에 대한 영감을 얻고 글을 구상하는 단계를 거쳐야 한다. 실패한 음악가는 아무런 리듬이 없다. 책은 일성(一聲)을 내야 한다. 하나의 소리가 되지 않으면 다른 사람을 움직이기 힘들다. 한마디가 상대의 폐부를 찌르는 감동을 준다.

둘째, 건축가(architect)의 역할이다.

써 놓은 글을 다시 구조에 맞게 새로 설계하는 역할이다. 실패한 건축가는 쉽게 공사를 끝내려고 한다. 책은 쉽게 무너지지 않도록 목차를 단단하게 만들어야 한다.

셋째, 직물디자이너(textile designer)의 역할이다.

촘촘하게 씨줄과 날줄을 엮는 편집 역할로 마무리가 되어야 한다. 그동안 내 책을 쓰는 단계가 어디에 문제가 있었는지 다시 한번 성찰해보자. 당신이 쓰는 책은 오직 단 한 사람을 위해 존재한다.

책을 쓸 공간을 찾아본다

좋은 공간은 우리의 영혼을 깨우는 데 좋다. 내가 편안한 공간이 제일 좋다. 사람들의 웅성거리는 커피숍이 좋다면 그곳에서 쓰면 된다. 반대로 조용한 공간이 필요하다면, 그런 곳을 찾으면 된다. 책을 잘 쓰는 공간이 따로 있는 것이 아니다. 나에게 맞는 공간이 최고다. 새벽형 인간이라면 오전 4시~6시까지 출근 전에 일어나서 거실 책상에서 책을 쓸 수 있다. 저녁형 인간이라면 오후 8시~10시까지 저녁 약속을 하지 않고 커피숍에서 책을 쓸 수 있다. 1일 1시간을 쓰면 좋지만, 바빠서 30분밖에 안 된다면 그 시간이라도 확보해 두는 것이 중요하다. '나중에 써야지'라고 미루면 절대 안 된다.

 끊임없는 자기성찰을 위해서 스스로 유배시켜라

위대한 작가들은 자기의 절대고독을 글쓰기로 승화시켰다. 작가가 아니더라도 책상에 가두지 않으면 결코 좋은 글을 쓸 수 없다. 자기와의 싸움에서 이겨야 한다. 진정한 관계는 자신이 다른 사람과 의존하지 않는 독립된 개체였을 때 가능하다. 관계는 수용성도 중요하지만 독립성을 확보해야 한다. 제대로 살고 싶으시다면 스스로 유배시켜서 독립성을 확보해야 한다. 글쓰기를 통해 자신과 타인의 삶에 대한 능동적인 관심을 갖게 된다. 사색은 '유배라는 행위'에서 나온다.

소설가 한승원은 자기를 스스로 유배시키고 가두라고 조언한다. "어떤 글이든지 그것을 쓰기 위해서 나는 철저하게 나를 서재 속에 가둔다"라고 말한다. 끊임없는 자기성찰이 없으면 간결한 문장이 나오기 어렵다. 세계적 작가 세르반테스는 레판토 해전에 참전했다가 가슴과 왼손에 총상을 입었고, 그 후유증으로 평생 왼손을 쓰지 못하여 '레판토의 외팔이'라는 별명을 얻었지만 세비야에서 감옥에서 소설《돈키호테》를 구상한다. 노벨 문학상을 수상한 버트런드 러셀은 감옥에서 글쓰기를 멈추지 않았다. 그의 일과는 하루 4시간의 철학 독서, 4시간의 일반 독서, 그리고 4시간의 집필로 짜여 있었다. 결국 형무소에서《수학 철학 입문》을 썼다. 다산 정약용 선생은 18년간의 유배지 중 복숭아뼈에 세 번이나 구멍이 났다는 일화가 전해질 정도로 호롱불 아래에서 글쓰기에 몰입해 500여권 책을 쓰고 제자를 길러내셨다.

 ## 나를 유배할 공간을 확보했다면 무조건 써라

생각하지 말고 무조건 써보라는 것이다. 오만가지 생각만 하다가 인생 허송세월을 보내지 마라. 복잡하게 생각한다고 글이 좋아지지 않는다.

책을 쓰는 사람에게 영화〈파인딩 포레스터〉를 추천한다. 아직 안 본 사람은 꼭 보기 바란다. 아직도 실패의 두려움 때문에 글을 시작하지 못하는 사람에게 용기를 주는 영화다. 이 영화는《호밀밭의 파수꾼》의 작가제롬 데이비드 샐린저를 모델로 했다고 알려졌다. 고등학생 자말 월레스(롭 브라운)는 길거리 농구밖에 모르는 학생이다. 어느 날 그는 동네 아파트에 거주하는 이상한 남자 포레스트(숀 코너리)에게 관심을 갖다가 그의 집에 숨어든다. 하지만 주인에게 들키자 놀라 배낭을 둔 채 도망치고, 며칠 뒤 창문으로 던져진 배낭 속 일기장에서 빽빽한 수정과 조언을 발견한다. 그것을 계기로 남자는 자말에게 글쓰기를 가르쳐준다. 영화 속 명장면 대사를 보자.

"자기 자신을 위해 쓴 글이 다른 사람을 위해 쓴 글보다 훨씬 나은 이유는 뭘까?"

"……"

"앉아라! 시작해!"

"뭘 시작하죠?"

"그냥 쓰는 거야. 키보드를 두드리기만 하면 되는 거야. 우선 가슴으로 초안을 쓰고 나서 머리로 다시 쓰는 거야. 작문의 첫 번째 열쇠는 그냥 쓰는 거야."

"……"

"가끔은 타이프의 단조로운 리듬이 페이지를 넘겨 가게 해주지. 그러다 자신만의 단어를 느끼기 시작하면 쓰기 시작하는 거야."

영화 대사를 듣다가 무릎을 쳤다. 그 많은 글쓰기 스승들이 이야기했던 것이 영화 대사로 나왔다.

"쓰고, 또 쓰고, 무조건 계속 써라!"

나탈리 골드버그도 글쓰기 책을 읽지 말고 그 시간에 글을 쓰라고 말하지 않는가. 영화 속에서 포레스터는 자말에게 이야기한다. 생각을 멈추고 우선 타자기를 치라고. 타자기의 소리를 들으면서 새로운 단어를 떠올리라고 말한다.

 ## 글쓰기의 메타 인지력을 길러라!

초고는 빨리 쓰고 천천히 인쇄해서 들고 다니면서 퇴고하면 된다. 《하버드 글쓰기 강의》의 저자 바버라 베이그는 글쓰기 종류에는 중요한 두 가지가 있다고 한다. '쓰고 싶은 글'과 '써야 하는 글'이다. 이 두 가지 중 어떤 경우라도 영감에만 의존할 수는 없다. 잘 단련된 '글쓰기 근육'과 '글 쓰는 작업'에 대한 이해력이 필요하다. 글쓰기 근육이 없는 사람은 절대로 글을 잘 쓰기 어렵다. 글쓰기 근육은 단지 문장력만 의미하는 것은 아니다. 근육을 단련하는 훈련의 장에서 작가의 역량이 길러진다. 처음의 생각에서 하나의 작품으로 완성될 때까지 글쓰기 과정에 대한 이해력을 높여준다.

글쓰기에 대한 메타 인지력이 높아져서 글쓰기에서 실수할 수 있는 것을 줄여나간다. 글쓰기는 운동과 마찬가지로 복잡한 기술이다. 어떤 글쓰기든 '하고 싶은 말'을 찾아내는 기술과 '읽고 싶은 글'로 디자인하는 기술로 나눌 수 있다. '하고 싶은 말'을 탐색할 때 좋은 방법이 '프리 라이팅'이다.

'프리 라이팅(freewriting)'이란 그냥 마음 가는 대로 부담 없이 쓰는 전통적인 글쓰기 방법이다. 머리에 떠오르는 것을 그대로 글로 옮겨 쓰는 방식으로, 전통적인 작문 방법의 하나다. 10분간 아무 생각 없이 쓰면 된다. 그냥 낙서하듯이 쓰면 소재를 모으면서 편하게 적는다. 이때는 형식보다는 내용에만 신경 쓰면 된다.

 시간을 갉아먹는 습관이 있다면 하지 말아야 할 목록을 작성하라!

시간을 갉아먹는 습관이 있다면 이를 바로잡기 위해서 'not to do list'를 작성하면 효과적이다. 《Joy of Strategy: A Business Plan for Life》의 저자 앨리슨 림(Allison Rimm)은 "시스템을 제어할 수 있는 한 가지 방법은 세 가지 다른 할 일 목록을 만드는 것"이라고 말한다. 첫 번째 목록은 '중요하지만 시간에 민감하지 않은 프로젝트'이며, 두 번째 목록은 '오늘 완료해야 하는 항목'이고, 세 번째 목록은 '할 일 목록'이라고 부른다. 아마도 이 세 가지 중에서 가장 중요한 것은 'not-to-do list'인데, "내 시간의 가치가 없다고 의식적으로 결정한 것들을 생각나게 하는 데 사용된다"라고 한다.

"이걸 써 놓으면 그들이 할 일 목록에 몰래 들어가는 것을 막을 수 있다."

'not-to-do list'는 실제로 자신의 시간과 관심을 끌고 실행을 우선시하는 데 도움이 된다. 시간 도둑은 한번 놔두면 매일 매일 시간을 잡아먹게 된다.

 ### 'Not to do list'가 있으면 거절할 용기가 생긴다는 것

경영학자 피터 드러커는 하버드대학교로부터 4번 영입 제안을 받았지만 모두 거절했다. 두 번은 비즈니스 스쿨, 두 번은 정치 행정학 쪽이었다. 하버드대의 영입 제안을 4번이나 거절한 인물은 하버드대 역사상 드러커가 유일하다. 드러커가 하버드대로 가기를 거절한 이유는 하버드대에 '교수는 한 달에 3일 이상 외부 컨설팅을 해서는 안 된다'라는 규정이 있었기 때문이었다. 피터 드러커의 '하지 말아야 할 목록(Not to do list)'에 '죽은 지식을 전달하지 않겠다'는 목록이 있었기 때문에 하버드의 제안을 거절할 수 있었다.

 ### 'Not to do list'가 없으면 성급해진다는 것

'Not to do list'가 없는 사람들의 특징은 우선 '성급하다'는 것이다. 성과가 좋은 경영자들은 절대 서두르지 않고 꾸준히 하기 위해서 편안하게 속도를 자신에게 맞춘다. 결코 속도에 자신을 맞추지 않는다. 의욕이 앞선다고 동시에 많은 일을 하기 어렵다. '해야 할 일'을 파악하고, '우선순위'를 정한 다음 '개별업무'로 쪼개고 그 업무당 'How Long' 최소한 시간 소요량을 확보한다. 어떤 작업에 소요될 시간을 낮춰 잡는다. 모든 일은 진행 중에 예상 못 했던 경우의 수를 고려하는 것이다. 처음 계획 그대로 진행되는 일은 거의 없다. 실제 필요로 하는 시간보다 훨씬 더 많은 시간을 할당한다. 그래야 예상치 못했던 일을 해결할 수 있는 여유분이 생기고 성과가 높다. 무조건 할 일 위주로 짜다 보면 단거리로 뛰게 된다. 장거리를 뛰려면 여유분을 확보하라.

Tip · 책을 쓰기 위한 5가지 집필계획 원칙

1. 저자는 '재능'이 아니라 '습관'으로 만들어진다.

책을 쓰는 습관이 내 몸에 배려면 최소한 30일이 넘어야 한다. 책쓰기는 '타고나는 것'이 아니다. '짜낸 것'이다. 그래서 책을 내는 것은 산고(産苦)라고 표현한다.

2. 꾸준히 자신만의 공간에 갇혀 있어야 책이 나온다.

일정한 분량을 만드는 것은 오직 저자의 몫이다. 공저를 쓴다고 해도 마찬가지다. 책쓰기를 여럿이 모여서 하면 서로 참견하다가 배가 산으로 간다. A4 용지 7장 분량을 정하고 일주일 후까지 보내 달라는 마감일을 정해야 한다.

3. 모든 비즈니스는 자료에서 시작한다.

'할 말'을 내부에서 모으고, '보여줄 글'을 외부에서 모아야 한다. 자료를 모으다 보면 빅데이터 시대에는 끝이 없다. 정말 쓸만한 자료가 아니라면 모으지 말아라. 진짜 필요한 정보만 한군데에 모아둔다.

4. 글을 쓸 때는 독자의 이름을 적어놓으면 명확해진다.

누군가 한 사람을 위한 책은 결국 백 사람도 설득시킬 수 있다. 책 쓰기 과정을 널리 공표해야 한다. 주변 사람에게 공개적으로 알리면 긍정적인 반응과 응원을 받게 되면서 더욱더 책쓰기가 탄력을 받게 된다.

5. 초고는 발견하는 발상 과정이라면 퇴고는 삭제하는 수렴 과정이다.

글쓰기는 '담지 말아야 할 것'을 고르는 과정이다. '해야 할 목록(To do list)'보다 '하지 말아야 할 목록(Not To do list)'을 적어본다. 책을 잘 쓰려는 마음을 내려놓고 잘못되었을 때를 생각하면서 책 속에 담지 않는 것부터 삭제하면 더욱더 책쓰기의 질이 좋아진다.

꿈을 날짜와 함께 적어놓으면 그것은 목표가 되고,
목표를 잘게 나누면 그것은 계획이 되며, 그 계획을
실행에 옮기면 꿈은 실현되는 것이다.

– 그레그 S.레잇

　집필계획을 정하는 것이 가장 어려운 일이다. 보통 작가가 되려는 사람들은 마감일에 쫓기는 경우가 많다. 먼저 보내는 경우가 거의 드물다고 한다. 아마도 바쁘고 퀄리티를 생각하다 보면 마감일이 되어도 원고가 도착하지 않고, 결국 계약이 파기되는 경우도 있다.

　인터뷰를 할 편집자로 누가 가장 좋을까 여러 사람과 고수를 추천해달라고 했다. 물망에 오른 사람이 많았다. 16년 차 김유진 편집자를 따라올 사람이 없을 것 같았다. 왜냐하면 필자가 그녀와 함께 《독습(讀習)》이라는 책을 만들었기 때문이다. 어떻게 보면 이 책을 만드는 것은 읽고 쓰기가 하나로 되어야 가능하다. 쓰기 위해서는 반드시 읽어야 하는 것이다. 그녀는 필자에게 책쓰기 먼저 내라고 조언을 했는데, 그때 아직 뜸이 덜 들었다고 말했고, 독습을 먼저 내었다. 이제 책쓰기에 대한 물결이 끓고 있어서 책을 낼 시점이 왔다. 책은 임계점이 중요하다. 단지 책을 낼 수 있다고 내서는 안 된다. 책을 쓰는 저자가 어떤 집필계획을 갖느냐에 따라서 책의 퀄리티와 영향력이 달라진다.

Q1. 선생님께서 여러 책을 내실 때 저자께서 마감일을 지키지 못하는 경우도 많았을 텐데, 어떻게 하면 집필 계획을 잘 지킬 수 있을는 지요?

가장 먼저 목차를 확정하는 것이 중요합니다. 여기서 '확정'이라 함은 목차의 얼개를 말씀드리는 것입니다. 예를 들면, 몇 부, 장, 파트로 구성할 것인가, 각 부, 장, 파트 안에 들어갈 챕터들의 개요와 숫자, 원고량 등 어느 정도 목차의 얼개를 잡아야 해요. 목차의 제목들은 차후에 바뀌어도 상관없지만, 얼개는 최대한 모양이 갖춰진 상태라야 마감일에 맞춰 집필 일정을 잡으실 수 있습니다. 그렇지 않으면 원고를 쓰는 도중에 재작업하게 되어 마감일에 맞춰 탈고하시기는커녕 하염없는 집필의 굴레에 갇혀버리실 수 있습니다. 그렇게 해서 결국 빛을 보지 못한 미완성의 원고들이 많습니다.

Q2. 어떻게 하면 목차를 잘 확정할 수 있을까요?

베테랑 저자가 아니시면, 목차는 가능한 한 편집자와 상의하여 확정하시기를 추천 드립니다. 이것이 출간까지의 효율을 가장 높이는 방법입니다. 출판계약 전이시거나 출판사 편집자와 협의가 용이하지 않은 경우, 요즘은 재능마켓 등에서도 프리랜서 편집자의 컨설팅을 받으실 수 있습니다. 콘셉트가 확실히 보이고 얼개가 잘 잡힌 목차일수록 실제 계약으로 이어질 가능성이 높습니다. 목차가 확정되었다면, 마감일, 즉 목표 탈고일 기준하여 역순으로 타임테이블을 작성해보시길 권합니다. 타임테이블은 마감일 → 3차 탈고 → 2차 탈고 → 초고 탈고 순으로 잡고, 초고 탈고를 위해 하루에 몇 페이지 혹은 몇 챕터를 작성하셔야 하는지 계산하여 계획을 짜는 것이 좋습니다. 원고량과 각자 상황에 따라 다르지만, 저는 보통 2~3차 탈고에 한 달 정도 잡습니다.

Q3. 그러면 초고를 어떻게 작성하면 좋을까요?

매일 목표량을 집필하시되, 이미 쓴 원고는 가능하면 전체적으로 1차 탈고 전까지는 수정하시지 말고 계속 써 내려가시는 것이 좋습니다. 처음부터 완벽한 원고는 없습니다. 마음에 안 드는 문구, 표현, 구성 등을 계속해서 손보기보다는, 엉성하더라도 전체 초고를 탈고하는 것이 요령입니다. 우선 완벽주의를 내려놓고, 마음에 안 들더라도 타임테이블에 따라 다음 작업을 계속하십시오. 목차에 맞춘 초고 탈고를 최우선 목표로 하시길 추천드립니다. 완성도는 초고를 탈고한 후, 2차~3차에 걸쳐 높여갑니다. 주변인이나 편집자의 피드백 또한 이 단계에서 받으시길 추천합니다. 미완 상태에서 여러 피드백을 받다 보면 보완 과정에 지나치게 시간이 소요되고, 원고 방향도 산으로 가는 수가 있기 때문입니다. (물론 예외도 있습니다. 출판사가 기획하고 저자가 집필하는 경우입니다. 이를 '기획출판'이라 하는데, 초고 집필 과정에서부터 저자와 출판사가 긴밀히 피드백을 주고받는 방식으로 작업하기도 합니다.)

Q4. **마감일을 지키는 가장 중요한 노하우는 어떤 것이 있을까요?**

마감일을 지키는 가장 중요한 노하우는 타임테이블 상의 계획을 지키며, 목차의 90% 이상을 탈고하는 것이라 봅니다. 초고를 탈고하느냐, 그 자체가 무엇보다 중요합니다. 완성도를 높이려다 초고를 다 저술하지 못하면 절대 마감일을 지킬 수 없습니다. 초고가 있어야 편집자의 피드백도 받고 보완도 하실 수 있습니다. 집으로 치자면 설계는 목차에 해당하고 시공은 초고 탈고에 해당합니다. 일단 시공이 끝나야 마감재도 좋은 거 써서 하고, 인테리어도 멋지게 할 수 있습니다. 원고도 마찬가지입니다.

Q5. **예비저자들에게 해 주고 싶은 선생님만의 책쓰기 노하우가 있다면 어떤 것이 있을까요?**

업무에서의 글쓰기와 책을 위한 글쓰기의 가장 큰 차이점 중 하나는, 누가 읽을지를 알고 모르고의 차이에 있다고 봅니다. 기획자와 마케터가 상품을 누구에게 팔지, 누가 살지를 고민하듯, 저자는 내 책이 누구에게 읽힐지, 누가 읽을지에 관한 고민이 있어야 합니다. 그런데 이 부분에 관하여 막연하게 생각하다 보면 자칫 집필 방향이 미궁에 빠지기 쉽습니다. 어디까지 설명해야 할지, 독자가 이걸 어떻게 받아들일지, 과연 이해를 할 지 묘연해 집니다. 이를 위해 '내 책을 읽을 독자'를 최소 3명 이상, 나이와 성별, 직업 등등까지 상세하게 설정하고 상상하면서 쓰시면 도움이 됩니다. 내 주변인 중 이 책이 필요한 사람, 혹은 읽히고픈 사람이나 이 책을 사볼 만한 사람을 3명 이상 설정하고 쓰시는 것도 일종의 요령입니다. 나중에 그 사람들에게는 책을 선물로 주면 영향력에도 도움이 될 것입니다.

제 **3** 강

Title
제목은 무엇인가?

책쓰기 초보가 하는 실수가 바로 제목만 고치다가 진척이 되지 않는 일이다.
제목만 가지고 여러 번 물어보는 후배들도 많다.
제목에 신경 쓸수록 미궁에 빠지는 것이다.
제목을 잘 짓는 방법으로는 우선 여러 제목을 생각해보는 것이 있다.
다른 주제로 10가지 정도 제목을 정하면 하나의 주제에 여러 이야기를 담지 않는 좋은 점이
있다.
이 책을 줄 대상을 떠올려보고, 하나의 주제를 정한 다음. 가제목을 써놓고 그냥 다음으로 넘
기는 것이다.
남의 제목을 따라가지 말고 내가 어떤 타이틀을 달고 책을 쓸 것인지 고민하라.

10가지 책 제목을 정하기

> 무릇 좋은 제목이란 좋은 비유를 닮아야 한다. 너무 까다롭지도 않고, 그
> 렇다고 너무 쉽지도 않으면서 사람을 궁금하게 만들어야 하는 것이다.
>
> — 워커 퍼시

필자는 책쓰기 마스터 클래스에 입교하는 사람들에게 과제로 주제가
다른 10권의 제목을 써오라고 한다. 10권의 책을 쓴다고 가정하고 써오
면 처음 책 제목과 많이 달라진다. 왜냐하면 1권의 책을 쓴다고 생각하며
거기에 너무 많은 것을 담으려고 하기 때문이다. 10권 중에 가장 쓰고 싶
은 책은 무엇인가? 그리고 그 책을 잘 쓸 수 있는 역량이 있는가? 첫 책
을 잘 정해야 한다. 첫 책은 내가 세상에 내는 첫 번째 소리이다. 많은 분
들은 첫 책을 기억하는 경우가 많다. 두 번째 책을 내도 처음에 어떻게 했
느냐가 중요하기 때문이다.

책쓰기에서 중요한 것이 제목이다. 제목은 그 책의 콘셉트를 명확히 하
기 때문에 잘 지어야 한다. 제목 짓기는 책쓰기의 진검승부(眞劍勝負)이다.
처음부터 정곡을 찔러야 한다. 제목은 책 맥락의 가장 대표적 특징을 말
해줘야 한다. 독자가 제목 한 줄만 듣고도 내용이 무엇인지 감을 잡을 수
있어야 한다. 출판사의 편집자나 기획자는 밥 먹듯이 책 제목을 짓는 사
람들이다. 그런 출판인들조차 독자들에게 물어보는 이유는 혹시 자기 인

식틀 안에 갇히지 않을까 두렵기 때문이다. 제목에서부터 독자들의 눈길을 사로잡아야 선택받을 수 있다. 베스트셀러는 하나 같이 네이밍이 좋다. 네이밍이 좋지 않은데 뜨기는 어렵다. 제목에서 '이름 짓기'의 중요성을 확인시켜준다. 물론 제목만 좋고 내용이 엉망이라면 오래가기 어렵다. 인위적인 마케팅은 비용이 들기 때문이다.

혹시 《꿈을 찾아 떠나는 양치기 소년》(고려원, 1993)을 기억하는가? 원제는 《The alchemist》였는데, 국내 정서를 고려해서 그럴듯하게 고쳤다. 《연금술사》(문학동네, 2001)로 재출간해서 베스트셀러가 되었다. 세계적 작가 파울로 코엘료도 나중에 이 책이 다시 잘 판매되는 이유를 모르겠다고 할 정도로 제목의 힘은 크다. 한눈에 잘 읽히고 각인되어서 오래오래 기억에 남아야 하는 제목은 약간의 핀트가 어긋나면 고생한 것이 물거품으로 돌아가고 만다.

책쓰기에서 가장 어려운 것이 제목 잡기이다. 책보다 빠른 것이 잡지이고, 잡지보다 빠른 게 신문이다. 책은 준비하는 기간이 있기 때문이다. 그래서 책 제목을 잡을 때 잡지 제목을 참고하라. 네이버 매거진 중에 싱글즈 제목이다. 제목은 임팩트가 중요하다. '줄 서서 먹는 콩국수', '바쁜 남자 Vs 나쁜 남자', '나도 인간 알레르기일까?' 등 제목만 듣고도 클릭하고 싶지 않은가? 이들은 밥만 먹고 편집회의를 하는 사람들이다. 그들을 신뢰하라.

 10가지 제목 중에 다시 3가지로 압축시켜라

한 번에 제목을 뽑지 말고, 최소한 3가지 중에서 하나를 골라야 더욱더 핵심을 담을 수 있다. 제목은 전체 내용의 핵심을 담고 있어야 주목받는다. 반드시 처음 제목을 정하면 '가제'라고 생각하고, 전체 내용을 읽은 후다시 제목을 정하면 좀 더 핵심에 가까운 제목을 선택할 수 있다. 선택할때 도움이 되기 위해 책 제목을 잘 짓는 방법을 알아보자.

좋은 책 제목을 짓는 방법 10가지

출판에서 좋은 제목이란 내용을 잘 드러내면서 한 번만 들어도 기억되어야 한다. 제목의 핵심은 표현하고자 하는 내용을 최대한 짧게 읽는 독자에게 어필해야 한다. 최근에는 모바일에서 책을 구매하는 경우도 늘고있다. 책 제목이 너무 길면 기억하기 어렵다. 20자 이내로 제목을 줄여야한다. 저자가 말하는 메시지인 책의 핵심 콘텐츠를 한 문장에 요약할 수있어야 한다. 제목을 정할 때, 처음부터 너무 완벽하게 정하지 않아도 된다. 어차피 지금은 책의 가제목을 짓는 것이다. 처음 가제목이라고 생각하고 쓰되, 어디까지나 내용에 맞게 제목을 달아야 한다.

1. 끌어당기고 싶은 문고리형 제목인가?

책 제목을 보고 문고리(door handle)를 열 듯이 책 내용으로 들어가는것이다. 좋은 제목을 보면 금방 콘셉트를 알 수 있다. 책 제목이 독자를끌어당기는 힘이 없으면 결국 문이 열리지 않는다. 흥미를 유발하지 못하거나 지나치게 선정적이면 문고리에 아예 손이 닿지 않을 수 있다. 제목은독자에게 읽히기 위해서 반드시 거쳐야 하는 관문이다. 궁극적으로 책에생생하게 살아 있는 이야기가 무엇인지 표현해주어야 한다. 이 문을 잘 뚫으면 대문이 되어 대박이 되고, 잘못 뚫으면 쪽문이 되어 쪽박이 되는 것이다. 책이 경제·경영에 놓이느냐 인문 분야에 놓이느냐는 엄연히 다르다. 엉뚱한 방향으로 이야기하면 책을 들춰보지 않을 것이다.

예) ≪어른으로 산다는 것≫, ≪부부로 산다는 것≫, ≪서른 살이 심리학에게 묻다≫

2. 한 번에 파악할 수 있는 직관형 제목인가?

제목은 직관적(Intuitive)이야 한다. 그리고 기억하기 쉬워야 한다. 예를 들면, ≪뇌가 섹시해지는 책≫의 저자 도미니크 오브라이언은 기억력 세계 챔피언으로 해외에서 알려진 인물이지만 국내 도서로 낼 때는 어떻게 제목을 지느냐에 따라서 상황이 달라진다. 원제는 ≪How to Develop a Brilliant Memory Week by Week≫였는데, 직역을 하자면 "주별 멋진 기억력 개발 방법"이 되어 다소 막연했다. 그런데 당시에 '뇌가 섹시하다'는 표현이 SNS에서 주목받고 있었다. 매체에 숱하게 노출된 문구가 책 제목과 결합하면 스쳐 지나가면서 보더라도 직관적으로 기억할 수 있다. 반대로 두 번, 세 번 생각하게 만드는 제목은 피하는 것이 좋다. 독자가 제목을 보는 순간 즉각적으로 연상할 수 있어야 한다. 지나친 기교보다 정면 승부가 통할 때가 많다.

3. 명확한 대상이 있는 제목인가?

일반적으로 명확한 대상(target)에게 메시지를 전송하기 위해서는 제목이 시작되는 부분에서 누구에게 이야기하는지를 분명히 해야 한다. 제목이 시작하는 첫 부분에 ≪서른 살이 심리학에게 묻다≫, ≪마흔에 읽어야 할 손자병법≫, ≪50세부터 인생관을 바꿔야 산다≫ 등 대상자를 분명히 제목에 명시하는 방법이다. '서른, 마흔'에서 아예 숫자로 '20, 30, 40, 50'등으로 나이가 반영된 제목이 의외로 잘 쓰이고 있다. 명확한 독자 입장에서 표현함으로 공감을 얻을 수 있다.

4. 시대를 읽는 키워드가 있는 명사형 제목인가?

시의성(時宜性)이 있어서 독자의 손을 잡게 만드는 제목이면 좋다. 예를 들면, 《블루오션》, 《88만원 세대》, 《피로사회》처럼 정의형 제목이다. 제목 그 자체가 단순한 책제가 아니라 시대의 흐름을 대변하는 상징어가 된다. "감각이 없는 개념은 공허하고 개념이 없는 감각은 맹목적이다"라고 철학자 칸트는 이야기했다. 지나치게 개념에 빠져도 안 되지만, 감각적 언어로 제목을 건져 올리지 않으면 안 된다. 책의 핵심 메시지를 요약하여 단어로 정의할 때 힘이 생긴다.

5. 스토리텔링이 될 수 있는 비유형 제목인가?

출판사들의 입장에서는 기억하기 쉽고 강렬한 책 제목을 정하는데 거의 사활을 걸고 있다. 많이 쓰는 방법이 시에서 차용하는 경우가 많다. 이때 스토리텔링이 될 수 있는 비유가 들어가면 좋다. 《나쁜 사마리아인》, 《사다리 걷어차기》, 《술 취한 코끼리 길들이기》처럼 비유형 제목도 좋다.

6. 반전이 있는 역설형 제목인가?

좋은 제목이란, 작품과의 연관성을 가지면서도 의외의 한방이 있어야 한다. 제목으로 사용하지 않았던 말을 사용해야 새로울 수 있다. 제목을 보고 책 전체 뉘앙스를 유추할 수 있어야 하지만, 새로운 반전도 주어야 한다는 것이다. 《적을 만들지 않는 대화법》, 《미움받을 용기》, 《오래된 미래》 등처럼 역설형 제목이다.

7. 호기심을 자극하는 질문형 제목인가?

예를 들면 《정의란 무엇인가》, 《어떻게 원하는 것을 얻는가》, 《어떻게 나를 최고로 만드는가》 등 질문형 제목은 호기심을 자극할 수 있다. 질문형 제목은 독자들의 궁금증을 단박에 풀어줄 것 같아서 다들 좋아한다. 독자의 관심을 끌 수 없다면 책이 나오기는커녕 출판사의 휴지통으로 직행이다.

8. 주어와 동사가 있는 문장형 제목인가?

독자가 책을 오픈하는 데 가장 결정적인 요소는 타이틀이다. 제목만 보더라도 독자가 책 내용을 어느 정도 알 수 있도록 해야 한다. 《나는 단순하게 살기로 했다》, 《나는 나로 살기로 했다》, 《나는 까칠하게 살기로 했다》, 《나는 아내와의 결혼을 후회한다》 등 '나는'으로 바꾸는 것도 널리 쓰는 주어형 제목이다. 이런 제목은 개인적 욕망을 잘 반영한다.

반면 주어만 있고 동사가 없는 제목은 아무래도 불완전하다. 굳이 사용한다면 동사는 피동형보다 능동형이 힘이 있다. 《단순하게 살아라》, 《지금 이 순간을 살아라》처럼 "~하라"는 식의 명령형 제목이 과거에는 유행한 적이 있다. 최근에는 좀 더 부드러운 표현으로 바뀌고 있다. 《하고 싶은 대로 살아도 괜찮아》, 《곰돌이 푸, 행복한 일은 매일 있어》처럼 주어와 동사를 함께 갖춘 문장형 제목도 늘어나고 있는 추세이다.

9. 구체적으로 방법형 제목인가?

《책 잘 읽는 방법》, 《막막할 때마다 꺼내 있는 면접책》처럼 해결책이 있는 방법은 오래전부터 익숙한 패턴이지만 여전히 유효하다. 《메모의 기술》, 《습관의 힘》 등 구체적으로 어떻게 해야 하는지 방법을 제시하는 제목은 수없이 많다. 구체적인 활용 영역으로 제목도 세분화하는 추세를 보이고 있다. 《생각 버리기 연습》, 《엄마의 말하기 연습》처럼 '연습', '실행'할 수 있을 것 같은 제목이다. 실용적인 정보, 유용한 조언, 속 시원한 해결책을 제시해줄 것 같은 기대감을 가지게 한다.

10. 범위를 명확하게 규정하는 부제형 제목인가?

《초격자-넘을 수 없는 차이를 만드는 격》, 《자존감 수업-하루에 하나, 나를 사랑하게 되는 자존감 회복 훈련》, 《숨결이 바람 될 때-서른여섯 젊은 의사의 마지막 순간》 등 제목이 간결할 때 부제형 제목을 쓴다. 최근 부제를 활용하는 추세다. 부제를 짓기 위해서는 먼저 제목을 잘 정해야 한다. 그다음 부제는 범위를 명확하게 규정해야 한다. 책의 내용 중에 주목할 만한 표현을 활용하는 것이 좋다. 부제는 제목 바로 아래로 붙이되, 제목보다 작은 크기로 2행이 넘지 않는 것이 좋다. 쉽게 기억하기 위해서 리듬을 살리는 것이 포인트다. 특히 운율을 맞춰야 한다. 제목에 들어간 단어의 운율을 맞추면 세련돼 보이고 기억하기 쉽다. 발음해보고 각인되기 쉽도록 단어를 조율하는 것이 좋다.

책 제목은 저자의 얼굴이다

얼굴에 나타난 표정은 보편적이어서 아주 이해하기 쉽다. 그것은 마음의 단면을 보여주는 것으로, 그 조그마한 공간에 수많은 것이 가득 차 있다. 그러므로 우리는 말로 표현하자마자 얼굴에서 한 문장을 읽어낼 수 있다. 얼굴은 책처럼 읽기 쉽다. 그리고 책을 읽고 이해하는 것처럼 긴 시간이 소요되지도 않으며, 결코 오독되지도 않는다.

– 프레데릭 손더스

내가 출간하려는 책 제목은 내 얼굴과 같다. 책을 많이 읽는 전문가들은 책의 얼굴인 제목을 중시한다. 물론 유명 저자의 인지도에 기댄 저술인 경우 책 제목을 뭐라고 지어도 되기는 할 거다. 하지만 일반인이 책을 내면 책 제목으로 독자의 호기심을 불러일으켜야 한다. 제목만 듣고도 무슨 이야기를 하는지 알 수 있어야 한다.

책을 쓸 때 헤드카피처럼 독자의 호기심을 유발해야 한다. 제목만 듣고도 다음장을 넘기고 싶은 마음이 들도록 말이다. 책 제목은 내용을 밝혀 주는 헤드카피이다. 광고의 헤드카피, 신문의 헤드라인과도 같다. 모호한 제목은 피해야 한다. 독자의 관심을 유도하는 카피처럼 쓰되, 너무 얕은 수를 써서 흥미만 유발해서는 안 된다. 오히려 신뢰성을 잃을 수 있다. 중요한 것은 책 제목이 자신에게 유리한 쪽으로 써야 한다는 사실이다. 책 제목에도 격이 필요하다. 책의 운명을 절반 이상 좌우한다는 제목을 어떻게 지을 것인가?

제목을 어떻게 뽑느냐가 책의 성패를 좌우한다

실용서를 읽다 보면 제목에서의 실수가 더욱더 크게 부각되므로 제목에서 부분적인 실수는 없는지 확인하는 점검 과정을 반드시 거쳐야 한다. 저자는 내용을 먼저 생각하고 제목을 달지만, 독자는 거꾸로 제목을 먼저 보고 내용을 읽는다는 사실을 기억해야 한다. 그러므로 읽는 사람의 입장에서 제목을 잡는 것이 핵심이다. 제목은 시선을 끌어야 하며, 내용을 읽고 싶다는 마음을 불러일으켜야 한다. 제목부터 읽게 만드는 저자는 컴퓨터 문서 작성 프로그램을 잘 다루는 사람이 아니라 상대방을 읽으려고 노력한 사람이다.

책 제목에는 저작권이 없다. 제목은 창의성을 인정하기에 너무 짧고 단지 책 내용을 표시하는 역할을 하기 때문에 저작권 인정이 어렵다. 그래서인지 책에는 비슷한 제목이 많다. 하지만 책 제목의 일부를 상표권으로 등록할 수도 있다. 따라서 제목을 지을 때도 지적재산권에는 유의할 필요가 있다. 책은 나중에 2차 저작물로 원소스 멀티유즈가 될 수 있다.

한편 온라인 시대에 검색이 잘 되는 책 제목을 짓는 한 가지 노하우로는 검색 빈도와 노출 정도가 높은 키워드 위주의 네이밍 방법이 있다. 오프라인 서점보다 온라인 서점에서 구매하는 경우가 많기 때문이다. 제목에 최신 키워드를 집어넣어라. 제목의 낱말은 생생하고 신선한 것이어야 한다. 포털 검색 랭킹에서 키워드를 찾아라. 추상적인 제목은 읽는 사람을 떨어져 나가게 한다. 구체적인 제목을 쓰기 위해서는 현실적인 용어를 사용하면 좋다. 단기성의 흥미 유발이 아닌, 제목에 키워드 검색어로 될 만한 것을 집어 넣어야 장기적으로 사람들이 찾는 콘텐츠가 될 가능성이 많다.

 제목을 선택할 때 유의해야 할 10가지 체크리스트

1. 단순히 흥미만 끌려는 과장형 제목인가?

단순히 흥미만 끌려고 하는《100억 부자~》등 과장형 제목은 이제 효과가 없다. 반짝 효과를 보는 것처럼 느낄지 모른다. 하지만 과장된 것은 그리 오래가지 못한다. 책의 내용을 간결하게 뽑아내면서 핵심적 이미지를 뽑아낸《1년에 10억 버는 방구석 비즈니스》등 구체적인 제목이 먹히는 시대다.

2. 강하게 권유하는 명령형 제목인가?

옛날에는《단순하게 살아라》등 명령형 제목이 잘 먹혔다. 명령형 제목의 강점은 구체적인 행동을 요구해 확신을 줄 수 있었다. 하지만 명령하듯이 강하게 권유하는 패턴에 지친 독자들에게는 시들시들해진 편이다. 요즘은《수학 잘하는 아이는 이렇게 공부합니다》등 제안형 제목으로 옮겨가는 편이다.

3. 잘 팔리는 책에 편승하는 유행형 제목인가?

옛날에는《아침형 인간》,《저녁형 인간》등 유행만 편승해도 팔리는 시대가 있었다. 요즘은 유행에 편승하면 외면받는 경우도 많다. 무조건 유행에 따라가지 말고, 트렌드를 선점하는 것이 좋다. 유행이 지난 진부한 단어를 빼고, 트렌드 용어를 사용한다.《메타버스》,《메타버스의 미래》등 구글 트렌드(trends.goolge.co.kr)나 네이버 데이터랩(datalab.naver.com)을 통해 트렌드 키워드 동향을 파악할 수 있다.

4. 긍정적 생각을 방해하는 부정형 제목인가?

부정형 제목은 결국 부정적 생각을 불러온다. 부정형 제목은 책을 통해서 긍정적인 메시지를 얻게 하는 데 방해를 할 수 있기 때문에 주의를 해야 한다. 하지만 《이력서 절대로 보내지 마라》, 《영어공부 절대로 하지 마라》, 《재무제표 모르면 주식투자 절대로 하지마라》, 《혼자 잘해주고 상처받지 마라》 등 부정형 제목 같지만 자세히 살펴보면 강한 부정으로 강한 긍정을 유도하는 제목이다. 부정형 제목도 잘 쓰면 좋은 제목이 될 수 있다.

5. 전문성을 내세우는 이론형 제목인가?

《반갑다 논리야》 제목 채택과정에서는 논리의 격을 세워야 한다는 편집자와 독자들에게 친근한 인상을 주어야 한다는 대표의 의견이 부딪혔다. 하지만 뚝심대로 밀어나간 것이 《반갑다 논리야》, 《논리야, 놀자》, 《고맙다, 논리야》 등 논리 3부작 시리즈로 연결될 수 있었다. 전문성이 높은 책일수록 독자가 쉽게 접근할 수 있는 제목이 추세이다.

6. 틀에 박힌 표현을 베낀 제목인가?

《철학은 어떻게 삶의 무기가 되는가?》, 《독학은 어떻게 삶의 무기가 되는가?》 등 클리셰 형식을 뒤집어라. 클리셰(cliché)란 본래 인쇄 연판(鉛版)을 뜻하는 프랑스어 어휘로 미리 만들어 놓은 기성품처럼 '틀에 박힌 표현'을 말한다. 영어의 스테레오타입(stereotype)도 어원이 같은 뜻이다. 완전 똑같이 베껴 썼다가 '폭망(?)'하는 경우가 있다. 이때 일반적으로 잘 알려진 제목에 살짝 비틀어서 쓰는 벤치마킹 방법이 좋다. 《무기가 되는 스토리》, 《한자는 어떻게 공부의 무기가 되는가?》 등 다양하게 응용할 수 있다.

7. 손에 잡히지 않는 추상형 제목인가?

《최고의 습관》 보다 《1등의 습관》 제목에서 숫자로 정리한다면 구체적으로 보일 수 있다. 《1cm 다이빙》, 《1그램의 용기》, 《1.4킬로그램의 우주, 뇌》 등 정확한 숫자로 정리할 경우, 구체적인 것을 기대하게 된다. 《살아있는 동안 꼭 해야 할 49가지》, 《초등학생이 알아야 할 100가지》등 구체적 수를 제시했다. 《끌리는 사람은 1%가 다르다》처럼 제목에 1%가 등장하더니 《울트라러닝, 세계 0.1%가 지식을 얻는 비밀》에서는 0.1%까지 쓰이기 시작했다. 제목에서 정말 많이 쓰이는 것이 숫자이다. 수치만큼 구체적인 것은 없다.

8. 명확하지 않은 기대형 제목인가?

《나는 주식투자로 은퇴했다》는 독자가 기대하는 바를 충족시킨 책 제목인가?

《나는 주식투자로 30억을 벌었다》처럼 보통 금액을 제시하는데 비해 《나는 투자로 30년을 벌었다》에서는 시간을 벌었다는 참신한 제목이 되었다.

"3,000만원으로 30억을 만들어 퇴사한 30살 투자 천재, 29살 억대 연봉의 금융권 대기업을 퇴사했다."

이처럼 독자에게 어떤 이익을 줄 것인지 명확하게 제시하는 것이 좋다. 보통 사람들은 기대하는 최고의 결과를 구체적인 수치로 언급한다. 읽는 사람이 원하는 이익을 확실하게 알릴 필요가 있다.

9. 일반적으로 범위가 넓은 포괄형 제목인가?

《죽고 싶지만 떡볶이는 먹고 싶어》, 《결혼은 모르겠고 돈은 모으고 싶어》, 《사소해서 물어보지 못했지만 궁금했던 이야기》 등을 보면 '하지만'

접속사를 통해서 서로 다른 문장을 연결하고 있다. 언뜻 보기에는 모순되는 것 같지만 오히려 다른 문장이 결합되면서 확실하게 의미가 전달하는 구체적인 측면이 있다.

10. 바꿀 수 없는 과거형 제목인가?

《지금 당장 마케팅 공부하라》, 《지금 당장 회계공부 시작하라》 등 '지금 당장' 시리즈처럼 당장 해야 할 것 같은 구매욕구를 불러왔다면, 최근은 오늘부터 변화욕구를 강조하고 있다. 《나는 오늘부터 화를 끊기로 했다》, 《오늘부터 건물주》, 《오늘부터 나는 세계 시민입니다》 등 오늘부터 책이 늘고 있으며, 《이제부터 민폐 좀 끼치고 살겠습니다》, 《이제는 오해하면 그대로 둔다》 등 이제 달라지겠다는 욕망을 부추기고 있다. '지금 여기(Now&Here)'에 집중하는 책 제목이 늘고 있는 경향이기도 하다.

첫 번째 문장의 목적은 두 번째 문장을 읽게 하는
것. 두 번째 문장의 가장 큰 목적은 세 번째 문장
을 읽게 하는 것이다.

– 조셉 슈거맨

우리나라에서 책 제목을 가장 잘 알려줄 저자가 누가 있을까? 단 한 분
이 떠올랐다. 베스트셀러의 저자이자 한국CEO리더십연구소 소장 김성회
박사다. 김성회 박사는 연세대학교에서 학·석사를 마치고, 서울과학종합
대학원에서 리더십으로 경영학 박사학위를 받았다. 그녀는 국내에서 손꼽
히는 CEO리더십 전문 저술가이며, 현재 숙명여대 경영대학원 초빙교수로
출강하고 있다. 세계일보 기자 출신으로 20여 년간 1천 명 이상의 CEO와
리더들을 인터뷰해 그들의 리더십 DNA를 집중 분석하여 널리 전파해왔
다. 인문학과 경영학의 접목, 실제 사례의 생생한 소개를 통해 우리 삶을
한 단계 끌어올릴 따뜻한 리더십을 개발할 수 있는 방법을 모색했다. 삼성
경제연구소의 CEO대상 온라인교육 사이트 SERICEO, EBS비즈니스리
뷰 한자로 보는 리더십 인문학, 각종 기업 등에서 강의하고 있다. 그녀의
리더십 강의는 항상 높은 평판과 커다란 화제를 불러일으키고 있다. 저서
로 《리더의 언어병법》, 《리더를 위한 한자 인문학》, 《센 세대, 낀 세대, 신
세대, 3세대 전쟁과 평화》, 《내 사람을 만드는 CEO의 습관》, 《용인술 사
람을 쓰는 법》, 《강한 리더》 등이 있다.

Q1. 선생님께서 여러 책을 내실 때 책 제목을 어떻게 결정했는지 자세히 알려주세요.

책 제목은 출판사가 최종결정합니다. 저는 모든 것은 전문가에게 맡기는 게 좋다는 주의입니다. 제 의견은 밝히되, 최종 의사결정은 출판사. 예컨대, 《용인술》은 원제가 "공자에게 경영을 묻다"였어요. 하지만 용인술, 출판사가 제안한 제목은 효과적이었어요. 인재경영이 좀 흔한 개념이었던데 반해 용인술은 좀 더 인문학의 느낌을 살려서요.

Q2. 선생님께서는 첫 책을 어떤 계기에서 쓰시게 되었는지요?

나는 재능이 별로 없어요. 어려서부터 책 읽기와 글쓰기를 좋아해서 별로 다른 선택지를 생각하지 못했어요. 글 쓰고 읽기를 좋아하는 사람으로서 존재감을 드러내는 당연하고 유일한 방식이라고나 할까요. 어려서부터 책을 쓰고 싶다는 일편단심을 가졌던 것 같아요. 다행히도 기자라는 직업을 가져서 제 재능을 살릴 기회도 됐고요.

Q3. 책을 쓰면서 가장 힘들었던 난관은 무엇이고, 어떻게 극복했는지요?

첫 책을 쓸 때 출판사 관계자가 해준 이야기가 떠올라요. 신문기사가 TV라면 책은 영화라고…, 자기가 돈을 내고 사보는 독자…. 물론 신문도 구독료를 내지만 오롯이 기자 한 명이 책임을 지진 않지요. 책도 공동작업이긴 하지만 저자 파워가 크지요. 출판사가 결정되고 나서도 원고를 쓰며, 과장을 섞어 말하자면 수십 번 다시 쓰기로 수정을 요구받았어요. 자존심도 상했지만, 한 배를 탄 동지, 공동파트너란 생각 때문에 수정을 거듭한 것 같아요. 책, 글을 쓴다는 것은 외로운 작업이잖아요. 글을 쓰며 누군가가 진지하게 읽고 피드백을 준다는 것은 크게 봐선 감사한 일이죠.

Q4. 예비저자들에게 해주고 싶은 선생님만의 책쓰기 노하우가 있다면 어떤 것이 있을까요?

자비출판이 아니고 기획출판을 할 생각이라면 시장 생각을 해야 할 것같아요. 시장이 원하는 책과 내가 쓰고 싶은 책 사이의 행복한 교집합을 마련하는 게 필요할 듯해요. 시장만 쫓아가도 무개성이 되기 쉽고, 내가 쓰고 싶은 책만 고집하면 출간하기 힘들 테니까요. 자기의 개성을 살리되 트렌드에 맞춰야 한다는 것. 솔직히 저도 말은 쉽지만 어려워요. 독자보다 저자가 많은 요즘 상황에선 더욱이요.

Q5. **저서를 내고 나서 달라진 점이 있다면 어떤 것이 있을까요?**

음. 책을 내고 처음 기뻤던 순간이 생각나는군요. 저를 모르는 일반 대중과의 교류, 내 생각의 나눔…. 한편으론 두렵기도 했어요. 우물가에 어린 아기를 내놓은 조마조마함이라고나 할까요. 자랑스러움, 사랑스러움, 조심스러움, 복잡한 감정…. 자신의 브랜드가 강해지는 것은 실용적 측면에서 달라진 점이라고 꼽을 수 있을 듯해요.

제4강

Index
목차는 어떻게 구성하는가

책 쓰기를 할 때 가장 중요한 것이 목차를 구성하는 일이다.

목차를 구성하려면 우선 어떤 내용을 쓸 것인지 펼쳐 놓고 그것들 중에 비슷한 내용을 묶어야 한다.

직관적으로 목차를 쓰지 마라.

논리적으로 목차를 잡기 위해서는 냉철하게 중복된 것이나 필요 없는 것들을 과감히 버려야 한다.

논리적 목차를 구성하지 못하는 이유는 주먹구구식으로 대충 잡고 시작하는 경우가 있기 때문이다.

먼저 장(chapter)을 구성하고, 각 장의 요점을 적어본다.

간단하게 한두 문장으로 끝내야 한다.

보통 6~10장으로 나누고 목차를 정한 후 쓰면 좋다.

먼저 목차를 확정하고 쓰면 당연히 글에 속도가 붙는다.

목차를 선정하는 2가지 방법

모든 과학의 위대한 목표는 최대한 많은 경험에서 얻은 사실을 최소의 가
설이나 원리에서 추론한 논리적 해석으로 설명하는 것이다.

— 아인슈타인

뒤죽박죽인 원고는 누구도 읽고 싶지 않다

책쓰기는 일기 쓰기와 다르다. 일기는 혼자 보고 끝나는 데 비해 책쓰
기는 독자들에게 정성껏 쓰는 편지와 같다. 다양한 사람들이 읽기 때문에
고려해야 할 사항도 많다. 책을 쓴다고 가지고 온 예비 저자들의 원고를
볼 때마다 이도 저도 아닌 뒤죽박죽인 원고가 많은 것에 새삼 놀라게 된
다. 목차를 대충 잡으면 내용도 대충 나온다는 진리를 기억하자.

책쓰기를 위해서 목차를 작성하는 데에는 크게 2가지 방법이 있다.

첫 번째는 목차를 먼저 잡는 톱다운(top-down) 방식이다. 원래 잘하는
분야일 때 쓰면 좋은 방식이다. 목차를 크게 나누고, 하나하나 내용을 써
위에서 아래로 내려가는 방식인 것이다. 논리적으로 쉽게 마무리할 수 있
는 장점이지만 목차가 잘못 잡히면 여러 번 수정해서 시간이 많이 걸리
는 단점이 있다.

두 번째는 먼저 다 펼쳐 놓고 목차를 어떻게 구성할지 생각하는 버텀
업(bottom-up) 방식이다. 구체적인 사실이나 사례를 찾아가면서 그룹핑을

해서 공든 탑을 쌓는 것과 같다. 목차를 직접 내용에 맞게 만드니 나중에 단단한 목차가 되어서 수정을 별로 하지 않아도 되는 장점이 있다. 반면 목차를 잡는 데 시간이 많이 걸린다는 단점도 있다.

제목보다 목차를 단단하게 구성하라

책을 쓰는 것은 집을 짓는 일과 같다. 간단하게 설명하자면 책쓰기는 집짓기이다. 건축을 할 때도 수준이 있고, 디자인도 각기 다르다. 전문적인 공부는 없어도 건축 현장의 실무 경험이 많은 사람과 건축 설계를 전문적으로 공부한 사람의 집짓기 과정도 각기 다르다.

책을 쓰는 사람은 벽돌공의 마음으로 벽돌 한 장 한 장을 넘어지지 않게 쌓아야 한다. 책의 제목은 쉽게 바꿀 수 있으니 목차 구성에 신경을 써야 한다. 책의 목차를 보면 어떤 책인지 확연히 드러난다. 관련 서적을 보지 않고 자기 경험을 쓰면 지엽적 한계가 드러난다. 삼성전자 팀장님이 썼다고 해도 그것은 삼성이니까 가능하지 우리 회사에서 불가능하다는 이야기를 듣게 된다. 구체적 사례에서 일반적으로 통용될 엑기스를 끌어와야 한다. 마치 사진을 찍을 때 줌인(Zoom In), 줌아웃(Zoom Out)으로 초점을 잡는 것과 같다. 벽돌 하나하나 맞추는 줌인·아웃에 실패하면 나중에 벽이 무너져 내린다. 논리적 목차를 통해 글의 전체적인 흐름을 유지할 수 있고, 글의 균형을 잡아 글이 무너지지 않게 할 수 있다.

목차를 구성한다는 것은 상향식으로 집필법으로, 핵심을 먼저 말한 후 부수적인 사항들을 거론하는 논리적 서술 방식이다. 상향식 목차 구성 방법에 의해 삭성된 목차의 검토는 아래에서 위로 올라가며 단위 항목을 검토하는 로직트리와 MECE기법을 활용할 수 있다. 이런 방법은 문제를 해결하는 과정에서 원인을 추궁하거나 해결책을 생각할 때 사고의 넓이와 깊이를 논리적으로 파악하기 위한 기본적인 기술이다.

책을 쓰는 데 가장 중요한 것이 바로 논리적 목차를 먼저 작성해야 한다는 점이다. 대부분의 사람들은 목차를 먼저 본 후 세부 내용을 읽는다. 논리적 목차가 글의 내용파악에 있어서 중요한 역할을 하게 된다.

권(book) 〉 부(Part) 〉 장(chapter) 〉 절(Section) 〉 조(Article)

한마디로 메뉴처럼 보기 편해야 한다. 목차의 문장을 보고 읽어보고 싶다는 매력이 있어야 한다. 목차부터 지나치게 복잡하면 읽고 싶은 마음이 들지 않는다. 분량이 많을 때는 부(Part)로 나누기도 한다. 장(chapter)은 키 메시지(key message) 6개~10개로 그룹핑하는 것이 좋다. 장이 가장 중심이 되므로 큰 제목 위주로 굵직굵직하게 써서 눈에 띄게 한다. 장의 제목은 독자가 읽었을 때 내 이야기라고 생각할 수 있도록 하고, 절(Section)의 제목은 저자가 해주고 싶은 이야기를 담는 것이다. 아티클(Article)에는 간단하게 문장으로 적어둔다. 좋은 목차는 일목요연하면서도 여백을 살리며 한눈에 들어오도록 작성해야 한다.

부(Part)	장(chapter)	절(Section)	아티클(Article)
1부 책쓰기 입문	Title 내 책 제목 쓰기	책쓰기 전에 준비사항	사전에 알아야 10가지
		가제목으로 시작한다	제목 10가지에서 3가지 추려내기
		책 제목은 저자의 얼굴	제목이 갖는 중요성 및 첫인상

		[미션1] 책 제목 10개	제목 노션 템플릿 활용
1부 책쓰기 입문	Target 누가 읽을 것인가?	출판시장 분석	고객이 없는 비즈니스를 하지 마라!
		책의 포지셔닝을 잡기	내 책 포지셔닝 맵 그리기
		하나의 콘셉트를 잡기	하나의 콘셉트로 타깃을 잡기
		[미션2] 저서 체크리스트	저서 체크리스트 노션 템플릿
	Index 목차는 어떻게 구성하는 가?	책의 목차 짜기	들어 쓴 책이 무너지지 않는다
		논리적 목차 짜기	그루핑을 해서 목차를 설정하기
		목차를 세우기	노션으로 목차를 만들어보기
		[미션3] 목차 짜기	목차 노션 템플릿 활용

저자가 초기에 책 목차를 정성껏 만드는 작업이 필요하다. 목차 잡는 것만 봐도 실력을 알 수 있을 정도다. 책을 쓸 때 중요한 것은 중복되지 않는 것보다 누락되지 않도록 목차를 구성해야 한다는 점이다. 누락된 것은 잘 눈에 띄지 않지만 중복된 것은 눈에 띄기 때문에 반드시 삭제해야 한다. 또 독자가 목차만 보고도 전체 내용을 짐작할 수 있도록 구체적으로 작성해야 한다. 이 과정에서 당연히 시행착오를 겪을 수 있다. 하지만 고심 끝에목차만 완성되어도 책을 쓰기가 수월하다.

'노션(notion)'으로 목차를 만들기(템플릿 제공)

필자가 권하는 것은 노션을 활용한 목차 잡는 것이다. 노션은 블록 형태의 글쓰기를 제공한다. 에버노트보다 단순하고 목차를 잡는 데는 직관적이다. 목차는 제목(Heading)1~3 블록 단위로만 생성된다.

노션에서 사용되는 토글(toggle)은 제목을 표시하고 접으면 아래의 내용을 숨길 수 있는 블록이다. 노션에서 제공하는 '목차(Table of Contents)' 블록을 추가하면 링크까지 제공된다. 링크를 누르면 각 제목 클릭 시 해당 '제목(Heading)' 블록으로 이동합니다. 노션으로 좀더 상세한 목차를 만들고 싶다면, 아래의 그림처럼 사이드바를 활용해서 목차를 만들어보는 것이다. (https://bit.ly/3aug5vN)

목차는 책의 뼈대를 만드는 것

완전함이란 더 이상 추가할 것이 없을 때가 아니라 더 이상 삭제할 것이 없을 때 완성된다.

― 앙투안 드 생텍쥐페리

 다산은 어떻게 600권의 책을 썼을까?

다산 정약용 선생은 책쓰기 전에 반드시 목차를 세우고 쓰길 당부했다. 다산은 '선정문목법(先定門目法)'이라고 하여 목차를 세우고 체재를 선정할 것을 강조하여 목차의 중요성을 천명하고 있다.

얼개를 구성해야 정보를 장악할 수 있다. 정보를 단순히 모으는 게 아니라 처음부터 분류하고 기준을 세워 구분하면, 그것은 효율성을 극대화하는 정보수집의 방식이 된다. 이처럼 다산의 책쓰기 방법을 적용하면 7~8가지 책을 동시에 집필할 수 있었다. 먼저 목차를 구성하고 자료를 가려 뽑아 목차에 나누어 배치하여 책을 완성했다. 목차는 책의 뼈대이다. 책을 읽는 것은 결국 목차를 따라가는 것이다. 관련 자료를 섭렵하여 카드 작업을 통해 분류한 뒤 각 목차에 해당하는 곳에 재배열해서 살을 붙이는 방식으로 집필을 했던 것이다. 18년 유배생활 중 600권에 이르는 방대한 양의 저서를 완성할 수 있었던 이유는 바로 최적화(最適化)에 있다.

아무리 좋은 머리라고 하더라도 물리적으로 시간과 에너지를 확보하지 않으면 좋은 성과를 낼 수 없다. 다산은 의도적으로 핵심을 장악하고, 생각을 단련시켜서 효율성을 강화한 것이다. 그는 탁월한 생각과 논리적 전개에 바탕해 지식의 기초를 닦고 정보를 조직해왔다.

"너는 어떤 식으로 하려는지 모르겠구나. 기왕 닭을 기른다면 모름지기 백가의 책 속에서 닭에 관한 글들을 베껴 모아 차례를 매겨 《계경(鷄經)》을 만들어보는 것도 좋겠구나. 육우의 《다경(茶經)》이나 유득공의 《연경(烟經)》처럼 말이다. 속된 일을 하더라도 맑은 운치를 얻는 것은 모름지기 언제나 이것을 예로 삼도록 해라."

아들 학유에게 《계경》을 써보라고 권유하는 다산은 그만큼 책쓰기를 통해서 공부가 됨을 알려주고 있다. 정약용은 유배지에서 책쓰기에 몰두했다. 그 이유는 노비제도 폐지, 지방행정 쇄신, 토지제도 정비 등 갖가지 문제점을 지적하고 현실에 맞는 개선방안을 주장하기 위해서였다. 결국 이런 실용성은 주자학에 연연하지 않고 실제 삶에 도움이 되는 것을 찾는 실사구시로 이어졌다. 다산은 유배가 된 뒤에는 쓰러진 집안을 다시 일으켜 세우기를 희망했다. 다양한 세계의 정보를 필요에 따라 요구에 맞게 정리해 낼 줄 알았던 전방위적인 지식노동자였다.

 공들여 쓴 책이 무너지지 않는다

글쓰기는 단거리라면 책쓰기는 장거리다. 장거리를 뛰어야 자신을 변화시키는 힘이 생긴다. 600권을 낼 수 있었던 다산은 제자들과 함께 책을 쓰면서 성장하도록 도왔던 것이다. 책을 읽는 사람들이 변화할 수 있도록 집필을 했다. 유배지에서 무엇보다 글을 쓰면서 자신을 성장시키고 시대를 바꾸는 도화선이 되었다. 다산은 유배라는 인생의 벼랑 끝에 내몰렸지만 책쓰기로 삶의 의지를 다잡았고, 결국 새로운 인생을 살 수 있었다.

목차의 장을 쓰는 방법도 정해져 있다. 예를 들어서 《책을 잘 쓰는 법》이라는 책을 쓴다면 5장으로 나눈다.

- 1장은 책을 쓰는 이유(Why), 주제와 관련된 배경, 문제 제기 등을 앞쪽에 넣는다.
- 2장은 책의 주제 설정(What), 제시된 문제에 대해 독자 입장에서 공감을 이끌어주는 장이다.
- 3장은 기존 출간 도서 현황 파악(Where), 현재상태와 기대목표의 문제(GAP)를 파악하는 장이다.
- 4장은 구체적인 해결안 수립(How), 가능성 있는 해결안을 제시하고 작가의 노하우와 경험담을 이야기하는 장이다.
- 5장은 집필계획 실행(When), 실행계획에 따른 시간, 비용, 인원, 퀄리티 등을 고려해 계획을 실행에 옮기면서 마무리한다.

이와 같이 장을 나눌 때 보통은 6~10장으로 구성된다. 우선 내가 생각하는 것을 먼저 적어본 다음, 책의 주제와 비슷한 책 중에 자신이 봤을 때 양서로 판단되는 책을 3~5권 정도 선정하고 그 목차를 프린트해서 비교해본다. 그러면 패턴을 찾을 수 있다. 책을 쓸 때는 반드시 목차를 인쇄해서 컴퓨터 옆에 프린트해놓는 것이 좋다.

목차 구성에서 가장 중요한 것은 바로 큰 덩어리를 어떻게 논리적으로 분석해서 제목, 소제목과의 연관성을 강화하느냐 하는 것이다. 이때 중요한 것은 분류하고 구분하는 과정으로, 가장 많이 사용하는 방법이 바로 맥킨지 컨설턴트 출신 바바라 민토(Barbara Minto)의 '피라미드의 원리(Pramid Principle)'이다.

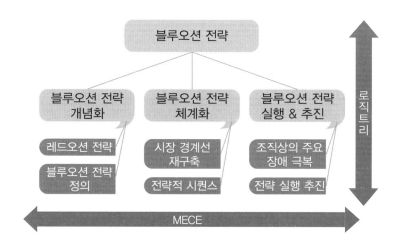

피라미드 구조로 책 목차를 구성하기

피라미드 구조는 읽는 사람이 최소한의 노력만으로 글의 의미를 제대로 이해할 수 있도록 작성자의 생각을 정리하는 데 도움을 주는 도구다. 읽는 사람이 메시지를 이해하려면 글의 구조를 명확하게 파악해야 하기 때문이다.

피라미드 구조로 글을 쓸 때 가장 핵심적인 부분은 피라미드의 맨 꼭대기에 해당하는 도입부다. 도입부에는 독자와 관련된 내용을 담아 독자가 자연스럽게 흥미를 느끼도록 하는 것이 좋다. 도입부가 정해지면 차례로 아랫부분이 결정되는데, 독자는 피라미드 하위 계층에서 자신의 궁금증을 풀어주는 답변을 찾게 된다.

피라미드 구조로 문서를 작성할 때 꼭 지켜야 할 3가지 규칙이 있다. 첫째, 어느 계층의 메시지든 하위 그룹의 메시지를 요약해야 한다. 둘째, 그룹 내의 메시지는 논리적으로 동일한 종류여야 한다. 셋째, 그룹 내의 메시지는 항상 논리적 순서로 배열해야 한다.

피라미드 구조의 문서는 크게 수직적 구조와 수평적 구조로 나뉜다. 수직적 구조는 도입부 구성요소에서 본 것처럼 상위 계층이 하위 계층의 생각을 요약하거나 포함하며, 상위 계층에서 제기된 질문을 하위 계층에서 답변하는 방식으로 진행된다. 수평적 구조는 연역법이나 귀납법을 사용해서 독자의 궁금증을 풀어준다. 귀납법은 관찰된 몇 가지 사항의 공통점을 통해 룰을 찾아내는 방법으로, 특수 사실에서 일반적 원리를 도출할 때 사용한다.

MECE기법과 로직트리에 대해서도 좀 더 살펴보자. 먼저 MECE 기법이란 'Mutually Exclusive and Collectively Exhaustive'의 약자로 어떤 사항을 중복되지도 않고, 누락되지도 않게 하여 부분으로 전체를 파악하는 방법이다. 로직트리는 주요과제의 원인이나 해결책을 MECE적 사고방식에 기초하여 트리 모양으로 논리적 분해·정리하는 방법을 말한다. 그러니까 MECE기법은 논리적 사고법이고 로직트리는 논리적 서술 방법론이라고 말할 수 있다. MECE 기법은 문제를 통합적인 것으로 파악하는 방식에서 벗어나 개별적 묶음으로 바라보기 때문에 체계를 잡기 위해 서로 비교·검토해서 목차를 만들 때 유용하다.

진실은 복잡함이나 혼란 속에 있지 않고, 언제나
단순함 속에서 찾을 수 있다.

– 아이작 뉴턴

　논리적 목차를 짜는 것은 쉽지 않다. 목차가 흔들리면 결국 여러 번 출간이 엎어지는 경우도 있다. 목차 없이는 책을 지을 수 없는 것이다. 무너지지 않는 논리적 목차를 짜는 것을 도와줄 저자는 박종하 박사다.

　박종하 박사는 박종하창의력연구소장, 한경닷컴 칼럼니스트로도 활동 중이며, 카이스트 대학원 수학과 석·박사학위를 받았다. 삼성전자 중앙연구소에서 근무했으며, 2007년에는 한경닷컴 올해의 칼럼니스트 대상을 수상했다. 저서로는 《틀을 깨라》, 《다르게 생각하는 연습》, 《문제해결자》, 《아이디어를 요리하는 아이디어》, 《수학, 생각의 기술》 외 다수가 있다.

　목차가 뭐가 중요하냐고 한다면 아직 책을 써보지 않은 분이다. 목차는 책의 뼈대와 같다. 30권 이상 책을 써온 박종하 박사는 목차를 크게 귀납법, 연역법 2가지로 나누고 있다. 목차가 무너지지 않도록 다각도로 두드려봐야 한다.

Q1. 책을 쓸 때 어떻게 목차를 잡는지요?

목차를 만드는 방법은 2가지로 접근할 수 있습니다. 첫 번째 방법은 내가 잘 이해하고 있는 것에 대해 분류하고 세분화하는 일입니다. 어떤 주제의 책을 쓰고 싶다는 생각이 들면 그것에 대해 어떤 말을 하고 싶은지, 크게 분류합니다. 주위에 보면, 손으로 연필로 스케치하는 작가도 있고, 마인드맵 프로그램으로 목차를 만든 작가도 있어요. 저는 주로 집에서 쓰는 달이 지난 달력을 뜯어서 넓은 달력의 뒷면에 쓰고 싶은 주제를 적은 다음 그것과 관련된 큰 분류들을 써봅니다. 큰 분류라는 것은 관련해서 내가 이해하고 있는 내용인데, 목차의 장들이 되겠죠. 때로는 다른 사람의 책 목차를 보며 그가 분류한 것을 참조하는 경우도 있습니다. 이렇게 어떤 주제에 대해 그것을 큰 덩어리로 나눴다면 그다음은 각각의 장을 또 나눠보고 내용을 채우는 방법으로 글을 씁니다. 예를 들어, 어떤 주제에 대해서 그것을 크게 7개로 나눴다면 7개의 장(chapter)이 되는 겁니다. 그리고 각각의 장을 5개에서 6개의 부분(section)으로 나누면 전체는 35개에서 42개의 부분적인 글(section)이 되는 거죠. 이 부분적인 글을 A4 기준으로 각각 2페이지~3페이지 정도 쓰면 A4 기준으로 100페이지 정도의 원고가 만들어집니다. 앞뒤로 붙은 글들이 들어가면 A4 기준으로 120페이지 정도의 원고가 되고, 단행본으로 적당한 분량의 책이 됩니다. 장(chapter)을 7개로 나누는 것을 말씀드렸는데, 장을 9개로 나누면 각각의 장에 들어가는 부분(section)을 3~4개로 잡고 각각의 부분을 A4 3~4페이지 정도로 써서 최종 원고의 분량을 A4 기준 120페이지 정도로 맞추면 좋습니다. 분량을 꼭 맞추는 것이 중요한 일은 아닙니다만, 분량을 염두에 두는 것은 이렇게 정해놓으면 '이제 A4 3페이지짜리 원고를 몇 개 쓰면 된다.'는 계산이 서기 때문에 작업에 집중할 수 있습니다.

Q2. 책을 쓸 때 두 번째 목차를 만드는 방법을 알려주세요

목차를 만드는 두 번째 방법은 글을 먼저 쓰는 겁니다. A4 기준으로 2페이지, 3페이지 또는 4페이지 분량의 글을 일단 많이 써보세요. 그럴

게 써놓은 글들을 펼쳐놓고 비슷한 것끼리 묶어보면(grouping) 묶이는 것들이 있습니다. 3~4개씩 묶인 묶음이 결국 장(chapter)이 되고 전체를 7개에서 9개의 장으로 묶으면 앞에서 봤던 목차가 만들어지는 겁니다. 내가 잘 이해하고 있는 것에 대해 책을 쓸 때에는 첫 번째 방법, 즉, 나누고 분류하며 세분화하는 것을 권합니다. 내가 어떤 책을 쓸지 정하지 않은 경우라면 두 번째 방법을 추천합니다. 작고하신 수학자 김용운 선생님은 대중적인 책을 많이 쓰셨는데, 그분은 평소에 일기를 쓰셨다고 합니다. 일기라는 것이 "내가 오늘 뭐했다"라는 내용만 쓰는 것이 아니라, 저녁시간에 1~2시간 정도 어떤 글이라도 써보는 겁니다. 때로는 일상의 글을 쓰기도 하고 때로는 수학문제를 풀기도 합니다. 수학사에 관해 읽은 책 중에 데카르트의 이야기가 있었는데 인상적으로 읽었다면 그것을 일기에 기록하는 것과 같이 다양한 내용을 쓰는 겁니다. 그렇게 많이 써 놓으면 후에 비슷하게 묶이는 것들이 있고, 그렇게 묶인 것이 목차가 되며 한 권의 책이 되는 것이죠. 이 방법도 매우 책쓰기 방식이라고 생각합니다.

Q3. 책을 쓰면서 가장 힘들었던 난관은 무엇이고, 어떻게 극복했는지요?

저는 동시에 여러 가지를 하는 스타일입니다. 그래서 책 한 권을 쓰면서 그것이 마무리되지도 않았는데 다른 책을 생각하거나 또는 다른 프로젝트를 진행합니다. 사실 그래서 쓰다가 중간에 그냥 손 놓아버린 책들도 있고 때로는 예전에 쓰다가 말았던 책을 시간이 지나서 다시 쓰면서 완성한 경우도 있습니다. 시작한 것을 끝까지 마무리하지 못하는 것이 가장 안 좋은 거 같습니다. 그래서 동시에 두 가지 이상의 일을 하지 않는 것이 좋다고 생각합니다. 저는 잘 못하지만요. 사실 저는 스타일이라고 변명하지만, 하나를 꼭 마무리 짓고 그다음 일을 하실 것을 권합니다. 상황적으로 어쩔 수 없이 중간에 멈춘 일도 나중에 다시 시작할 수 있을 정도로 약간의 관리를 하면 좋겠습니다.

Q4. 예비저자들에게 해주고 싶은 선생님만의 책쓰기 노하우가 있다면 어떤 것이 있을까요?

가장 중요한 책 쓰기 노하우는 일단 많은 글을 계속 쓰는 것이라고 생각합니다. 많이 써놓으면 전혀 다른 생각으로 썼던 글들이라도 내가 썼기 때문에 나의 생각의 굴레 안에서 나온 것이고 그런 생각들은 비슷한 것으로 묶입니다. 그런 묶음들이 몇 개씩 생기면 결국 한 권의 책이 되는 것이죠. 저는 글을 쓰기 전에 메모를 하고 그것을 글로 옮깁니다. 글을 쓸 때에는 노트북을 켜기 전에 노트를 먼저 펼쳐 볼펜으로 이런 저런 생각들을 메모합니다. 저는 글로 쓰고 싶은 생각들을 단어, 짧은 문장, 간단한 그림 등으로 먼저 그림을 그리듯이 씁니다. 그렇게 메모한 것에 순서를 매기고 그 순서에 맞게 노트북에 글로 옮깁니다. 이것이 제가 썼던 《2단계 글쓰기》라는 책의 핵심적인 내용인데요, 매우 효과적인 방법이라고 생각합니다. 여러분에게 꼭 권하고 싶은 글쓰기 노하우입니다.

Q5. 저서를 내고 나서 달라진 점이 있다면 어떤 것일까요?

책 한 권을 썼다고 자신의 인생이 확 달라지는 사람은 그렇게 많지 않을 겁니다. 대부분의 사람들은 책이 세상에 나와도 내 가족과 친구 몇 명에게 축하 인사를 받는 걸로 끝입니다. 하지만, 어떤 사람은 책으로 자신의 브랜드 가치를 높이고 비즈니스에서도 많은 도움을 받습니다. 책을 쓰는 작업을 개인적인 취미처럼 생각하는 사람과 그것을 자신의 비즈니스의 한 축으로 생각하는 사람은 책이 출간된 후 분명 다른 결과를 맞닥뜨리게 될 것입니다. 저는 책을 제 비즈니스의 일환으로 크게 생각하지 않았는데, 감사하게도 저의 브랜드를 만들어주는 좋은 역할을 해준 것 같습니다. 여러분들에게도 여러분의 책이 처음에는 예상하지 못했던 더 좋은 역할을 해줄 것입니다.

Infomation
정보는 어디에 있는가?

책쓰기 초보가 잘못하는 것 중에 하나가 여러 책을 보고 짜깁기로 책을 내는 경우다. 심지어 그렇게 가르치고 몇천만원씩 받는 과정이 있다고 하니 참 기가 찰 노릇이다. 자료를 수집할 때는 자료의 질에 따라서 다르고 그 질을 보려면 숙련된 지식노동자에게 배우지 않고는 결코 성장하기 어렵다. 대부분 정규 학문의 코스를 하지 않는 사람들이 태반이다.

무엇보다 책을 쓰는 것은 안목이다. 안목은 결코 하루아침에 생기지 않는다. 보석을 보고도 놓치는 경우가 너무 많다.

책쓰기 초보에게 가장 절실한 것은 오히려 대상을 정보화하고 그것을 어떻게 지식화시키느냐의 문제이다. 그 문제의 한복판에는 메모가 있다.

글을 써서 20년 동안 생업을 했던 사람으로서, 정보를 입력해서 어떻게 출력하는지 전 과정으로 보여줄 것이다. 실용책에는 일반론이 존재하지 않는다. 단순히 독서법이나 문장작법을 알고 있다고 해도 책이 나오지 않을 수 있다. 왜냐하면 지적 노동은 그리 컴퓨터처럼 이루어지지 않기 때문이다. 자신이 어떻게 정보를 해석하고 어떻게 개인적인 경험과 체험에서 우러나온 메모를 해왔는가에서 승부가 난다. 남이 쓴 글을 베껴 쓰지 말고, 자신만의 스타일로 작성된 메모를 반드시 컴퓨터로 정리해야 나중에 책이 나올 수 있다는 것을 명심하라.

살아 있는 정보를 스크랩하기

> 최소한의 단어로 쓰지 않으면 독자는 건너 뛰고 올바른 단어로 쓰지 않으
> 면 독자는 오해한다.
>
> — 영국 사회 비평가 존 러스킨(*John Ruskin*)

 ## 철 지난 '데이터'를 지우고 살아 있는 글을 써라

자료(data)만 모으고 활용하지 않으
면 철 지난 '데이터북(data-book)'이 된
다. 자료가 단순한 사실의 나열이라면
정보는 쓸데 없는 것을 제거한 의미 있
는 데이터를 말한다. 데이터는 가공하
기 전 순수한 상태의 수치들을 말하
고, 정보는 유의미하게 가공된 2차 데

이터의 형태이다. 데이터북이 되지 않으려면 정보를 긁어모으는 것보다 최
신 정보를 소화해서 글로 써보는 것이 좋다.

지식에도 유통기간이 있다. 급격하게 변화하는 세상을 따라가려면 10
년 전에 배운 지식만으로 살아가기 어렵다. 미국 하버드 대학 새뮤얼 아브
스만(Samuel Arbesman) 박사는 지식의 효용성을 파악하기 위해 특정 분

야의 지식 가운데 절반이 틀린 것으로 확인되기까지 걸리는 시간을 측정했다. 그 결과 역사학은 7.13년, 심리학은 7.15년, 종교학은 8.76년, 수학은 9.17년, 경제학은 9.38년으로 나타났다. 대개 지식은 7~8년 정도면 그 효율성이 절반 이하로 떨어진다고 한다. 이를 '지식의 반감기'라고 한다. 지식의 반감기를 이겨내려면 꾸준히 지식을 채워야 한다.

책쓰기를 가르칠 때 수집된 자료를 무작정 베껴쓰기를 해서는 안 된다고 말한다. 무작정 베껴쓰기는 결국 자신의 생각이 없는 상태에서 그 자료에 고착되어서 맛없는 음식을 독자에게 내놓는 꼴이 될 것이다. 저자에게 손쉬운 방법이 독자에게는 최악이 되는 것이다. 오히려 꼼꼼하게 자신의 것으로 소화해서 글을 써야 한다. 그럴 때 정보가 지식(knowledge)이 된다. 가치 있는 정보가 지식이 되고, 경험이 쌓이면서 암묵지로 패턴화된 노하우가 지혜(wisdom)이다. 여기서 한 단계 넘어야 한다.

눈에 보이는 것이 다 진실은 아니다. 눈에 잘 띄지 않지만 의미 있는 사실을 꾸준히 모아야 진실이 드러난다. 특히 미래를 예측할 통찰(insight)은 사물을 꿰뚫어봐서 타인, 사물, 세상 등을 다른 관점으로 바라볼 줄 아는 것, 같은 현상도 다른 관점에서 이야기할 수 있는 것이다. 그것이 통찰의 시작이다.

책을 쓰는데 사실 가장 중요한 것은 시간과 경험이다. 시간을 내기 어렵다면 책을 쓸 수 없다. 경험이 없다면 책에 지혜가 남기기 어렵다. 우리나라에서 책을 썼던 사람은 누가 있을까? 600권을 저술한 다산이 떠오른다. 그런데, 다산은 왜 책쓰기에 전념했을까? 18세기 조선 실학자 다산 정약용(1762~1836)은 대표적 지식인으로 모든 정보를 정리하고 편집했다. 그런 편집 능력으로 경상도 장기, 전라도 강진 등지에서 30대 후반부터 50대 중반까지 18년간의 유배생활 동안 600여 권의 저술을 남겼다. 600권은 한 사람이 베껴쓰기만 해도 10년 이상이 걸리는 일이다. 결국 강제적으로 엉덩이를 붙이고 써야 한다. 앞에서 배운 맥킨지에서 사용하는 방법을 이미 100년 전에 구현한 사람이 바로 다산이다. 다산은 무엇보다 디테일이 강했다. 특히 정약용은 사실만을 기록하고 실용을 추구하는 '실사구시(實事求是)'의 메모광이었다. 다산은 항상 책을 읽을 때에는 필요한 부분을 발췌해 적어 두었다. 위대한 업적을 이룬 이들의 공통점이 바로 책을 읽으면서 '살아 있는 생각'을 메모하는 습관이다. 메모한 것을 내용별로 분류해 엮으면 한 권의 책이 되는 것이다. 다산의 책쓰기는 책의 행간을 세밀하게 읽는 정독(精讀), 책을 읽을 때 깨달은 것을 빨리 잡아서 쓰는 질서(疾書), 읽을 것을 초록하여 가늠하고 따져 보는 초서(抄書) 등을 통해서 결국 최적화된 작업 방식을 만들었다. 세상을 정확하게 읽고, 책의 행간, 맥락을 파악하는 안목을 기르지 않으면 글을 많이 써도 소용이 없다. 그래서 다산은 의문을 품고 글을 읽다가 떠오르는 생각을 잊지 않기 위해 그때그때 메모해 둔 것이다. 바로 독일의 유명한 '제텔카스텐(Zettelkasten), 메모상자'를 만들어둔 것이다. 공부하기 위해서 책의 핵심내용을 메모하고 그것을 연결하면서 자신의 생각을 적다보면 어느새 책이 탄생한다. 결국 자기 메모상자를 만들다보면 어느새 책쓰기가 습관이 된다. 이때 절대로 하지 말아야 할 것이 무조건 베껴쓰는 일이다. 자신의 생각이 정리되지 않은 상태에서 베껴쓰는 것은 매우 위험하다.

사실 다산의 책쓰기는 한 권의 작은 책자에서 시작됐다. 유배길에 오를 때 다산은 짐 속에 성호 이익(1681~1764)의 책에 들어 있는 속담을 정리하고 보충하며 책 한 권을 만들기로 마음을 먹었다. 어느 정보 하나 소홀히 하지 않고 생각이 떠오르면 수시로 메모했다. 문득 속담이 생각나면 속담집에 첨가했다. 이렇게 해서 유배지에서 보낸 첫 해인 1801년에만 《속담집》과 《소학보전》, 《이아술》, 《기해방례변》 등 무려 6권의 책을 펴낼 수 있었다. 최적화된 다산의 책쓰기 방법은 오늘날 우리에게도 시사하는 바가 많다. 지금 우리가 컴퓨터로 작업하는 책쓰기를 다산은 이미 조선시대에 해낸 사람이다.

가짜 정보와 진짜 정보를 어떻게 구분할 것인가?

범람하는 가짜 정보와 쓸모 있는 진짜 정보를 어떻게 판단할 것인가? 짜낸 것은 가짜다. 내 안에 있는 것만 쓰자. 하나를 만들어도 그것이 유익하고 정신이 담기도록 만드는 크리에이터가 되자. 제대로 표현할 수 없으면 내 안에 없는 것이다. 지식을 편집하는 다산의 책쓰기 방식은 오늘날 크레이터에게도 통찰력을 제공한다. 책쓰기를 할 때 문제를 회피하지 말고, 정면으로 돌파하라. 모르면 전문가에게 물어서 쓰면 되고, 글쓰기 실력이 부족하면 배우면 그만이다. 끊임없는 의문을 가지고 탐구해 들어가는 절박함이 있느냐는 중요하다. 처음에 우열을 분간할 수 없던 정보들은 의문을 품는 순간 점차 분명한 모습을 드러낸다. 어떤 글을 쓰든 질문의 실마리를 잡아서 얽힌 실타래를 풀듯이 접근한다. 실마리를 잘 잡으면 술술 풀리게 마련이다.

인풋이 있어야 아웃풋이 있다

지식에 투자하는 것은 항상 최고의 이자를 지불한다.

― 벤자민 프랭클린

인풋(input)이 있어야 아웃풋(output)이 있다. 인풋이 없다면 아웃풋도 없다. 컴퓨터 용어에 'Garbage in, garbage out'이라는 말이 있다. 그대로 해석하면 '쓰레기를 넣으면 쓰레기가 나온다'는 말이다. 우리말의 속담으로는 '콩 심은 데 콩 나고 팥 심은 데 팥 난다'라는 의미와 비슷하다. 인풋에도 과부하가 걸리면 오히려 균형 있는 아웃풋이 어렵다. 책을 읽는데도 선별하지 않으면 물리적 시간이 필요하기 때문이다. 어떤 책을 읽어야 한다면 그 책이 그만한 가치가 있는가? 질문을 해야 한다. 책이라는 매체를 경험한 인풋이 없으면 퀄리티 있는 책을 쓰기 어렵다.

내 지식은 내가 읽는 것들로 이루어져 있다. 아는 만큼 행동할 수 있고, 경험한 만큼 쓸 수 있다. 단지 안다고 쓸 수 있는 것은 아니다. 간단한 식사만 하면 나중에 몸에 좋지 않다. 힘들어도 꼭꼭 씹어서 먹자. 지식도 마찬가지로 꼭꼭 씹어서 써야 한다. 의미가 없으면 쓰지 말아야 한다. 나무가 단단하게 되려면 뿌리(root)가 깊게 박혀 있어야 한다. 이 사람 저 사람의 말에 흔들리지 마라. 어떤 일을 하든 기초(basis)가 중요하다. 쓰는 사람이 기본기가 있고 경험이 많은 쪽으로 써야 좋은 성과가 나온다. 필자가 권하는 방법은 크롬(Chrome) 확장 프로그램에 있는 노션 웹 클리퍼(Notion Web Clipper)이다. 노션 웹 클리핑 기능을 활용하면 모든 인터넷 세상을 스크랩할 수 있다. 웹 페이지를 노션의 워크스페이스(Workspace)에 직접 저장할 수 있을 뿐 아니라 노션의 관계형 데이터베이스 기능을 활용해 더욱 다양하게 관리할 수 있다. 예를 들면, 컴퓨터가 아닌 스마트폰에서 웹 사이트나 블로그, 페이스북 등의 다양한 정보를 수집할 일이 있다면, 한 번 방문한 사이트를 노션에 클리핑 해놓는 것만으로 다시 그 사이트를 찾기 위해 시간을 낭비하지 않아도 된다. 예전에는 에버노트를 사용하던 사람들도 많이 노션으로 넘어가면서 노션에다 다 모아두면 작업하기 수월하다.

한양대 정민 교수는 독특하게 의사 차트 꽂이에 주제별로 자료를 정리한다. 예를 들어 '아버지의 편지'만 모았던 것이 일정한 분량이 되면 제자와 함께 써서 책으로 나온다. 그는 다양한 주제로 짧은 기간에 여러 책을 펴내는 비결로 《다산선생 지식경영법》에서 소개한 〈촉류방통법(觸類旁通法; 묶어 생각하고 미루어 확장하라)〉, 〈어망득홍법(魚網得鴻法; 동시에 몇 작업을 병행하여 진행하라)〉을 들었다. 그는 하나가 끝나면 다음을 시작하는 것이 아니라 동시에 여러 가지 작업을 함께 한다. 새로운 자료가 발견되면 논문으로 발표하거나 잡지에 연재를 하고 그것들을 주제별로 묶어서 책을 낸다. 글을 쓴 후에는 반드시 두세 번 소리내어 읽고, 마지막으로 가능하면 다른 사람에게 읽어보라고 부탁한다. 소리내서 읽다보면 '꼭 걸리는 부분'이 있다는 것이다. 좋은 글은 글의 리듬이 부드럽다. 소리 내어 읽을 때 자연스럽다. 리듬이 살아 있어야 내용도 잘 전달된다. 그는 자신을 고전 '트랜슬레이터'로 정의한다. 자신의 역할은 대중들이 알아들을

수 있는 언어로 맥락을 짚어주고 해설하는 것으로 정확한 작가의 포지셔
닝을 갖고 있다.

 안목이 바뀌어야 질문이 바뀐다

자료보다 자료를 보는 관점이 중요하다. 관점보다는 안목이 더 중요할
지도 모른다. 안목이 나와야 질문을 할 수 있다. 질문은 새로운 관점으로
전환해준다. 있는 자료만 보고 책을 쓰면 결국 '그 나물에 그 밥'이 될 가
능성이 있다. 책을 쓴다는 것은 결국 질문을 바꾸는 작업이 되어야 의미
가 있다. 구태의연한 질문으로 쓴 책은 사실 읽을 것이 없는 경우가 많다.
책을 쓰겠다는 목표에 사로잡히면 결국 엉성한 책이 나오게 된다. 그래서
가끔 책을 쓰겠다는 목표를 내려놓고 풍요로운 지적 생활을 위해서 다양
한 수집이 중요하다. 모든 것을 학습의 기회로 삼고 나의 지적 세계를 풍
요롭게 만들겠다는 다짐을 가져야 한다.

세계적인 학자이자 소설가 움베르토 에코도 책을 쓸 때 비슷한 말을
한다.

"지나친 파노라마식의 책은 언제나 자만심의 발로이다. 분야를 제한할
수록 작업은 더욱더 잘 이루어지고 더욱 확실하게 진행된다. 단일 주제의
책이 파노라마식 책보다 더 좋다."

이것저것 펼쳐놓은 파노라마식 책은 결국 독자에게 외면 되는 경우가
많다. 초보 저자일수록 그런 욕망에 사로잡힌 경우가 많다. 저자의 욕망
을 내려놓고 책을 읽을 독자의 입장에서 가장 중요한 주제를 정하는 것이
책을 쓰는 첫발이다. 저자가 쓰는 테마가 독자의 관심과 호응을 불러올
수 있어야 한다. 또한 정치적, 문화적, 종교적 환경과 연결되어 있어야 한

다. 저자가 얻을 수 있는 자료들, 저자의 교양 능력에 합당한 정보, 저자의 실제 경험이 있는 지혜를 담을 때 비로소 달라진다.

결국 글을 쓴다는 것은 거인들의 어깨 위에 올라서는 것이다. 이 이야기는 아주 유명하기 때문에 한 번쯤 들었을 것이다.

"내가 더 멀리 보았다면 그건 내가 거인들의 어깨 위에 올라서 있었기 때문이다."

아이작 뉴턴이 말했다고 알려졌다. 하지만 이 문장이 탄생한 과정을 추적해보면 실로 재미있다. 과학사회학 분야에서 토마스 쿤과 함께 20세기의 위대한 사상가 중 한 명으로 불리는 로버트 머튼은《거인의 어깨 위에서》라는 책에서 1676년 뉴턴이 지인에게 보내는 편지에 이 글을 썼다는 이 문장의 근원을 추적했고, 조사 결과 뉴턴이 처음 쓴 표현은 아님을 밝혀냈다. 사실 뉴턴은 이 문장을 1651년 조지 허버트가 쓴 글에서 빌려왔다.

"거인의 어깨 위에 올라선 난쟁이는 거인보다 더 멀리 본다."

허버트는 이 문장을 1621년 로버트 버튼의 글에서 따왔고, 버튼은 디에고 데 에스텔라에게 빌려왔는데, 그는 1159년 존 솔즈베리의 글을 인용한 것으로 보인다.

"우리는 거인의 어깨 위에 있는 난쟁이와 같아서 거인보다 더 많이, 그리고 더 멀리 볼 수 있지만, 이는 우리 시력이 좋거나 신체가 뛰어나기 때문이 아니라, 거인의 거대한 몸집이 우리를 들어 높은 위치에 올려놓았기 때문이다."

그런데 솔즈베리 역시 1130년 베르나르 샤르트르가 쓴 글에서 이 문장을 따왔다고 전해진다.

"우리는 거인들의 어깨 위에 올라선 난쟁이들과 같기 때문에 고대인들보다 더 많이 그리고 더 멀리 볼 수 있다."

이 문장이 거쳐 온 지식의 관계망을 탐사하는 과정을 통해 우리가 배우고 익히는 것들은 대부분 지적 생태계 위에서 이루어진 것임을 알 수 있다.

니클라스 루만 교수(Niklas Luhmann)는 1927년 독일 뤼네부르크 근교에서 태어나서 제2차 세계대전의 막바지에 공군보조병으로 복무하다 미군의 포로가 되었다. 1946년부터 1950년까지 법학을 공부한 후 고향에서 판사를 지냈고 니더작센주 문화부에서 공직생활을 했다. 그러다가 그는 1960년부터 하버드대학교에서 수학하면서 파슨스와 운명적인 만남을 통해 사회체계이론의 설계에 착수한다. 박사학위와 교수자격(Habilitation: 하빌리타치온)을 취득한 루만은 독일 사민당의 교육대중화 정책의 결실인 빌레펠트 대학교의 창설과 함께 1969년 사회학과 창립교수로 초빙되었다. 그는 사회학이론의 완성에 꼬박 30년을 바쳤고 매체과학, 정치학, 법학, 철학, 언어학, 인공지능 연구, 심리학과 교육학 그리고 환경과 생태학에까지 연구의 스펙트럼을 넓혀 무려 70여 권의 저서를 남겼다. 세계적인 학자가 된 루만은 엄청난 다작가였다. 보통 1년에도 1편 논문을 쓰기 어려운 학자들이 많은데, 어떻게 그럴 수 있었을까?

그가 그럴 수 있는 힘은 '제텔카스텐(zettelkasten)'덕분이었다. 독일어로 '제텔'은 '노트', '카스텐'은 '상자'를 의미한다. 결국 제텔카스텐은 '메모상자'라는 뜻이다. 우리 뇌의 한계를 보완해 줄, 노트 기록 시스템이 바로 제텔카스텐이다.

그는 일생 동안 9만 장이 넘는 메모를 기록하고 보관했다. 그는 어딜 가든지 메모할 수 있는 도구를 들고 다녔으며, 좋은 생각이 떠오를 때마다 즉각적으로 메모하곤 했다. 루만 교수는 이러한 메모를 토대로 남들보다 빠르게 글쓰기를 시작할 수 있었다. 그는 평소 본인이 모아둔 메모를 활용하여 어떤 주제에 대한 글쓰기를 시작할 수 있었다. 기존 메모 바탕으로 글을 쓸 수 있었던 것이다.

종이 인덱스 카드와 나무 박스를 사용한, 자신만의 지식 관리 시스템이었다. 책을 보다가 기억하고 싶은 부분을 종이 인덱스 카드에 적는다. 이때 그냥 베껴쓰면 안 된다. 자신이 중요하다고 생각하는 부분을 골라, 자기 말로 요약해서 써야 한다. 뒷면에는 나중에 찾아볼 수 있게 출처를 적는다. 이 카드를 '레퍼런스 노트(Reference note)'라고 한다. 일상생활에서 떠오르는 생각이 있을 때도 카드에 적어둔다. 이것은 '플리팅 노트(Fleeting note)'라고 한다. 1주일에 한 번 정도, 쌓인 노트를 쭉 읽어본다. 여러 노트를 보면서, 다음과 같은 질문을 던진다.

'이 아이디어가 내가 알고 있는 것과 어떻게 연결되지?'
'이 아이디어를 다른 방법으로 설명할 순 없을까?'
'이 아이디어는 저 아이디어를 어떻게 연결할 수 있을까?'

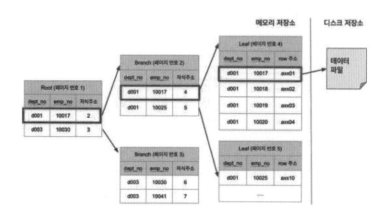

그러면서 떠오른 생각을 다시 인덱스 카드에 적는다. 이걸 '퍼머넌트 노트(Permanent note)'라고 한다. 퍼머넌트 노트는 이미 있는 퍼머넌트 노트와 연결한다. 서로 관련있는 노트에 번호를 매긴 뒤, 박스 안에 바로뒤 순서로 끼워넣는다. 언뜻 보면 비슷한 메모상자 같다. 하지만 메모의 분류와 보관법이 다르다. 루만 교수는 마치 컴퓨터가 데이터를 저장하는 것과 유사한 방식으로 메모를 저장했다. 루만 교수는 메모 종이마다 일련번호를 적어놓아 자료들이 서로 연결된 구조를 만들어놓았다. 이는 난잡한 엑셀보다 일정 형식에 따라 정리된 엑셀이 많은 데이터를 활용하기 편한 것과 비슷한 맥락이다. 나중에 글을 쓸 때가 되면 박스를 열어 노트를 읽어본다. 노트를 조합하고, 아이디어를 추가해 글의 개요를 잡는다. 메모지를 분류하고, 주제별로 정리하면 그 자체로 한권의 훌륭한 책이 되었다.

한편 초보 저자들이 유의할 점 중 한 가지는 자신의 능력을 넘어선 책이 되지 않도록 주의해야 한다는 것이다. 글을 쓸 수 있다고 해서 책을 쓰다보면 간혹 출간이 엎어지는 경우가 있다. 의욕이 앞서면 결국 책이 잘 되지 않는다. 불가능하다는 것이 아니라 힘이 든다는 것이다. 책이 나왔을 때 호평을 받는 것은 책의 내용이라는 점을 명심해야 한다. 단지 홍보와 마케팅만을 생각하면 책이 망가진다. 베스트셀러가 된다 해도 다음 책까지 잘 되리라는 보장은 없다.

무엇보다 책쓰기에서는 콘텐츠가 중요하다. 첫 책을 쓴다면 아무리 짧아도 6개월을 확보해야 책의 질을 높일 수 있다. 물리적 시간을 줄인다는 것은 다른 일을 하지 않고 책만 쓸 경우 가능할지 모르겠지만, 그런 상황은 쉽지 않다. 다른 일을 하면서 책을 써야 한다면 6개월 이상을 잡아야 된다. 책을 잘 쓰기 위해서는 사실 자료의 양이 쌓여야 하며, 그래야 콘텐츠의 질도 올라간다.

 ## 노션으로 자료 스크랩하는 방법 7가지

1. 언제 어디서든 자료를 스크랩할 수 있도록 준비하기

스마트폰, 태블릿, 컴퓨터(PC) 등 3가지 종류에 노션을 다 깔아두고, 보통 출퇴근 시간에는 스마트폰으로 정보를 보다가 스크랩을 하며, 집이나 사무실에서 스크랩은 PC보다 더 간편할 때가 많다. 노션은 동시 접속도 가능하고, 한 계정으로 여러 기기에서 동시에 활용이 가능하다. 책쓰기 작업을 할 때는 컴퓨터나 노트북에서 진행하는 것을 원칙으로 한다.

2. 머릿속에 떠오른 생각은 그 자리에서 바로 적어두기

잊어버리기 전에 노션 앱을 켜고 메모를 해두면 좋다. 노션은 텍스트 편집기 그 이상이다. 데이터베이스를 사용하여 모든 문서나 메모를 추적한다. 사용자 지정 키워드로 태그를 지정하고, 팀원을 추가하고, 마감일을 설정하는 등 다양한 작업을 수행할 수 있어 책쓰기에는 노션만한 게 없다. 이제서부터 모든 메모는 노션에 다 모은다.

3. 나중에 읽기가 편하게 주제별로 정리해두기

워크스페이스는 노션에서 하나의 작업공간이다. 노션의 워크스페이스는 우측 상단에서 확인할 수 있다. 업무가 명확할 경우에는 워크스페이스를 나눠서 관리하는 게 좋지만 이미 워크스페이스 내부에서도 다양한 페이지를 주제별로 나눠서 관리할 수 있기 때문에 하나의 워크스페이스에서도 충분히 주제별로 관리가 가능하다. 주제별로 워크스페이스의 문서 보관 상자에 넣어 데이터베이스화한다.

4. 메모상자법을 쓰면 글을 쓰기가 쉬워진다.

백지 상태에서 처음부터 글을 쓰기는 어렵다. 하지만 내가 무언가를 쓰려고 할 때 재료로 쓸 수 있는 아이디어 조합들이 항상 준비되어있다면, 좀더 쉽게 시작할 수 있다. 글의 개요를 잡거나, 주장에 근거가 필요하거나, 재미있는 사례가 필요할 때. 언제든지 꺼내쓸 수 있다.

5. 빨강, 파랑, 녹색 형광펜 등으로 색깔로 중요도를 표시해두기

노션은 에버노트보다 아날로그 플래너 꾸미기처럼 커버 이미지, 아이콘, 이모티콘 등과 다양한 컬러가 지원돼 보기 좋고 눈에 띄는 가독성 높은 예쁜 문서를 만들 수 있다.

한마디로 노션의 큰 장점은 무엇보다 시각적으로 구조화해 한 눈에 보기 쉽다는 것이다.

6. 메모상자법을 쓰면 창의적인 생각에 도움이 된다.

창의성을 논할 때 등장하는 것이 연결, 편집, 다르게 보기. 낯선 조합 등 새로운 방식의 시도다. 없던 걸 만들어내는 게 아니라, 이미 가진 것을 참신한 방법으로 연결하는 것이 창의성이다.

7. 메모를 다시 보고 컴퓨터로 재정리하기

그냥 메모를 많이 쌓아두는 것이 도움이 되지 않는다. 메모상자에 쌓아둔 메모를 이제부터 컴퓨터에서 문서프로그램으로 정리해야 한다. 완벽하게 정리하겠다는 생각을 버리고 필요없는 부분과 중복된 부분을 제거하는 방향으로 정리한다.

8. 메모상자법을 쓰면 모든 메모가 통합되면서 시스템적 사고를 하게 된다.

책, 논문, 기획서, 보고서 등 생산적인 글쓰기를 위해서 메모상자를 만들고 노션으로 정리하라. 노션 유저들은 왜 제텔카스텐에 열광하는가?

이론을 알고 쓸수록 더욱더 깊어진다. 그야말로 나의 뇌를 메모 상자를 통해 확장시킬 수 있는 방법을 세세히 알려준다. 그 동안 이렇게 열심히 메모하지 않았던 것이 아쉽게 느껴진다.

9. 컴퓨터에서 초고를 정리한 후 종이로 프린트해서 들고 다니기

제본을 맡길 때 무선제본(일명 떡제본)으로 맡기지 말고, 링제본으로 하면 넘기기가 편해서 교정이나 퇴고를 볼 때 좋다.

링제본을 할 때 유의사항은 제본면 안쪽으로 15mm 공간에는 구멍을 뚫어야 하므로 비워둬야 한다는 점이다.

10. 현실을 구체성과 추상성의 왕복 가운데서 포착하려는 노력에서 인사이트가 나오게 된다.

마무리 퇴고 수정해 책 한 권으로 만든다. 모든 종류의 자료들은 손쉽게 참조할 수 있고, 제한된 범위 안에서 활용될 수 있어야 한다. 새로운 분류를 생각해 보는 것은 사고의 유연성을 기르는 데 좋은 방법이다. 구체적인 것을 추상화하고, 추상적인 것을 구체화하면서 현실을 구체성과 추상성의 왕복 가운데서 포착하려는 노력에서 인사이트가 나오게 된다.

여행이란 우리가 사는 장소를 바꿔주는 것이 아니
라 우리의 생각과 편견을 바꿔주는 것이다

−아나톨

　필자가 낸 책 중에 가장 아끼는 것으로 《독습(讀習)》이 있다. 이 책은
표지부터 독특하고 인터뷰들도 다들 고수였다. 그때 인터뷰를 처음 했던
고수가 바로 박영준 소장이다. 그는 질문술사로 알려진 질문디자인연구
소 소장, '시인(詩囚) 삼봄'이라는 이름을 쓰는 재미 있는 분이다. 베스트셀
러 《혁신가의 질문》, 시집 《다시, 묻다》, 《다섯 손가락 질문 카드》 등 질문
을 통해 의미 있는 성공을 촉진하는 코치이자, 현상 이면에 숨어있는 제
약을 찾고 본질에 집중하도록 돕는 퍼실리테이터로서 혁신가들을 만나고
있다. 국제적인 변혁적 리더십 프로그램인 'The Bigger Game'의 인증 리
더(Certified−Trainer), 비즈니스 혁신을 통해 위대한 기업을 만들고 행복한
리더를 세우는 'The Innovation Lab'의 Business Model Trainer/Coach,
'구루피플스'의 리더십 패스파인더 퍼실리테이터, ㈜한국TOC협회 이사로
활발하게 활동했다. 질문을 사랑하는 이들과 함께 의미 있는 대화를 나
눌 수 있는 '질문예술학교'를 만드는 꿈을 품고, '우리가 만든 질문이 우리
의 삶을 디자인한다'는 신념으로 함께 탐구할 가치 있는 질문을 디자인하

며 나누고 있다. 현재 원키아 리더십센터 소장으로 ㈜넥스큐브코퍼레이션 사내 리더십 코치로서 임직원들을 코칭하고 있다.

Q1. 선생님께서 여러 책을 내실 때 지식과 경험을 어떤 식으로 정리하시는지 자세히 알려주세요.

존재하는 모든 것에는 공간이 필요하고, 오래 머물게 하기 위해서는 각자의 자리가 필요합니다. 수 많은 지식과 경험을 쌓았다고 하더라도, 그것들이 정리가 되어야 하고, 먼저 자기 자리를 잡아야 합니다. 뒤죽박죽인 상태로는 책이 될 수 없습니다. 책으로 펴낼 생각을 담을 공간은 새롭게 만들어야 합니다. 저는 책을 쓰기 위한 글은 브런치에 따로 쓰기 시작했습니다. 저의 경우 책이 될 글을 모아둘 자리로 브런치를 선택했습니다. 내가 관심을 가진 컨텐츠를 모을 때도 공간이 필요합니다. 그냥 옮겨두는 것이 아니라 직접 내 손을 거쳐서 새롭게 창조해서 정리하는게 좋습니다. 리디북스나 밀리의 서재 등 다양한 플랫폼이 있지만, 다른 사람이 쓴 책을 그저 모아둔다고 해서 자신의 글이 자연스럽게 나오지 않습니다. 책을 읽고, 손으로 밑줄을 적고, 별도로 자신의 생각을 덧붙여 메모를 해 두면 좋습니다. 손으로 직접 쓴 포스트잇을 모아서 짧은 글로 다시 쓰는 것도 좋습니다. 예전에는 그런 메모를 서류철에 모은 적도 있고, 컴퓨터에 폴더를 만들어 쌓아두기도 했습니다. 요즘에는 에버노트에 그런 메모들을 모아두었는데, 요즘에는 노션에 주제별로 모아두곤 합니다.

정보를 담는 그릇만 중요한 것은 아닙니다. 그 그릇에 어떤 콘텐츠를 담아낼 것인가도 중요합니다. 처음에는 흥미와 관심있는 주제에 대한 정보를 옮겨 담는 것에서 시작하는 것도 나쁘지 않습니다. 인풋이 없다면 아웃풋도 없겠지요. 그러나 그저 많은 지식을 모아서 쌓아두는 사람이 아니라, 책을 쓰는 작가가 되고 싶다면, 남의 생각만을 담아낼 것이 아니라, 자신의 손으로 재창조한 지식과 경험을 담아내야 합니다.

Q2. 선생님께서는 어떤 계기로 첫 책을 쓰시게 되었는지요?

작가의 본능(本能), 꽤 오래전부터 작가로 태어나고 싶다는 마음이 있었어요. 퇴사하면서 프리랜서가 되어서 이 시기가 아니면 못 쓰겠다 싶었습니다. 내가 해왔던 것을 하나의 단어로 정리해보았더니 '질문디자인'이었어요. 그래서 질문디자인연구소를 만들었습니다. 돌이켜보면 인생의 단어가 잡히니까 《혁신가의 질문》 책을 쓸 수 있었어요. "혁신은 숨겨진 물음표를 발견하는 것이다"라는 부제도 달게 되었습니다. 코치로서 이 질문하는 삶을 10년 넘게 계속 살아왔으니까 그게 이제 축적되어왔던 것들이 비로소 책의 콘텐츠로 싹을 틔울 수 있는 바탕이 되었어요.

쌓아둔 내용이 많아도, 불필요한 내용은 제거하는 가치 치기를 해야 한 권의 책으로 묶을 수 있습니다. 한 권의 책은 한 가지 핵심으로 수렴될 수 있어야 합니다. 본연의 역할이 아닌, 다른 부수적인 역할을 제거하고 집중해야 삶의 본질을 잘 수행할 수 있어요. 무엇이 내가 아닌지 아는 순간 내가 누구인지 비로소 알게 되는 것처럼, 내가 쓸 필요가 없는 주제를 다 버리고, 내가 꼭 써야 할 한 단어를 찾아야 합니다. 그 한 단어를 풀어서, 한 문장으로 쓸 수 있어야 합니다. 그 한 단어에, 그 한 문장을 다시 친절하게 풀어내 한 권의 책으로 엮어 낼 수 있어야 합니다.

Q3. 책을 쓰면서 가장 힘들었던 난관은 무엇이고, 어떻게 극복했는지요?

힘들었던 순간을 생각하니 한자 '독'이 떠올랐어요. '홀로 독(獨)'이나 '독 독(毒)'일 수도 있습니다. 누구도 대신 써 줄 수 없는 글을 홀로 쓰고자 애쓰긴 했지만, 글이 안 써질 때 마다 힘들었어요. 우선 홀로 책상에 앉아서 써야 하는 게 쉬운 일이 아니예요. 사람 만나는 것을 좋아하는데, 글을 쓰려면 사람을 만나는 시간을 줄이고 고독한 순간을 즐겨야 하기 때문이죠. 글을 쓰다보면 혼자 있는 시간들을 마주해야 하는데 혼자 있으면 나의 못남을 계속 봐야 되잖아요. 그게 가장 어렵더라고요. '다른 작가들의 글은…' 하면서 말이에요. 독자 입장에서 생각하는 게 큰 난관이었어요. 원고에 대해서 어느 분이 이렇게 피드백을 해주셨어요.

"왜 네 말만 하냐!"

책을 읽는 사람의 입장이 빠져 있다는 거예요. 독자가 선택하는 책, 즉 팔리는 책을 써야 한다는 거예요. 팔리지 않는 책을 쓰는 것은 나무와 숲에 죄를 짓는 것이라는 말도 하셨어요. 작가가 하고 싶은 말을 글로 쓰는 것은 그다지 중요한 일이 아니더군요. 책을 사서 읽어주는 독자에게 유용한 글이 되어야 하는데 그게 쉬운 일이 아니에요. 처음에 그것을 깨기가 어려워서 한참 헤맸던 것 같습니다. 독자를 생각하지 않고 내가 하고 싶은 말들에 갇혀 있었어요. 작가 외에 읽어주는 사람이 없는 글은 슬픈 글이에요. 독자의 마음에…

Q4. 책을 쓰면서 그 어려운 순간을 어떻게 극복했는지요?

그전에도 여기저기 써놓긴 했지만, 책이 나오기 전에 브런치를 시작했어요. 브런치의 장점은 공유가 느는 것을 통해 독자의 반응을 볼 수 있다는 사실입니다. 브런치를 선택한 것은 책을 쓰고 싶다는 사람들과 유익한 글을 읽고 싶은 독자들이 함께 모인 플랫폼이라는 점 때문이었어요. 어떤 글에 독자들이 적극적으로 반응하는지 볼 수 있다는 것이 조금 더 유익한 글을 쓰게 만드는 피드백이 되었습니다. 저는 처음부터 브런치 서랍에 글을 올려놓지 않고 먼저 발행합니다. 질러놓고 고치는 편입니다. 서랍에 넣어두면 오히려 잘 고쳐지지 않더라고요. 브런치에 쓴 글은 발행된 후에도 수정하기 용이합니다. 발행된 글을 읽는 타인을 의식해서인지, 빠르고 지속적으로 수정하게 됩니다. 처음부터 좋은 글을 완벽하게 쓰긴 어렵지만, 계속 수정하다 보면 읽을 만한 글이 조금씩 쌓여가더군요. 출판기획서 한 장 쓰지 않았는데, 브런치 글만 보고 몇몇 출판사에서 출간하자고 먼저 연락을 주셨습니다. 몇 주간 고민하다가, 가장 먼저 연락을 준 출판사와 첫 번째 책 계약을 했습니다. '당신의 글이 책이 될 만하다' 고 가장 먼저 알아봐주고 인정해 주신 편집자님이 너무 고맙더라구요. 물론 요즘 같은 시절에 잘 안 팔리는 '시집'을 출간해 주신, 또다른 출판사 대표님에게도 감사한 마음입니다. 책을 쓰는 사람은 작가이지만, 독자를 만날 수 있도록, 정성스럽게 책을 제작하고 유통해 줄 출판사 사람들

덕분에 어려운 순간을 이겨낼 수 있었습니다.

Q5. 예비저자들에게 해주고 싶은 선생님만의 책쓰기 노하우가 있다면 어떤 것일까요?

시를 쓸 때는 즉흥적으로 쓰게 되어요. 종이에다가 즉흥적으로 썼다가 컴퓨터로 옮겨 적으면서 한 문장씩 여러번 윤문합니다. 종이가 없을 때는 스마트폰 메모장앱에 몇 개의 문장을 떠오르는대로 기록해 두기도 합니다. 다시 종이에 손으로 옮겨적다 보면 마음에 들지 않고 걸리는 문장이 새롭게 보입니다. 옮겨적을 때 마다 조금씩 변화를 줄 수 있어서 좋았던 것 같아요. 실용글을 쓸 때는 달라요. 《혁신가의 질문》은 반대로 기본적으로 골격을 먼저 세웠어요. 제 경우엔 제약이론(TOC : Theory of Constraints)에서 배운 논리적 사고 방법 (Thinking Process)을 실용적 글쓰기에 적용해 보니 도움이 많이 되었어요.

제약이론의 문제해결 기법 중에서 '야심찬 목표나무'라 부르는 것이 있습니다. 목표를 달성하기 위해 크게 세 단계로 논리적인 사고를 합니다. (1) 먼저 달성하고 싶은 '야심차고 매력적이며 가치있는 목표'를 명확하게 정의하고, (2) 목표 달성을 방해하는 현실적인 걸림돌을 찾은 뒤, (3) 그 걸림돌을 디딤돌 삼아, 장애물을 극복하기 위한 중간 목표를 찾아냅니다. 제약과 인과관계에 기반한 목표 달성 과정을 설계하는 효과적인 방법입니다. 저자 입장이 아니라 독자의 입장에서 논리적으로 생각하자는 거예요.

글을 쓰기 전에 이 주제의 글을 읽는 '독자가 이루고 싶은 목표'와 '독자 입장에서의 장애물이 뭘까?'를 먼저 고민하는 것입니다. 예를 들면, 공감적 질문을 하고 싶은데 "왜 공감적 질문을 못할까?"라고 일단 메모를 먼저 해보는 거예요. 그중에서 반드시 해결해야 되는 핵심적인 장애물들이 명료해지면 그다음에 그와 관련해서 저자인 제가 제 개인적 경험과 그 다음에 이론적인 것들을 바탕으로 해서 '어떤 타개책을 제시할 수 있을까?', '디딤돌을 제시할 수 있을까?'에 관한 생각을 총 3장의 종이에 기록하면 됩니다. 이 글의 주제에 관한 독자의 목표를 기록한 종이 한 장, 독자가 경험하고 극복할 필요가 있는 어려움들을 기록한 종이 한 장, 마지막으로 그 어려움의 타개책에 대한 종이 한 장. A4사이즈의 종이 한 장에는, 3가지에서 6가지 핵심단어 또는 문장들을 적어둡니다. 이렇게 생각을 정리한 이후에 풀어서 글을 썼어요. 보통 실용적인 글은 시를 쓸 때보다 긴 글이 되기에 즉흥적으로 쓸 순 없고, 글의 논리적인 골격을 세우는 작업이 꼭 필요합니다. 물론 글의 핵심적인 논리도 몇 번에 걸쳐서 다시 읽어보면서 계속 고쳤어요. 독자들이 읽어봤을 때 '이거 내 이야기다!'하고 무릎을 치는 글을 쓰고 싶긴 합니다. 글재주가 부족해도 독자들의 어려움에 대한 공감이 스며있고, 그 어려움을 보다 효과적으로 해결하는 해법을 고민하고 또 고민한 글이어야, 독자들은 제가 쓴 글을 끝까지 읽어주시는 것 같아요. 그렇게 저는 글을 썼어요. 또 다시 실용서를 기회가 오더라도, 저는 독자들의 어려움을 충분히 이해하고 공감하려고 최대한 노력한 이후에 글을 쓰는 방식을 고수할 것 같습니다.

Memo
글감을 어떻게 모을 것인가?

책을 쓸 때 가장 중요한 것이 글감이다. 글감이란 한마디로 재료다. 글이 구체화되려면 주제에서 소재(素材)를 찾아야 한다. 음식을 만들려면 재료가 필요하듯 문장을 만들려면 소재가 있어야 한다. 글을 쓰는 데 바탕이 되는 모든 재료를 '글감(writing material)'이라고 한다. 한마디로 글감은 글을 이루는 이야깃거리를 말한다. 글감은 글의 장르에 따라, 어떤 글을 쓰냐에 따라 다를 수 있다. 편지를 쓸 때는 읽는 이에게 하고 싶은 말이 글감이 된다. 글감 중에서 특히 주제와 밀접한 관련이 있는 것을 '중심 글감'이라고 한다. 책을 쓸 때는 읽는 책이나 감사한 영화, 뮤지컬, 애니메이션, 사례 등이 글의 재료가 될 수 있다. 글감을 평소에 모아두면 나중에 멋진 자신만의 문체(writing style)가 된다. 문체가 생겨야 글이 나오고, 그 글이 모여서 책을 이루게 된다.

잠자던 글감을 깨우기

영감을 기다리고 있을 수만은 없다.
방망이를 들고 좇아다녀야 한다.

—잭 런던

잠자던 글감을 글의 도구로 깨우기

'내 까짓 게 책을 쓰겠다고!'

글을 쓰다 보면 자신도 모르게 부정적인 내면의 소리가 올라온다. 한편
으로는 '책을 내봤자 힘들기만 하지 뭐' 하는 게으름의 소리가 자주 고개
를 든다. 그럴수록 더욱더 마음속 요동을 잠재워야 한다. 단지 좋은 생각
이 났을 때 '날 것'을 바로 잡아채서 문장으로 담아둬야 한다. 그렇지 않으
면 '뭐라고 했었는데…'하며 정확한 워딩이 생각나지 않는다. 그때마다 무
조건 메모하자.

글감은 글의 주제를 뒷받침하며 글의 내용을 이루는 재료이다. 흔히 소
설에서는 '소재(素材)'라고 하고, 논문에서는 '자료(資料)'라고 하며, 일반적
인 글에서는 '제재(題材)'라고 한다. 글의 내용은 매우 광범위하기 때문에
넓게는 '우주을 탐험하는 일'부터 '좁게 연필깎는 일'까지 책의 소재가 될
수 있다. 글감은 우리의 일상에서 무수히 펼쳐져 있다.

아리스토텔레스는 《수사학(Rhetorica)》에서 다음과 같이 명문장을 정의했다.

"유쾌한 것은 정신이 일종의 활동을 하다가 적당할 때 그치고는, 그 본성으로 되돌아가는 것을 말한다. 그러므로 고통은 이와 반대의 경우를 말한다. 이와 마찬가지로, 명문장도 독자의 마음을 적당히 활동시키다가는, 적당히 그치게 하는 문장이다."

자기의 사상과 감정을 전달하는 일도 중요하지만, 남의 글을 읽고 올바르게 이해하며 음미하는 일도 못지 않게 중요하다. 문장이 난삽하다면, 독자에게 큰 고통을 주게 되므로 독자들은 그 문장에서 눈을 떼고 만다. 최대한 배려하는 차원에서 난삽한 문장을 정리해야 한다.

자신이 겪은 보물 같은 체험을 떠올려보자. 마음을 가라앉히고 펜을 들면 이제 시작이다. 심호흡에 맞추어서 마음을 따라서 글을 쓰자. 10분 동안 생각의 흐름을 고치지 말고 물 흐르듯 맡기고 쓰자. 이런 기법을 '프리라이팅(freewriting)'이라고 한다. 《하버드 글쓰기 강의》의 저자 바버라 베이그 교수는 진정한 작가가 되는 것은 실제 글을 쓰는 사람이지 글에 관한 생각하는 사람이 아니라고 단언한다. 진정한 작가란 생각을 차례차례 종이 위에 단어를 옮겨놓는 사람이다. 양지다이어리든 몰스킨 노트든 상관없이 꾸준히 글쓰기 기어를 넣고 시동을 걸자. 10분씩 투자해도 6개월 만에 책 분량이 어느 정도 나온다.

책 쓰기 달인은 '자신만의 글쓰기 도구'가 있다

"나는 내 작업실을 항상 막장이라고 생각해요. 곡괭이로 의미의 벽을 찍어서 하나씩 캐내는 것이죠. 그 채벽의 의미를 내 생애를 통해서 실천하는 것이 옳다고 생각하고 있습니다." 소설가 김훈 선생은 이야기한다. "특별한 애착을 갖고 그 책들을 쌓아놓거나 분류하지는 않습니다. 내가 필요한 책은 자료나 사전, 일종의 일을 하기 위한 도구에요. 광부의 장비가 곡괭이나 삽, 플래시 그런 것이듯 이 방에는 나의 도구들이 있어요. 여기 있는 책은 몇 번인지 모르겠는데 많이 읽어서, 찾고 싶은 대목은 힘들이지 않고 찾아낼 수가 있습니다."

김훈 선생은 자신의 연필만을 고집하고 그 가방에는 늘 필통이 들어있으며, 필통 안에는 몽당연필 몇 자루와 지우개, 그리고 문구용 칼이 나란히 놓여있다. 그의 문장이 날카로운 이유는 연필의 거침에서 나온다. 박경리 소설가는 몽블랑 계열의 149를 사용하면서 "내가 누린 유일한 사치는 몽블랑 만년필의 사용"이라고 이야기했다. 원고 집필에 몇 년 몇 만장을 쓰면서 손목이 아프지 않다고 했다. 그러면서 만년필이 한 시간 동안 뚜껑을 열어놔도 마르지 않는다고 칭찬한다. 김남조 시인은 "사인펜 열두 자루 한 박스를 들여와 원고지 옆에 가지런히 두고 쓰는 일이 작은 행복"이라고 했다.

글쓰기를 지속하고 싶다면 자신에 맞는 도구에 투자할 필요가 있다. 한꺼번에 너무 많이 구매하려다가 오히려 큰 리스크가 발생할 가능성이 짙다. 하나만 사서 써보면서 다 쓰고 다른 것으로 바꿔도 된다. 저자는 도구로 잠자던 글감을 캐고 있다. 무명실로 비단을 짤 수 없듯이 글감이 좋지 않으면 좋은 글을 얻기 어렵다. 필자가 쓰는 글쓰기 도구는 아이패드다. 노트북은 너무 무거워서 들고 다니기 힘들어 아이패드로 바꾸고 디지털 드로잉까지 배워서 그림도 그리면서 글을 쓴다. 옛날에 글만 쓸 때보다 더 재미있게 글쓰기를 할 수 있어서 좋다. 자신만의 글쓰기 도구를 찾아서 적용해보자. 작가가 이야기하는 도구는 자료, 사전, 연필, 만연필, 원고지, 노트, 바인더 등 다양한 것들이 있다.

1. 각종 사전을 비교해서 개념을 명확히 하기

사전은 글을 쓸 때 절대적 필수품이다. 애매한 말은 사전을 뒤지며 쓴다. 글감을 깨우는 도구는 사전이다. 영한사전, 한영사전, 영영사전, 독일어사전, 한자사전, 옥편, 국어사전, 유의어사전, 방언사전, 개념어사전, 어원사전, 백과사전 등 자주 찾아보아라. 네이버 사전도 좋지만, 인터넷만으로 쓰지 마라. 이어령 선생의 《문장대백과사전》처럼 글을 쓸 때 도움이 되는 내용이 인터넷에 있지 않다. 실제 종이사전을 구입해 두면 어디에서도 구하기 힘든 지식의 보물을 가지게 된다. 한국어로 문장을 쓰려면 그 뜻을 한문, 영어, 독일어, 일본어 등 개념을 비교하면서 언어를 볼 때 개념이 명확해진다. 예를 들어서 '감정'과 '정서'의 개념을 비교한다고 치자. 단순히 한글만 생각해서는 잘 의미를 알기 어렵다. 감정은 'Feeling'이라면, 영어로 'Emotion'이라고 정의하고 어원을 찾아보자. 'emotion'은 1579년경 'to stir up(강한 감정 따위를 불러 일으키다)'을 뜻하는 프랑스어 'émouvoir'에서 나온 말이다. 라틴어 어원을 추적해서 살펴보면 '움직인다'는 의미와 관련이 있다. 'emotion'과 'motive'는 둘 다 '움직이다'를 뜻하는 라틴어 'movere'에서 파생된 단어다. 'emotion'의 라틴어 어원은 '자기로부터 벗어나는 것(moving out of oneself)'이다. 자기의 틀에서 벗어날 때 움직이게 되고 소통도 되는 것이다.

　이와 같은 개념 정의가 어떻게 실제로 글감이 될 수 있을까? 아래는 어원을 찾아서 생각을 정리해서 글로 적어본 것이다. 저자에게는 정확한 뜻을 생각하면서 읽기와 쓰기를 하는 태도가 중요하다. 좋은 책을 쓰기 위해서는 쓰는 어휘가 달라져야 한다.

〈감정과 정서의 미묘한 차이는 무엇인가?〉

　'감정'은 내 마음에 작은 파문처럼 일시적으로 일어나는 움직임이라면 '정서'는 강한 파도처럼 경험할 때 일어나는 갖가지 기분이다. 감정(感情)은 흔들리는 줄기와 같다면 정서(情緒)는 지탱해주는 뿌리이다. 감정은 내 몸에서 일어나는 생리에 대한 반응이라면 정서는 내 인생에서 일어났던 사건에 대한 기억이다. 감정은 지나가는 게스트라면 정서는 내 마음의 집을 지켜야 하는 호스트이다. 감정은 날씨처럼 하루하루 상태가 바뀌지만 정서는 뿌리 깊은 마음의 터전이어야 한다. 감정은 자신이 느끼는 것을 외부로 표출하는 것이지만 정서는 마음의 요동치는 것을 내면으로 삭이는 것이다. 당신의 뿌리 깊은 정서는 무엇이며 이번 한 주 동안에 어떤 감정을 선택할 것인가?

2. 의미 있는 예화를 활용하기

　예화(例話)는 실례를 들어 하는 이야기다. 뉴스나 책을 읽다가 의미있거나 재미있는 이야기를 모아둔다. 그 예화와 관련된 사회 현상, 사회, 역사, 철학적 지식을 접목해볼 수 있다. 예를 들어서 '거절할 용기'라는 주제로 글을 쓴다고 하자.

　'하지 말아야 할 목록'이 있으면 '거절할 용기'가 생긴다.

　쉽게 거절을 하지 못하는 사람들이 많다. 거절을 잘하는 사람은 이미 '하지 말아야 할 목록(Not to do list)'이 있다. 스피노자는 안경렌즈 닦는 일로 생계를 유지해 나갔다. 그 와중에 출판된 그의 책들은 모두 금지도서 목록에 올라서 판매가 금지되었다. 그럼에도 불구하고 표지가 바뀐 책들은 여러 곳으로 팔려나갔으며, 격려의 편지와 함께 생활비가 전달되었다. 한 영주는 독일 하이델베르크 대학 철학과의 정교수 자리를 제의해왔다. 스피노자는 다들 가고싶어 하던 이 자리마저 거절한다. 대학교수직이 자유로운 철학연구에 방해가 된다고 여겼고, 이미 안경렌즈 닦는 직업을 얻어놓았기 때문이다. 스피노자는 어려운 생활을 이어나가야 했는데, 돕겠다고 나서는 친구들로부터도 꼭 필요한 정도만 받았을 뿐 그 이상의 어떤 것도 요구하지 않았다. 스피노자는 그의 주저인 《에티카》의 원고를 일생의 마지막 순간까지 책상 서랍에 밀폐해 두었고, 혹시 자기가 사망한 뒤에라도 이 글이 분실되지 않을까 하는 불안에 사로잡혀 있었다고 한다. 결국 그가 세상을 떠난 해에 친구들에 의해 간행되면서 그의 중요한 저서들이 잇따라 세상의 빛을 보게 되었다.

마찬가지로 피터 드러커는 하버드대학교로부터 4번 영입 제안을 받았지만 모두 거절했다. 두 번은 비즈니스스쿨, 두 번은 정치 행정학 쪽이었다. 하버드대의 영입 제안을 4번이나 거절한 인물은 하버드대 역사상 드러커가 유일하다. 드러커가 하버드대로 가기를 거절한 이유는 하버드대에 '교수는 한 달에 3일 이상 외부 컨설팅을 해서는 안 된다'는 규정이 있었기 때문이었다. '하지 말아야 할 목록(Not to do list)'에 '죽은 지식을 전달하지 않겠다'는 항목이 있었기 때문에 거절할 수 있었다. 거절할 용기를 내고 싶다면 먼저 하지 말아야 할 목록을 만들고, 그 목록에 있는 것이라면 당당하게 거절하라. 내가 가지고 있는 원칙이라 어쩔 수 없다는 이야기도 덧붙이면 더욱더 좋다.

한편 평소 읽고 들은 일화(逸話)나 사화(史話), 고사(故事) 실화(實話) 등을 스크랩해 두면 좋은 글감이 될 수 있다. 이런 이야기는 독자에게 이해나 감동을 촉진시킬 힘을 가진다. 단, 삽화(挿話)로 인용해야지 그것이 중심이 되면 메시지나 의미를 잃을 수도 있다는 점에 주의해야 해야 한다.

3. 진심으로 자신이 느끼는 것을 표현하기

글은 길이다. 없은 길에서 글이 나올 수 없다. 사상이나 감정을 구체적으로 잘 표현했다고 해도 진심을 담지 않았다면 그것은 가짜다. 가짜로 독자를 움직일 순 없다. 화가이자 작가 존 러스킨은 다음과 같은 내용으로 참다운 지식을 자각해야 함을 역설했다.

> "책을 쓰는 사람은 '이것은 진실하고도 유익하다' 또는 '유익하고도 아릅답다'고 스스로 생각하는, 말해야 할 그 무엇을 가진다. 그가 알기로는, 과거에 아무도 그것을 말한 사람이 없었고, 앞으로도 말할 사람이 없다. 그는 그것을 분명하고도 음악적으로, 적어도 분명하게 말해야 할 의무를 느낀다. 인생을 총결산하는 마당에서, 그것이야말로 그에게 명백한 사실이라 함을 그는 자각한다. 그것이야말로 그가 이 세상에 생을 받아 태양의 혜택을 입음으로 인연해서, 천재일우(千載一遇)로 알게 된 참다운 지식이며, 참다운 의견이었다 함을 자각한다. 그는 그것을 영원히 기록하고 싶다. 될 수만 있으면 바위에 새겨 두고 싶다."

로댕도 진실에 대해 다음과 같은 내용을 덧붙였다.

> "깊게, 무섭게 진실을 말하는 자가 되어라. 자신이 느끼는 것을 표현하는 데 결코 주저하지 마라. 가령 공정 사상과 반대가 된다는 것을 알았을 때

도 마찬가지다. 모르면 몰랐지 처음에는 그대들은 해되지 않을 것이다. 그러나 외톨박이가 되는 것을 겁내지 말아라. 친구들은 끝내는 그대들에게 올 것이다. 왜냐하면 한 사람의 인간에게 깊고 진실된 것 일체의 사람에게도 그러하기 때문이다.”

결국 진실하지 않은 자는 진실한 글을 쓰기 어렵다.

“시삼백 일언이폐지왈 사무사(詩三百 一言以蔽之曰 思無邪)”

《논어》〈위정편〉에 나오는 말로 풀이하면, “삼백 편의 시는 한마디로 말해 사악함이 없다”는 뜻이다. 공자께서 《시경》에 나와 있는 시 300편을 모두 읽어보니, 그 속에 조금도 이해타산을 따지는 내용이 없고, 시인이 세상을 근심하며 속됨을 마음 아파하는 진정에서 나와 티끌만큼도 사악함이 없었다. 그러므로 한 마디로 말해서, “사악이 없다”란 말로 시를 총괄할 수 있었다.

없는 말을 지어내지 마라. 있는 말도 조심해서 써라. 거짓으로 사람의 마음을 움직여서는 감동을 주기 어렵다. 만약 글로 말장난을 하거나 진심이 깃들지 않는 글을 쓴다면, 그것은 한낱 낙서에 지나지 않는다. 책을 쓰는 사람에게는 말의 무게를 느끼면서 진심으로 쓰는 태도가 무엇보다 중요하다.

4. 일상에서 벗어난 공간에 체험해보기

일상을 무심히 바라보면, 틀에 박힌 사고로는 어떤 글감도 얻을 수 없다. 우선 동네에서 한 번도 가본 적 없는 골목길을 걸어가 보자. 평소 일상에서 벗어나 카페에서 안 먹어본 것을 주문해보자. 뮤지컬 콘서트에 참가해보자. 옆동네 시장을 가보자. 안 가보고 안 먹어보고 안 만났던 사람을 만나면서 새로운 생각과 느낌이 떠오른다.

"산은 100년을 보아도 아무 아이디어를 얻지 못할 수 있지만, 시내 거리는 한 블록만 걸으면 문장이 떠오르고 작품이 생겨난다."

오 헨리(본명 윌리엄 시드니 포터)는 글의 소재를 얻기 위해 가끔 백화점에 들러 여점원들과 농담을 주고받았다고 한다.

> "나는 일주일에 한 번 이상 나를 때리지 않는 남자는 싫어." 캐시디 부인이 선언했다. "때리는 건 남자가 나를 중요하게 생각한다는 증거거든. 아! 하지만 잭의 이번 폭력은 가벼운 예방주사 같은 게 아니었어. 아직도 별이 보이네. 어쨌거나 잭은 이제 그걸 벌충하기 위해 일주일 동안 세상에 없이 다정한 남편이 될 거야. 이 눈이면 최소한 극장표에 실크 블라우스는 확보했다고 봐야 돼."
>
> — 《오 헨리: 휘멘의 지침서 외 55편》 중 〈할렘 비극〉

'뉴욕'이라는 공간은 근대자본주의가 낳은 아이러니, 공포, 폭력 등이 공존하는 곳이다. 인물들의 특정 계층이나 직업군이 사용하는 다양한 언어(속어, 은어, 전문 용어), 게다가 사회문화적 배경이 깃든 은유까지 동원해 오 헨리는 말맛을 살려 모두 넘나듦으로써 생동감과 현실감을 전달한다. 그 이유는 그가 직접 약제사, 주식 중개인 등을 경험했기 때문이다. 그리고 직접 찾아가 인터뷰한 여점원, 노숙자, 쇼걸, 흑인 노예, 금고털이범, 사기꾼, 검사, 화가, 재력가, 변호사 등 온갖 인물의 삶이 작가의 글 속에서 사실적으로 묘사된다. 찰스 디킨즈도 마찬가지로 글감을 얻기 위해 마차를 타고 자주 런던 시가지를 누비고 다녔다.

이보다 더해 아예 일상을 벗어난 경우로는 헤밍웨이가 대표적이다. 헤밍웨이는 19세 때 세계 1차 대전에 지원병으로 이탈리아 전선에 종군하였고, 그 체험을 살려서 《무기여 잘 있거라》를 썼다. 또 아프리카 여행 이후 맹수 사냥을 그린 《아프리카의 푸른 언덕》을 썼다.

일상에 벗어난 공간에 갔을 때 글감을 찾아보고 적어두자. 두말할 것도 없이 경험과 체험만큼 독자에게 깊은 울림을 주는 것은 없다. 좋은 글감은 거저 얻어지지 않는다. 풍부한 경험을 했다고 해도 적지 않으면 소용없다. 일상에서 벗어날 때 어디에든 적고 보자.

5. 자라게 도와주는 나만의 습작노트를 준비하기

나는 처음 책을 써야겠다고 영감을 받으면 먼저 노트를 산다. 그리고 그 노트 맨 앞에 주제를 적어놓는다. 제목보다 주제가 더 중요하다. 예를 들면 '책 쓰기 습작노트'라고 써놓으면 마음이 편하다. 지금 이 책도 습작노트를 뒤척뒤척 옮긴 결과일 뿐이다. 명작에는 메모가 숨겨져 있다. 메모는 문장을 만드는데 첫 관문이자 글감의 해결사이며, 책을 쓰게 하는 보증수표다. 일상이 메모의 공간이다. 직장이 아닌 생활공간도 메모의 대상이다. 번득이는 순간적 영감을 메모로 붙잡아두자.

먼저 음악가처럼 비판 없이, 선율이 흐르듯 영감을 수용하며 리듬에 맞게 이것저것 브레인스토밍을 하는 것이다. 그렇게 어느 정도 분량이 채워가면 된다.

다음으로 건축가처럼 어떤 구조를 가지면 좋을지 목록을 만든다. 너무 서두르다 보면 무너질 수 있으니 써놓은 글을 보면서 중복되지 않게 목차를 세운다.

마지막으로 직물디자이너처럼 촘촘하게 이론과 사례를 적절히 씨줄과 날줄로 엮으면서 입체적으로 마무리 작업을 하는 것이다.

6. 자신 있는 분야의 글감을 모아서 쓰기

자신이 오랜 경험과 전문적인 지식을 가진 분야에 책을 써야 한다. 단순히 몇 권의 책 내용만으로 다시 짜깁기로 책을 내는 것은 부끄러운 일이다. 모를 것 같지만 요즘은 카피킬러(https://www.copykiller.com)로 검사하면 인터넷에 돌아다니는 콘텐츠와 몇 퍼센트가 비슷한지도 다 알 수 있다. 예문으로 염상섭의 《표본실의 청개구리》를 살펴보자.

> 그 중에도 나의 머리에 교착하여, 불을 끄고 누웠을 때나 조용히 앉았을 때마다 가혹히 나의 신경을 엄습하여 오는 것은, 해부된 개구리가 사지에 핀을 박고 칠성판 위에 자빠진 형상이다. 내가 중학교 2학년 때에 박물 실험실에서 수염 텁석부리 선생이 청개구리를 해부하여 가지고, 더운 김이 모락모락 나는 오장을 차례로 끌어내어, 자는 아이 누이듯이 주정병에 채운 뒤에 발견이나 한 듯이, 옹위하고 서 있는 생도들을 들여다보며, "자아, 여러분, 이래도 아직 살아 있는 것을 보시오."하고 뾰죽한 바늘 끝으로 여기저기를 사지에 못 박힌 채 바달바달 고민하는 모양이다.

소설가 염상섭의 단편 《표본실의 청개구리》라는 소설을 쓰며 작가적 입지를 다지게 된다. 그러나 이어령 선생은 청개구리 해부 과정에 대한 '김이 모락모락' 난다는 묘사에 대해 비과학적 묘사임을 지적하며 '비실증적 안이한 제작 태도'라고 비평한다. 개구리는 양서류로서 변온동물이고 외계의 온도에 따라 체온이 변하므로 포유류와 같은 정온동물과는 달리 해부할 때 김이 모락모락 날 일이 없다는 것이다.

세상을 깜짝 놀래킬 글감을 찾다 보면 부담스러워서 한 줄도 못 쓸 수 있다. 내 주변에서 소소한 이야기를 찾아보아라. 한방에 홈런 치려고 하지 마라. 어깨에 힘을 빼고 자신 있는 글감을 찾아서 한 줄 한 줄 써봐라. 글에 대한 독자의 반응이 달라질 것이다.

7. 간접 경험을 통해서 내재화된 글감을 발굴하기

초보 저자일수록 저지르기 쉬운 오류는 자신의 경험만으로 책을 완성하려고 하는 태도이다. 우리가 몸으로 부딪쳐서 경험할 수 있는 것은 제한되어 있다. 간접 경험을 통해서 전체를 객관화하여 조감도를 그릴 수 있다. 김훈의 《남한산성》의 첫 부분을 보자.

> 서울을 버려야 서울로 돌아올 수 있다는 말은 그럴듯하게 들렸다. 임금의 몸이 치욕을 감당하는 날에, 신하는 임금을 막아선 채 죽고 임금은 종묘의 위패를 끌어안고 죽어도, 들에는 백성들이 살아남아서 사직을 회복할 것이라는 말은 크고 높았다. 문장으로 발신한 대신들의 말은 기름진 뱀과 같았고, 흐린 날의 산맥과 같았다. 말로써 말을 건드리면 말은 대가리부터 꼬리까지 빠르게 꿈틀거리며 새로운 대열을 갖추었고, 따리 틈새로 대가리를 치켜들어 혀를 내밀었다. 혀들은 맹렬한 불꽃으로 편전의 밤을 밝혔다.

이런 속담도 있지 않은가.
"서울 가본 놈하고 안 가본 놈하고 싸우면 서울 가본 놈이 못 이긴다."
《근사록》이라는 책을 보면 "공자의 논어를 읽어서, 읽기 전과 읽은 후나 그 인간이 똑같다면 구태여 읽을 필요는 없다."라는 이야기가 나온다. 그러니 다독이냐 정독이냐 속독이냐 만독이냐, 일 년에 몇 권을 읽느냐, 이런 이야기는 쓸데없는 소리다. 책을 읽는다는 것보다도 그 책을 어떻게 받아들여서 성찰할 것인지를 써야 한다. 무조건 직접 경험만으로 글을 쓸 순 없다. 물론 직접 경험보다 생동감은 떨어지더라도 간접 경험을 통해서 내재화된 글감을 발굴해야 한다.

8. 새로운 연결을 통해서 씨앗을 꽃피우기

책이란 그 시대의 지식이 굉장히 압축된 형태로 듬뿍 들어간 상자다. 지금 당장 활용하기 어려운 생각 조각이라도 메모상자에 넣어두자. 버리지 않고 보관해두는 것만으로 나중에 요긴하게 활용할 수 있다. 우연히 생각난 아이디어에서 벗어나 책의 주요 아이디어에 집중하는 데 도움이 된다. 또한 미래에 쓸 책의 씨앗을 심어두는 장소가 되어 나중에 와서 수확할 수 있다. 이렇게 하면 우연히 생각한 아이디어에서 벗어나 책의 주요 아이디어에 집중하는 데 도움이 된다. 미래에 쓸 책의 씨앗을 심어 두는 장소가 되어 나중에 싹이 트고 꽃을 피울 수도 있다. 그때 메모상자를 열고 읽어보며 자신의 글과 연결시켜 봐라. 의도적인 연결보다 우연적인 연결이 글을 자연스럽게 만든다. 세런디피티(Serendipity)는 뜻밖에 발견하는 것이다. 무심코 쓰다 보면 번개 치는 글이 나온다. 그것은 메모에서 보물이 된다. 저자에게 들어오는 씨앗 그냥 흘리면 소중한 것을 놓칠 수 있다. 갈래를 나눠 메모상자에 하나하나 찾기 쉽도록 비축하자. 그 씨앗 하나하나가 자라서 풍성한 열매를 맺는다. 스쳐 지나가는 생각 하나가 결국 책 한 권으로 자라난다. 작은 메모 하나에서 시작한 씨앗이 다른 거름을 만나고 느닷없는 소나기를 만나면서 성큼 자라더니 큰 프로젝트로 변한다. 씨앗은 되새김질을 통해서 나를 넘어 우리의 목적을 찾기 시작한다. 이것이 어떻게 쓰일 것인지 실용에 기초해서 생각에 물을 줘야 한다. 처음은 자그마한 씨앗이지만 끝은 엄청나게 성장할 것이다. 스티브 잡스가 이야기한 '점들의 연결(connecting the dots)'이 글을 쓰는 데 인사이트를 준다. 스탠퍼드 대학 연설에서 그는 이렇게 이야기했다.

"물론 제가 대학을 다닐 때는 미래를 보고 점들을 연결하는 건 불가능한 일이었습니다. 하지만 10년 후 되돌아보니 그것은 아주 아주 분명했습니다. 다시 말해, 지금 당신은 점들을 연결할 수는 없습니다. 단지 과거로 되돌아 보았을 때 그것들을 연결할 수 있죠. 그러니까 지금의 점들이 당신의 미래 에 어떤 식으로든지 연결된다는 것을 믿어야 합니다. 당신의 배짱, 운명, 삶, 업보 등등 무엇이든지 간에 믿음을 가져야 합니다. 왜냐하면 현재의 점들 이 미래로 연결된다는 믿음이 여러분의 가슴을 따라 살아갈 자신감을 줄 것이기 때문입니다."

"Of course it was impossible to connect the dots looking forward when I was in college. But it was very, very clear looking backwards ten years later. Again, you can't connect the dots looking forward; you can only connect them looking backwards. So you have to trust that the dots will somehow connect in your future. You have to trust in something - your gut, destiny, life, karma, whatever. Because believing that the dots would connect down the road will give you the confidence to follow your heart even when it leads you off the well-worn path."

잡스는 처음에 리드 칼리지(Reed college)라는 대학에 들어갔지만 자퇴 하였다. 더 이상 필수 과목을 들을 필요가 없어진 그는 자신이 원하는 과 목을 골라 들을 수 있게 되었고, 그곳에서 캘리그래피 수업을 듣기로 했 다. 잡스는 이 수업에서 서체의 아름다움에 대해 알게 되었고 이 경험은

10년 후 그가 첫 번째 매킨토시 컴퓨터를 구상할 때 빛을 발했다. 매킨토시는 아름다운 서체를 가진 최초의 컴퓨터가 되었으며, 만약 그때 잡스가 서체 수업을 듣지 않았더라면 오늘날 개인용 컴퓨터는 아름다운 글씨체를 가질 수 없었을 것이다. 자신이 깨달은 것을 문장으로 설명하는 것은 쉬운 일이 아니다. 하지만 잡스는 그것을 '점들의 연결(Connecting the dots)'이라는 표현으로 명시화했다. 모든 조우는 인위적인 연결이 문제가 된다. 우리는 '자만추', 자연스러운 만남을 추구해야 창의적인 꽃을 피울 수 있다. 새로운 맥락을 만들 때 인위적인 연결보다는 자연스러운 연결을 추구하라.

우리 시대의 지성으로 평가받았던 이어령 선생은 89세 평생에 걸쳐 277권의 책을 집필하는 저술가였다. 6대의 컴퓨터, 각종 모바일 기기로 가득한 이어령의 서재, 개인용 데이터베이스를 구축해 놓았기에 가능한 일이었다. 고전에서 얻은 텍스트 뿐만아니라 따끈따끈한 지식 TED강연 등 영상자료까지 한데 엮어 서재를 이루고 있다. 돌아가실 때까지 새로운 지식과 기술을 익히셨다. 특히 《디지로그》를 통해 디지털 시대에 대한 통찰을 내놓기도 했다. '디지로그(Digilog)'란 용어는 디지털(Digital)과 아날로그(Analog)의 합성어다. 아날로그 사회에서 디지털 사회로 이행하는 과도기, 또는 디지털 기반과 아날로그 정서가 융합하는 시대적 흐름을 나타내는 말이다. 디지털 기술의 부작용을 보완하기 위해 다시 아날로그 감성을 불러들이는 시대에 살고 있는 것이다.

문화부 초대 장관으로 국립국어연구원, 한국예술종합학교 설립, 전통 공방촌 건립, 도로 폭 밖의 가장자리 길인 노견(路肩)을 순우리말 '갓길'로 바꾼 것도 잘 알려진 일화다. 그런 아이디어는 한순간에 오지 않는다. 글을 쓰는 사람은 씨앗을 키우고 있기 때문에 가능하다. 방이든 책상이든 서재든 상관없이 오직 씨앗을 한군데에 모아야 한다. 그게 아날로그든 디지털이든 자신의 씨앗 창고를 만들어야 한다.

9. 무형 디지털에서 벗어나 유형 아날로그의 힘을 느껴보기

무조건 디지털이 능사가 아니다. 실제 원고를 컴퓨터 모니터로 보다가 프린트해서 보면 오자도 보이고 내용의 엉성함이 금방 드러나는 것 같다. 책을 손으로 넘길 때 닿는 느낌, 종이에서 나는 향기, 밑줄을 칠 때 닿는 펜 끝의 감촉과 함께 생각이 정리되는 이유는 뭘까. 아마도 무형 디지털에서 느끼지 못하는 물성이 갖는 따뜻함이라고 할까. 디지털의 무형 콘텐츠가 아날로그 실물로 구현되면서 독자에게 새로운 가치를 제공하게 된다. 남한산성을 쓴다고 해도 남한산성의 현장에 안 가봤다면 신뢰하기 어렵다. 차가운 디지털에서는 느끼지 못했던 느낌이 종이로 인쇄되면서 실제로 다가온다.

고양이 빌딩이라고 들어보았는가? 일본에는 고양이 빌딩(네코비루)이라는 10만여 권 이상의 장서 보관소가 있었다. 다치바나 다카시는 책 한 권을 쓰기 위해 최소한 관련 서적 수십 권을 독파한 뒤 본격적인 취재에 나섰다. 그러다 보니 책이 감당할 수 없을 정도로 불어나 도쿄 분쿄구 고이시카와에 지상 3층, 지하 1층의 서재 전용 빌딩을 지었다. 건물 외관에 고양이 그림이 그려져 있어 '고양이 빌딩'이라고 불리게 되었다. 저자는 자신만의 물리적 공간을 꿈꾼다. 여러 사람과 함께 있어서는 진득하게 앉아서 글을 쓸 수 없다. 그래서 글은 엉덩이로 쓴다고 한다. 얼마나 혼자서 외로움을 견디고 생각을 냉철하게, 마음은 따뜻하게, 행동은 민첩하게 작업을 하느냐에 따라서 결과가 달라진다. 그는 번뜩이는 아이디어와 철저한 취재를 기반으로 분야를 넘나들며 100여 권의 다양한 책을 썼다. 책쓰기의 달인 다치바나 다카시는 이렇게 책을 써왔다고 밝힌다.

"좋은 글을 쓸 수 있느냐 없느냐의 문제는, 자기가 모은 재료에 최적의 흐름을 발견하느냐 못하느냐는 문제와 같은 것이다. 재료는 무의식에서 오지만 흐름을 만드는 것은 의식적인 고민과 끈질김에서 오는 것 같다. 새로운 기획을 위한 재료를 앞서 소개한 입력 방법들을 통해서 수집했다면, 이후의 과정은 '최적의 흐름'을 만들기 위한 가공을 하는 것이다. "

이 부분은 설명하자면 자칫 방법론이 될 우려가 있지만, 저자가 소개한 내용을 요약해서 정리해본다.

먼저 축적된 정보들을 나열해본다. 나열한 정보들을 이어가면서 한 편의 글을 써보는 것이다. 그런 과정중에 돌연 머릿속에 떠오른 생각이나 다른 주제, 관련된 기억들이 자연스레 떠오르면 함께 채워나간다. 또한 글을 쓰다보면 머릿속에서 꽤 괜찮은 아이디어라고 생각했던 것이 나중에 보니 별것아닌 것임을 알게 되기도 한다. 글이 아니면 그림도 좋고, 낙서도 좋다. 일단 구체화 해보면서 논리적인 결함이나 아이디어의 구체성 등을 보완해 나갈 수 있다. 이것을 저자는 '반성'의 과정이라고 말한다.

"의식적 작업이란 재삼재사 반복하여 의미적인 차원의 반성을 가하는 것이다. 이 반성 능력을 얼마나 갖고 있는가에 따라 얼마만큼 의미 있는 문장을 쓸 수 있는가가 결정된다."

책을 쓰는 것은 이것저것 도식적으로 이어붙이는 것이 아니다. 무의식에서 오는 내적 흐름이 있어야 한다. 한번에 완성되는 글은 없다. 글은 멈추지 말고 다시 써야 한다. 가는 도중에 자연스럽게 보완되는 것이다. 50대가 되어도 20대 자신이 육필로 쓴 메모가 있으면 그때의 추억을 소환

할 수 있다. 그 무렵 무엇을 생각하고 고민했는지 알 수 있어서 좋다. 줄을 긋거나 메모를 했던 추억들이 책들 속에 담겨 있다. 만일 컴퓨터 디지털 파일로 가지고 있다면 추억을 소환하기 쉽지 않다. 직접 확인하고 만질 수 있는 실체가 있는 물성의 아날로그는 디지털이 줄 수 없는 오감 그 이상의 경험을 향유하게 한다.

10. 자신의 목소리를 녹음해서 들어보자.

내 책을 쓸 때도 자신의 목소리를 녹음하라. 소리를 문자로 변화하는 STT(Speech To Text) 관련 앱을 사용하면 좋다. 최근 네이버 '클로바노트'는 AI를 이용한 음성기록 앱으로 급속하게 사용자가 늘고 있다. 물론 클로바노트가 100% 완벽하게 소리를 문자로 변환시켜주지는 못한다. 하지만 옛날에 비해서 활용도가 높다. 39권의 책을 남긴 피터 드러커는 이렇게 이야기한다.

"나는 컴퓨터를 사용하지 않고 있다. 하지만 오랜 경험을 통해 아주 빠른 속도로 원고를 완성하는 기술을 갖고 있다. 그것은 세 단계로 구분되는데 먼저 손으로 써가면서 전체상을 그린다. 그런 후에 그것을 바탕으로 생각을 테이프에 녹음하고 그다음 타자기로 초고를 쓴다. 이런 과정을 통해 통상 초고와 제2고는 버리고 제3고를 완성한다. 다시 말하면 제3기까지 수기, 구술, 녹음, 타자기 입력을 반복하는 것이다."

실제 이 책에서 인터뷰했던 저자들의 소리를 문자로 변화시키고 다시 수정했음을 밝힌다. 책쓰기를 하는 저자들이 놓치는 것은 음독(音讀)이다. 소리 내어 읽는 방법이 매우 유용하다. 소리를 내지 않고 눈으로만 읽는 묵독(默讀)으로는 내용의 깊이를 잘 이해하기 어려울 수 있다. 원래 수사들이 했던 방식으로 주위 사람에게 방해가 되지 않기 위해서 행해진 독서법이다. 빠르게 읽는 속독(速讀)은 좋을 것 같지만, 사실 빨리 읽기보다는 만독(慢讀)을 통해서 책을 느리게 읽는 독서 방법을 터득해야 한다. 요즘 슬로우 리딩(Slow Reading)이라는 말이 유행이다. 시 낭송처럼 낭독(朗讀)은 글의 내용을 음미하는 데 좋다. 다른 사람이 쉽게 알아듣도록 리듬감 있게 읽어야 하거나, 어감에 맞게 읽는 방법이다. 이때 잘 읽히지 않으면 글을 퇴고한다. 책을 읽고 쓰다 보면 힘이 들고 그만 쓰고 싶을 때가 온다. 그럴 때일수록 어떤 위협에도 흔들리지 않는 강한 마음가짐이 중요하다. 글쓰기를 할 때는 욕 먹을 각오로 써야 한다. 비판하는 사람을 무서워하지 말고 비판하는 근거를 따져봐라. 책을 쓰면서는 사력을 다해 이 책이 마지막이라는 마음으로 써야 한다. 온몸을 다해서 과감하게 써 내려갈 때 글이 좋아진다. 결국 글쓰기는 필사적으로 써야 한다.

Tip · 잠자던 글감을 글의 도구로 깨우는 10가지 방법

1. 각종 사전을 비교해서 개념을 명확히 하기

글감을 깨우는 도구는 사전이다. 영어, 독일어, 한문, 국어사전 등을 자주 찾아보아라.

2. 의미 있는 예화를 활용하기

예화(例話)는 실례를 들어 하는 이야기다. 뉴스나 책을 읽다가 의미 있거나 재미있는 이야기를 모아둔다.

3. 진심으로 자신이 느끼는 것을 표현하기

글은 길이다. 없는 길에서 글이 나올 수 없다. 사상이나 감정을 구체적으로 잘 표현했다고 해도 진심을 담지 않았다면 그것은 가짜다.

4. 일상에서 벗어난 공간을 체험해보기

일상을 무심히 바라보면, 틀에 박힌 사고로 아무런 글감을 얻을 수 없다. 우선 동네에서 한 번도 가본 적 없는 골목길을 걸어가 보자.

5. 자라게 도와주는 너만의 습작노트를 준비하기

처음 책을 써야겠다고 영감을 받으면 먼저 노트를 산다. 그 노트 맨 앞에 주제를 적어놓는다. 습작노트를 뒤척뒤척 옮기면 메모들이 쌓여 간다.

6. 자신 있는 분야의 글감을 모아서 쓰기

자신이 오랜 경험과 전문적인 지식을 가진 분야의 책을 써야 한다. 어깨에 힘을 빼고 자신 있는 글감을 찾아서 한 줄 한 줄 써봐라.

7. 간접 경험을 통해서 내재화된 글감을 발굴하기

초보 저자일수록 착각하는 것은 직접 경험만으로 써야 한다는 강박관념이다. 간접 경험을 통해서 전체를 객관화하여 조감도를 그릴 수 있다.

8. 새로운 연결을 통해서 씨앗을 꽃피우기

책이란 굉장히 압축된 형태로 그 시대의 지식이 듬뿍 들어간 상자다. 지금 당장 활용하기 어려운 생각조각이라도 메모상자에 넣어두자.

9. 무형 디지털에서 벗어나 유형 아날로그의 힘을 느껴보기

무조건 디지털이 능사가 아니다. 실제 원고를 컴퓨터 모니터로 보다가 프린트해서 보면 오자도 보이고 내용의 엉성함이 금방 드러나는 것 같다.

10. 자신의 목소리를 녹음해서 들어보자.

내 책을 쓸 때 소리를 문자로 변화하는 네이버 '클로바노트'를 이용해보자. 자신이 쓴 것을 말하고 녹음한 후 다시 키보드를 활용하라.

자신의 프로필을 정리하면서 문체 정하기

글을 쓸 계획을 세우지 마라. 그냥 써라.
독창적인 문체는 오로지 글을 쓸 때만 가능하다.

-필리스 도로시 제임스

자신의 프로필을 쓰다 보면 톤이 정해진다

초보 저자일수록 프로필을 대충 적는다. 양이 너무 많으면 도대체 뭐하는 사람인지 모르고, 양이 너무 적으면 누군지가 잘 드러나지 않는다. 프로필(Profile)의 어원은 이탈리아 말로 '윤곽을 그린다.'는 뜻의 프로필라레(profilare)에서 유래되었다. 원래는 미술 장르에서 시작했는데, 사람의 윤곽은 정면보다 측면에서 잘 나타나기 때문에 측면만을 그리는 것을 가리켜 '프로필'이라고 불렀다.

인물의 약력을 뜻하는 프로필도 자신을 잘 드러낸다는 의미에서 파생되었다. 많은 사람들이 책을 고를 때 ① 앞표지와 제목 → ② 앞날개의 저자 프로필 → ③ 책 속의 목차 → ④ 한 꼭지→ ⑤ 뒷날개 → ⑥ 뒤표지 순으로 책을 살펴본다. 제목과 표지, 다음에 많이 보는 것이 책날개에 있는 저자 프로필이다. '책날개'란 책의 겉표지 일부를 안으로 접은 부분을 뜻한다. 보통 앞쪽날개에 저자의 약력이 들어가고, 뒤쪽에 도서의 요약 내

용이나 다른 도서들이 들어간다. 책등은 책을 책꽂이에 꽂았을 때 보이는 책 제목 등이 쓰여 있는 옆면을 말한다. 처음 책등을 '세네카'라고 해서 이탈리아어인 줄 알았는데, 일본어 '세나카(せなか : 背中)'의 잘못된 표기지만 출판계에서는 통용되는 단어다.

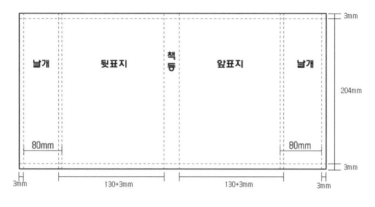

■ 표지제작도

책등은 책 제작에 사용된 종이의 두께를 고려하여 계산하여야 한다. 표지에 보면 띠지는 표지 위에 광고 홍보 글, 또는 저자 약력을 넣어주는 부분으로, 책날개 역할을 대신하기도 하며, 일반 책과는 다른 제작 방식으로 사람들 눈에 띄기 쉬운 특징이 있다. 띠지를 살짝 벗기면 새로운 얼굴이 나타나는 책은 묘한 느낌을 남긴다. 띠지를 모아두면 책 콘셉트를 잡을 때도 가끔 써먹는 경우가 있다. 책을 쓰는 저자에게는 책표지, 띠지, 책날개, 책등 등 한 자 한 자 꼼꼼하게 볼수록 피가 되고 살이 된다. 책날개에 들어가는 저자 프로필의 분량은 200자 원고지 3~4장, 대략 600~700자(공백 포함)가 적당하다.

프로필의 경력 사항에는 이력서와 달리 자신의 모든 경력을 전부 담지 말아야 한다. 관련 있는 경력 부분만 뽑아서 기재해야 한다. 지나치게 상세하게 언제 어디서 근무했다고 기록할 필요는 없다.

표지와 제목을 읽고 저자의 이름이 생소하면 프로필을 보고 구매를 미루는 경우가 의외로 많다. 글을 쓴 사람이 누구인지 독자는 궁금하다. 저자가 독자에게 자신을 소개할 때 USP(Unique Selling Proposition, 독특한 판매제안)를 염두에 두고 객관적 서술을 통해서 '이 책을 쓸 만한 사람이구나!', '이런 경험과 노하우가 있다면 한번 읽어볼까?' 그 정도면 된다. 지나친 과찬은 오히려 신뢰를 깎아먹을 수 있으니 주의가 필요하다.

글의 길이는 결국 비용이다. 쓸데없는 내용이 글에 담겨 있다면 독자의 시간을 빼앗은 것이다. 요즘 'TMI'라고 무수히 들어보았을 것이다. 너무 과한 정보(Too Much Information)의 준말로, 굳이 알고 싶지 않은 이야기를 듣게 되는 경우 널리 사용된다. 지나친 열거는 없어 보이게 한다. 과유불급이다.

만일 당신이 책을 준비하는 사람이라면 먼저 출판사 담당자의 눈을 사로잡아야 한다. 프로필 하나라도 10초 이상 글을 쳐다보게 한다면, 그것은 일단 성공한 것이다. 물론 직접 만나서 책을 설명할 때에도 설명이 아닌 설득을 해야 한다. 설명은 사실(Fact) 위주로 나열하는 과정이라면 설득은 고객의 욕구(Wants)를 움직이는 과정이다. 사실만 나열하는 것으로는 관심을 끌기 어렵고 그것은 결국 독자에게 주목받기 어렵다. 그러면 어떻게 하면 프로필을 잘 쓸 수 있을까.

실용서를 쓸 때는 저자 프로필 작성시 유의해야 할 점이라면 집필할 책과 관련시켜서 최대한 자세하게 작성하는 게 좋다는 점이다. 반면 에세이 책을 쓸 때는 저자 프로필을 최대한 간단하게 써야 한다. 관련 경력과 실제 체험이 확실하게 드러나도록 어필해야 한다. 구구절절, 지리멸렬하게 쓰지 않아도 된다. 저자가 써서 넘겨도 어차피 출판사에서 다시 손봐주니 걱정하지 않아도 된다. 저자 프로필은 출간기획서를 쓸 때 미리 챙겨두자. 급하게 작성하면 빼먹는 것이 있을 수 있기 때문이다. 저자는 책이 나오는 시점까지 출간계약, 집필, 저자 교정, 제목 선정 등 해야 할 일이 많다.

학원 강사가 알려주는 글쓰기, 소설가가 알려주는 글쓰기, 대학교수가 알려주는 글쓰기, 청와대 행정관이 알려주는 글쓰기, 기업 강사가 알려주는 글쓰기, 문학박사가 알려주는 글쓰기, 전문코치가 알려주는 글쓰기, 기획자가 알려주는 글쓰기, 편집자가 알려주는 글쓰기, 마케터가 알려주는 글쓰기, 출판사 대표가 알려주는 글쓰기 등 똑같은 글쓰기라도 느낌이 다르게 느껴진다. 독자는 저자의 전문성과 경험을 녹여있는 프로필을 보고 책을 찾는다.

저자 프로필을 성의 없이 쓴 경우 독자의 손이 가지 않는다. 책을 많이 사는 사람이 책을 사지 책을 1년에 한 권도 안 사는 사람이 어느 날 갑자기 대량 구매를 하지는 않는다. 책을 유심히 살펴보고 구매 결정을 하는 까다로운 리더가 추천하면 팔로어가 사는 경우가 많다. 저자 프로필은 물론 심지어 책의 내용까지 다른 톤으로 볼 수 있게 만든다. 초보저자가 쓰려는 글쓰기 개념과 현장전문가가 말하는 글쓰기 실전, 그리고 글쓰기 전문가나 글쓰기 전문 교수가 말하는 글쓰기 개념은 '느낌적 느낌'이 다르다. 똑같은 개념이라고 할지라도 뉘앙스(nuance)가 다르다. 《대통령의 글쓰기》의 저자 강원국 선생의 프로필을 살펴보자.

프로필 A는 처음 나왔을 때 주로 20년간 글로 밥을 먹고 산 저자 약력

프로필 A	프로필 B
저자 강원국은 국민의 정부와 참여정부에서 8년 동안 대통령의 말과 글을 쓰고 다듬었다. 김대중 대통령 때에는 연설비서관실 행정관으로, 노무현 대통령 때에는 연설비서관으로 재직했다. 대통령은 말을 통해 자신의 뜻을 밝히고 나라를 이끌어간다. 그리고 그 말은 글에 기초한다. 저자는 두 대통령에게 어떻게 하면 가장 짧은 시간에, 가장 쉬운 말로, 가장 많은 공감을 일으킬 수 있는지 직접 배웠다. 또 두 대통령이 어떻게 말과 글을 통해 다수의 마음을 모으고 난국을 돌파해갔는지 현장에서 체득하고 조력했다. 김대중 대통령은 문구 하나하나를 직접 다듬어줬고, 노무현 대통령은 불러서 앉혀 놓고 토론하듯 가르쳤다. 연설문을 쓰는 일은 단지 글을 쓰는 것에 그치지 않는다. 연설하는 사람의 생각하는 방식과 말하는 방법을 배우는 기회이기도 하다. "총칼로 집권한 대통령이 아닌, 국민의 마음을 얻어 집권한 대통령들 밑에서 말과 글을 배웠다."며 "두 대통령과 함께해서 행복한 8년이었다."고 저자는 회고한다. 이 책은 이런 배움의 결과물이다. 청와대 시절 외에도 대우 김우중 전 회장과 효성 조석래 회장이 전경련 회장이던 때에 스피치라이터로 일했고, 대우증권과 벤처기업, KG그룹 등에서 주로 글 쓰는 일로 20여 년 동안 밥 먹고 살았다. 전주에서 태어나 서울대 외교학과를 졸업했다.	강원국 30대 중반까지 대우증권 홍보실에서 일하다가 김우중 회장이 전경련 회장직에 오르던 1998년부터 스피치라이터로 살기 시작해, 김대중 대통령의 연설비서관실 행정관, 노무현 대통령의 연설비서관으로 8년간 대통령의 말과 글을 쓰고 다듬었다. 대기업 회장과 대통령의 말을 듣고 쓰고 퇴고하던 내내 '어떻게 하면 가장 짧은 시간에, 가장 쉬운 말로, 가장 많은 공감을 일으킬 수 있는지' 고민했다. 특히 두 대통령이 난국을 어떻게 돌파했는지, 어떤 말과 생각으로 국민의 마음을 채워갔는지를 지켜보며 '말의 기본'을 배웠다. 인생 후반전, 출판사에 몸담으며 펴낸 《대통령의 글쓰기》가 30만 부 이상 판매되면서 어쩌다 베스트셀러 작가가 되었고, 《회장님의 글쓰기》, 《강원국의 글쓰기》, 《나는 말하듯이 쓴다》를 출간했다. 이후 기업과 학교, 공공기관 등에서 강연 및 교육을 진행하다 보니 어느 날 '말 잘하는 사람'이 되어 있었다. 2020년부터 KBS 1라디오 〈강원국의 말 같은 말〉의 진행을 맡았다. '말 같지 않은 말', '어른답지 않은 말'을 반성하는 이 프로그램에서 가장 인기 있는 에피소드를 모아 《강원국의 어른답게 말합니다》를 펴냈다.

이고, 프로필 B는 최근 글 잘 쓰는 사람에서 말 잘하는 사람으로 저자 약력을 업데이트한 것이다. 프로필 A에는 구체적으로 어느 학교를 나오고, 어디서 근무했는지 명확한 사실을 통해서 증명하고 있다면, 프로필 B는 저서와 강연, 그리고 방송 등 독자가 관심 있어 할 만한 내용으로 채워져 있다. 자세히 보면 태어난 곳과 학교는 사라졌다. 오히려 구체적 사실이 부담이 될 수도 있기 때문이다. 이와같이 프로필은 책이 나왔다고 끝나는 것이 아니다. 개정판이 나올 때 변경해줄 수 있고, 2쇄 찍을 때 업데이트 해줄 수 있다. 물론 온라인 서점에 연락해서 저자 약력에 수정사항이 있을 경우 1:1 고객서비스를 통해서 수정을 요청할 수 있다.

프로필을 작성하다 보면 자신의 톤이 자연스럽게 생긴다. 그래서 프로필은 맨 마지막에 쓰지 말고, 본격적으로 글을 쓸 때 먼저 작성하는 편이 자신의 문체를 결정하는 데 도움이 된다. 자신의 프로필을 작성하면서 자신이 어떤 이야기를 해야 하는지 명확해진다.

프로필에는 그 사람의 전체를 아우를 수 있는 브랜드네임이 들어있어야 한다. 예를 들면 《관점을 디자인하라》을 쓴 박용후 씨의 경우를 보자. 처음 시작을 이렇게 한다.

"대한민국 1호 관점 디자이너, 피와이에이치 대표. '고정관념의 파괴자', '관점으로 미래를 연결하는 사람', '착한 기업 전도사' …. 그를 수식하는 별명은 수없이 많지만, 본인은 다른 무엇보다 국내 유일의 '관점 디자이너'로 불리기를 원한다. 관점 디자이너로서 그는 유독 '착한 기업'의 성장을 도와 함께 성공하는 일을 보람으로 삼는다. 실제로 '관점 디자이너 박용후'에게 월급을 주었던, 또는 주고 있는 기업들은 대부분 착한 기업이다. 돈을 벌고 싶어 하는 사람들과 일을 하는 것이 아니라, 꿈을 이루고 싶어 하는 사람들과 일을 해야 한다고 믿기 때문이다. 그러나 한 조직에 깊숙이 몸담지 않는다. 한곳에 오래 머물면 매 순간 새로 디자인되어야 할 관점이 고정될 수 있기 때문이다. 그래서 약속한 목표에 도달하는 순간까지만 함께한다는 원칙으로 계약직 신분을 유지하는 대신, 얽매이지 않는 자유를 누린다.

그 결과 '한 달에 13번 월급 받는 남자'로 알려지면서 대중의 비상한 관심을 모았고, 그 숫자는 현재 20번으로 불어났다. 고정적으로 출근할 곳은 없지만, 세상 어디라도 스마트폰과 노트북만 있으면 다양한 사람과 자유롭게 접속하며 남다르고 창의적인 그의 행복한 일터가 된다. 그러다 보니 박용후 대표는 어느 특정 조직에 속하지 않고 자신의 재능을 분산투자하는 'N분의 1 Job' 트렌드를 대표하는 인물로 소개되기도 했다. 그는 여전히 자신의 재능을 나눠 다양한 기업들을 컨설팅하는 관점 디자이너로서의 본업에 충실하고 있다. '기업체에서 가장 초청하고 싶은 강사'로 손꼽히는 그는 다양한 청중들과 부지런히 만나며 그들로부터 매일 새로운 관점을 얻고 있다."

'박용후'라는 이름을 알리기 보다 '관점디자이너(Perspective Designer)'의 콘셉트를 통해서 자신을 알리고 있다. 사실 박용후 씨는 연세대학교 광고홍보 전공 석사를 마치고, 카카오 커뮤니케이션 전략고문, 삼성전자 마케팅 전략고문, 우아한형제들 커뮤니케이션 총괄이사, 금융감독원 홍보자문위원 등 홍보통으로 잘 알려진 인물이다. '관점디자이너'라 이름 짓고 자신의 특기로 퍼스널 브랜드 네이밍으로 홍보한 것이다. '윤코치'처럼 닉네임을 지어도 좋다. 신문의 헤드라인이나 도서 제목처럼 한 줄 안에 압축해서 담아야 한다. 헤드라인은 최대 10자 이내로 압축해서 자신의 브랜드를 잘 드러내면서도 자신이 어떤 사람인지 쉽게 전달되어야 한다. 자신의 직업이나 핵심역량, 가치, 비전, 강점 등이 잘 함축되면 좋다.

20년간 프로필을 보내달라는 교육담당자를 만나왔다. 끊임없이 프로필을 업데이트하면서 고민했다. 어떻게 그들을 설득할 수 있는지 누구보다 탐구했고, 잘된 프로필도 많이 읽어보았다. 강의와 코칭을 진행하려면 프로필과 커리큘럼을 보내 달라고 한다. 저자 프로필을 쓸 때도 '자신(I)'를 내세우기보다는 '우리(we)'를 중심으로 서술해야 한다. 프로필에는 1인칭 사용을 자제해야 한다.

돈 내면 누구나 들을 수 있는 교육 과정을 이수했다는 이야기는 빼고, 대학교, 대학원 등 공신력 있는 경력을 쓰자. 관련 있는 경력이나 성과물을 적는 게 가장 좋다. 특별히 이 책을 잘 쓸만한 사람이라는 것을 증명하면 된다. 저자 프로필은 책 판매와 평판에 영향을 미치고, 언론이나 유튜브에서 관심을 끌게 한다.

컴퓨터 관련 서적을 보면 저자 프로필은 학력보다 커뮤니티를 운영하는 등의 내용이 많다. 그 이유는 정보의 양에서 차이가 있기 때문이다. 그리고 그런 프로필을 가지고 있는 저자가 지식의 공유 마인드를 가지고 있어서 책 내용도 좋을 때가 많다. 반면 주식 투자의 책을 보면 저자 프로필에 당연히 등장하는 것이 "3년 만에 30억 원을 달성했다"는 수익 금액이다. 보여줄 수 있는 공식화된 자료, 자신의 이름이 올라간 기사 및 보도자료, 관련 책이나 저서가 있다면 그것들과 관련된 학력, 경력, 논문 등에 초점을 맞추어 작성해야 한다.

책날개에 있는 저자 소개 프로필은 책의 내용을 예상할 수 있으면서도 책을 쓴 저자의 마인드를 읽을 수 있는 지표다. 주제와 관련된 스토리텔링을 하는 것도 저자에게 관심을 갖게 하는 포인트가 된다. 그래야 저자에 대한 호감도가 생겨서 읽고 싶은 마음이 든다.

1. 독자는 저자의 전문성과 경험이 녹여있는 프로필을 보고 책을 찾는다.

2. 저자 프로필은 미리미리 챙겨두자. 급하게 작성하면 빼먹는 것이 있을 수 있기 때문이다.

3. 객관적 서술을 통해서 '이 책을 쓸 만한 사람이구나!', '이런 경험과 노하우가 있다면 한번 읽어볼까?' 그 정도면 된다.

4. 초보 저자의 프로필 내용에서 있어서 최소 200자 이하로 쓰면 양이 너무 적어서 누군지가 드러나지 않고 성의 없이 쓴 것으로 생각할 수 있다. 따라서 최소 500자 정도는 써야 한다.

5. 600자 이상이 되면 책날개에 들어가더라도 '도대체 뭐 하는 사람인지 모르겠다. 프로필도 정리되지 않은 사람이 무슨 책을 쓸 수 있을까?'하고 되물을 수 있다.

6. 저자 소개 프로필의 분량은 200자 원고지 3~4장, 대략 600~700자 (공백 포함)가 적당하다. 물론 책 크기와 종이, 인쇄방법 등 경우에 따라 다를 수 있다.

7. 똑같은 글이라도 어떤 사람이 이야기하느냐에 따라서 다르다. 프로필을 먼저 쓰면서 저자 입장에서 책에 어떤 문체를 쓸 것인지 결정한다.

8. 학력이나 경력이 아예 없으면 신뢰성을 의심받을 수 있으니 최소의 정보라도 오픈해야 한다.

9. 프로필에 자신의 사진을 넣는 경우가 많다. 가능하면 자연스럽고 분위기가 책의 주제와 맞는 것이 좋으니 전문사진관이나 스튜디오에서 찍어서 화질이 좋은 사진을 미리 받아두는 것이 나중에 쓸 때가 많다.

10. 책의 주제와 관련 있는 대외적으로 활동한 경험이 프로필에 들어가면 좋다. 특히 논문, 학회, 포럼, 방송 출연 등 공신력 있는 것을 적어두면 프로필이 빛난다.

글을 쓰다 보면 내 삶에 이야기 구조가 생긴다.

―앤 패쳇

　　장윤영 작가는 어린 시절부터 현재까지 일기를 쓴다. 직장생활에서 글쓰기를 했지만 힘겨워했지 한 번도 즐기지 못했다. 어느 날, 진짜 글을 써보고 싶어 브런치에서 글을 올리기 시작했다. 브런치 '일과삶' 작가로 활동하면서 일과 삶이 행복해지고 있다. 자신처럼 직장인들이 글쓰기의 즐거움을 함께 누리면 좋겠다고 '나를 찾아가는 글쓰기' 프로그램을 시작했다. 글로벌 인사 전문가(Professional Human Resources, PHR)이며 평생교육 전공 교육학 박사로 한국코치협회 인증 코치(Korea Associate Coach, KAC)이자, 자원봉사로 TED를 번역을 하고, 유튜브 채널 '일과삶'을 운영한다. 글쓰기 강의 이력으로는 나를 찾아가는 글쓰기, 역삼푸른솔 도서관 '나도 쓸 수 있다' 글쓰기 특강, 광주광역시 서부교육지원청 '2019 나의 생각, 나의 언어' 교원 글쓰기 직무 연수 특강, '행복한 순간을 마인드맵으로 정리하고 글쓰기' 원데이 특강 등이 있다. 번역서로 《바쁜 부모를 위한 긍정의 훈육》을 출간하기도 했다. 글쓰기와 교육을 접목해서 가르치는 교육박사 장윤영 작가에게 질문을 던졌다.

Q1. **선생님께서 글감을 어떻게 찾으시는지요?**

처음 글쓰기를 시작했을 땐 그동안 쌓였던 에피소드와 사고가 몰려와서 쉴 틈 없이 글을 썼습니다. 그러는 동안에도 동시에 글감이 생겨났는데요. 결국 글감은 관찰에서 시작합니다. 과거 동일한 경험도 어떤 사람에게는 스쳐 지나간 기억나지 않는 하루가 되고, 저에게는 흥미로운 사건으로 기억되어 글로 완성되더군요. 요즘은 최소 일주일에 한 편의 글을 쓰는데, 그러기 위해 글감을 관찰하고 선택합니다. 매일 일어나는, 지금 이 순간을 관찰해서 글감으로 연결합니다. 글감이 아닌 게 없긴 합니다만, 옥석을 가려 창의적인 글을 쓰려 노력합니다.

Q2. **선생님께서는 첫 책을 어떤 계기에서 쓰시게 되었는지요?**

버킷리스트 1호가 제 이름으로 된 책을 내는 것이었습니다. 본격적인 글쓰기를 하기 전에 멋모르고 투고도 두어 번 해봤지만, 책을 낼 수 있을 거라고는 꿈도 꾸지 못했습니다. 외국계 기업에 근무하는 저에게 영어는 무척 중요합니다. 토스트마스터스라는 모임이 있는데요. 세바시처럼 스피치를 잘하고 싶은 사람들이 모여 연습하는 전 세계적인 모임입니다. 이곳에서 저는 5년 동안 회장도 하며 모임도 운영하고 영어 발표도 여러 번 했습니다. 어느 날 이 모임에 참여했던 분에게서 연락이 왔습니다. 저와 각별한 사이도 아니었어요. 이분이 말씀하시길, 친구분이 출판사 에디터인데 까다로운 조건에 해당하는 사람을 찾는다고 했습니다. 그런데 제가 떠올랐다고 하더군요. 그 조건은 학부모이고 현직 직장인이며, 영어도 잘하고 강의력이 있으면서 글쓰기까지 잘하면 더 좋을 듯한 사람이었습니다. 제가 브런치에서 글을 쓴다는 건 그분도 몰랐는데, 저는 브런치에서 글도 쓰고 있으니 조건에 부합한다고 말하고 출판사 에디터에게 소개를 부탁했습니다. 그게 인연이 되어 제 첫 책, 바쁜 부모를 위한 긍정의 훈육이라는 번역서를 내게 되었습니다. 그분이 저를 떠올린 건 제가 열심히 노력하는 모습이 그분에게 각인되었기 때문일 것입니다. 번역서를 낸 출판사에서 출간기획서를 써오면 투고에 도움을 주겠다고 했습니다. 꾸준히 글을 쓴 덕분에 브런치에서 원고는 넘쳐났고 출판사 투고의 경험으로 출간제안서를 썼습니다. 덕분에 평생 꿈이었던 제 책 《아이 키우며 일하는 엄마로 산다는 건》을 내게 되었습니다.

Q3. 선생님께서 책을 쓰면서 가장 힘들었던 난관은 무엇이고, 어떻게 극복했는지요?

《아이 키우며 일하는 엄마로 산다는 건》는 일과 삶의 조화를 다룬 책인데, 육아에 관한 부분도 일부 포함합니다. 이미 아이를 다 키운 제가 과거 이야기를 글로 정리하는 게 어려웠습니다. 기억이 잘 나지 않았으니까요. 할 수 없이 예전 일기장과 간간이 적어둔 메모를 다 뒤져서 글을 완성했습니다. 특히나 지금 아이를 키우며 일하는 부모들이 궁금해하는 내용을 포함하고 싶어서 주변 지인들의 의견을 들어 반영했기에 아주 먼 옛날이야기로 남지 않게 되었습니다.

Q4. 머릿속에 뭔가 떠올랐을 때 어떻게 붙잡아두는지 알려주세요?

제 주변의 작가님들도 글감을 만들기 위해서 다양한 행동을 하시는 것 같아요. 어떤 분은 구체적으로 강아지와 산책을 한다든지, 어떤 분은 조용한 음악을 듣는다든지, 어떤 분은 커핏물을 내려놓고 자연스럽게 루틴이 생겨서 글감이 떠오른다는 분도 계시고요. 저는 잊지 않도록 메모를 하는 게 중요하다고 생각해요. 기록하기 어려운 경우 핸드폰에다 메모를 해요. 그리고는 메모를 담을 서랍을 만들어요. 저는 브런치 작가의 서랍을 애용하고, 정리되지 않은 일기 같은 생각은 노션에 모닝 페이지 방식으로 기록합니다. 모닝 페이지는 매일 아침 의식의 흐름을 세 쪽 정도 적어가는 것입니다. 약간 렘수면(REM, Rapid Eve Movement sleep : 깨어 있는 것에 가까운 얕은 수면) 상태에 있을 때 떠오르더라고요. 글감이 이렇게 문득문득 떠오를 때 놓치지 않기 위해 떨떡 일어나서 기록해둡니다.

예비저자들에게 단연코 블로그와 브런치를 권합니다. 두 가지가 성격이 약간 다른데 본인의 성향에 따라 두 가지 모두 혹은 하나로 집중하는 것도 좋겠습니다. 독자를 많이 확보하거나, 반응을 얻고 싶다면 둘 다 하길 권합니다. 브런치는 에세이에 가장 적합합니다. 브런치 작가가 쉽게 되진 않지만, 출간 작가보다는 쉽게 되므로 도전을 권합니다. 블로그는 서평이나 정보성 글에 가장 적합합니다.

제 7 강

Sentence
문장을 어떻게 다듬을 것인가?

책을 쓸 때 가장 중요한 것이 바로 문장이다. 문장은 두말할 것도 없이 단어(word)로 이루어져 있다. 단어는 문장을 이루는 기초적인 요소다. 우리가 단어를 가졌다는 것이 언어생활이나 문장 생활에서 얼마나 편리한지 모른다. 자연스럽고 적확(的確)한 단어를 사용하는 것이 중요하다. 현학(衒學)적인 표현이 되지 않도록 주의해야 한다. 문장의 구조에서 단어(word)는 하나의 벽돌이고, 구(phrase)와 절(clause)은 콘크리트이며, 문장(sentence)은 벽이고, 단락(paragraph)은 방, 책은 집이다. 그 중심에는 문장이 있다. 문장은 주어와 서술어가 연결되어서 전체로 하나의 내용이 되는 것을 말한다. 문장이 길어지면 여러 단락으로 구분한다. 단락은 적어도 한 문장 이상으로 이루어진 한 구절을 말한다. 절은 문장으로 존재할 수 있는 단어의 덩어리이며, 구는 단어의 조합으로 된 덩어리이다. 단어는 글의 가장 작은 단위이다. 낱말이 모여서 문장이 된다. 문장은 생각이나 느낌을 말로 표현할 때 완결된 하나의 내용을 나타내는 최소의 단위가 된다. 이렇게 문장의 덩어리들이 서로 맥락을 형성하면서 한 편의 글을 이룬다. 모든 글의 문장은 짧을수록 명확해진다.

책쓰기 Rule 15

문장은 야구 포지션과 같다

지금 쓰고 있는 글을 당신이 즐기지 못하면 아무도 즐기지 못한다.

– 영국 소설가 마르티나 콜

 내 돈 내고 살 만한 책을 쓰고 있나?

현대사회는 볼거리와 읽을거리가 넘친다. 책이 나와도 주변 지인이 아니면 책을 잘 구입하지 않는다. 모르는 사람들이 사야 책이 팔린다. 그들은 저자의 얼굴 보고 책을 사는 게 아니다. 책의 가격이 아닌 가치를 보고 구입한다. 책은 단지 키워드만이 중요한 게 아니다. 내가 좋아하는 '직관'에 대한 책만 봐도 그렇다. '인튜이션', '블링크' 등 키워드로만 찾으면 눈에 잘 띄지 않는다. 독자가 직관으로 '첫 2초'에 모든 것을 가른다. 책을 집게 하는 힘이 없으면 누구도 책을 넘기지 않으니 사기 힘들다. 출판사에서 원고를 검토하는 기준은 각기 다를 수 있으나 책을 집게 하는 힘을 중요시할 수밖에 없다. 독자의 욕망이 감춰진 90퍼센트를 발굴하는 책을 만드는 사람으로서 사람들이 책을 많이 사기를 바란다.

하지만 현실은 책이 안 팔린다. 불황일 때는 책 사는 기준이 너무 까다롭다. 당연히 책 소비가 줄어든다. 책을 만드는 사람으로서 남이 만든 책도 열심히 사는 것은 생태계를 가꾸는 일이다. 책은 다른 물건에 비해 싸다. 책을 쓰겠다는 사람들이 오히려 자기 돈으로 책을 안 사는 꼴을 자주 본다. 읽을 시간도 없는데 무슨 책을 쓰겠는가? 책 편집은 미로를 헤쳐가는 과정이다. 책 제목은 시대를 읽는 아이콘이다. 독자와 콘텐츠 사이 불통을 제거하는 것이 소통이다. 독자와 독자로 이어지는 다리를 만드는 것도 소통이다.

좋은 제목은 뛰어난 소통력을 가진 단 하나의 상징이다. 아이들 책 중에 《사과가 쿵》을 생각해보면 문장이 얼마나 간결한가? 책 제목은 미션이고 책 카피는 비전이다. 단 하나의 키워드에 집중하자. 하나의 키워드에 집중한 문장이 결국 독자의 마음에 닿을 수 있다. 단어를 많이 안다고 해서 좋은 문장을 쓰는 것은 아니다. 구슬이 서 말이라도 꿰어야 보배이기 때문이다. 문장의 화려함보다 글쓰기의 기본 원칙을 지키는 것이 더 중요하다. 비즈니스 문장의 원칙은 일어일의(一語一意, one word one meaning), 일문일사(一文一思, one sentenceone idea), 일단일화(一段一話, one paragraph one topic) 등으로 넓혀 나가는 것이 좋다. "한 가지 생각을 표현하는 데는 오직 한 가지 말밖에 없다."는 플로베르의 일물일어(一物一語) 법칙을 기억하자.

 문장은 야구 포지션과 같다

비즈니스 문장은 야구 포지션과 같다. 주어, 서술어, 목적어 등처럼 포지션이 있다. 야구의 목적은 게임에서 이기는 것이다. 비즈니스 문장도 목적을 위해서 존재하는 것이다. S(Subject, 주어)와 P(Predicate, 서술어)는 문장의 두 기둥이다. 눈치 빠른 사람은 S가 '투수'고, P는 '포수'라는 것을 이해했을 것이다. S는 화제·주제를 제시한다면, P는 그에 대한 설명·부연으로 중심을 이룬다.

"상사와 맞서 싸우는 것은 그가 다니는 회사가 언제나 관리자 편이므로 거의 승산이 없는 게임이다."

→ "회사는 언제나 관리자 편이므로 상사와 맞서 싸우는 것은 승산이 없는 게임이다."

→ "상사와 맞서 싸우는 것은 승산이 없는 게임이다. 왜냐하면 회사는 언제나 관리자 편이기 때문이다."

S-P는 되도록 가까울수록 좋다. 문장이 길면 둘로 쪼개라. 그리고 문장의 순서를 결론부터 써라.

이 두 문장을 비교해 보자.

A : "다산(茶山) 정약용이 설계했다는 기중기가 보인다."
B : "이 기중기는 다산 정약용이 설계했다."

분명 두 문장의 뜻은 같아 보인다. A문장은 다산을 주어로 했고, B문장은 기중기를 주어로 두었다. 문장의 원칙 중에 수동태보다 능동태가 좋다는 관점에서는 B문장이 잘 쓴 것이다. 주어를 무생물로 쓰지 말라는 문장의 원칙에 따르면 A문장이 잘 쓴 것이다. A문장은 다산 정약용의 업적을 설명하려는 문장이고, B문장은 기중기를 설명하려는 문장이다. 문장은 앞과 뒤의 상관관계를 보지 않으면 쉽게 판단하기 어렵다.

비즈라이팅에서는 긴 문장을 짧게 끊어 써야 한다. 그러면 읽는 시간이 절약되고 의미가 분명해진다. 문장이 길어지면 우선 읽어 보고 싶은 마음이 사라진다. 효과적으로 전달하기 위한 문장을 고민해야 한다. 자신도 모르는 어려운 말을 늘어놓았으면 삭제한다. 복잡한 문장은 단순하게 바꾼다. 깔끔하고 세련된 문장은 바로 당신의 자세에서 나온다.

문장은 어떻게 써야 하는가?

글쓰기에서 문장은 빌딩을 짓는 하나의 벽돌이다. 즉 글쓰기는 언어로 집짓기이다. 글쓰기의 미덕은 버리는 것이다. 더 이상 버릴 것이 없는 상태가 글의 완성이다. 마크 트웨인은 "글에서 '매우', '무척' 등의 단어만 빼면 좋은 글이 완성된다."고 했다. 좋은 글을 쓰고 싶다면 허황한 미사여구를 사용하지 말고, 화려한 문장이 아니라 건조한 문장을 써야 한다. '화려체'는 현란한 수식과 음악적 운율을 갖는 문체이고, '건조체'는 미사여구를 일절 금하고 의사전달만 하는 문체로서 학술서·기사문·매뉴얼 등 비즈니스에 어울린다. 문장에 힘이 없고 늘어지는 경우에는 강건체를 쓰면 좋다. '우유체'는 온화하고 다정한 문체이지만 강한 의지를 담기에 부족하며, '강건체'는 웅장하고 굳센 풍격을 나타낸다. 또한 상투적인 말을 쓰지 말고, 장문보다 단문을 구사해야 한다. '만연체'는 수없이 많은 말을 늘어놓으며 우여곡절을 일으키는 만담에 빠질 위험이 있다. 반면 '간결체'란 한 글자 한 마디마다 바짝 조이는 맛이 있고 선명한 인상을 준다. 만연체에서 간결체로 바꾸는 것이 좋다. 이제 군더더기를 없애고 간결체로 쓰겠다는 당신의 다짐이 필요하다. "글쓰기에 있어 진정한 쉬움은 우연이 아니라 기술에서 비롯된다."고 알렉산터 포프는 역설한다. 논리적 모순이나 오해할 만한 내용이 없는지 찾아보고, 꼭 필요하지 않으면 없앤다. 당신의 글의 풍격(風格)은 바로 문장에서 결정 난다.

문장력을 강화하는 13가지 방법

① **긍정문으로 작성하라.**

부정형은 뇌가 인식하기 어렵다. 부정문을 긍정문으로 바꾸자.

> 예) 저희 음식점은 중국산을 사용하지 않습니다. → 저희 음식점은 칠레산을 사용합니다.

② **적절한 경어를 사용하라.**

읽는 사람에게 맞는 적절한 경어는 상대방에게 호감을 준다.

③ **중복된 어구를 피하라.**

중복된 어구를 많이 쓰면 읽는 사람들이 지루해 한다. 중복이 많으면 읽기 불편해지고 문장의 간결성이 떨어진다. 불필요한 표현을 빼면 한결 깔끔한 문장이 된다. 불필요한 표현은 사족(蛇足)과 같다.

④ **간단한 표제를 붙여라.**

문서의 내용을 일목요연하게 파악할 수 있도록 간단한 표제를 붙인다.

⑤ **한자는 상용한자 내에서 사용하라.**

일상적으로 사용하지 않는 한자는 피하고 알맞은 말로 대체하여 사용한다. 물론 한자의 오자가 없도록 주의해야 한다.

⑥ **문장부호를 정확히 사용하라.**

경우에 따라 다르게 쓰이는 문장부호의 사용법을 익혀 적절하게 사용하도록 하라.

⑦ 단락을 나누어라.

한 단락이 너무 길면 보기에도 안 좋고 이해도 어렵다. 대개 한 단락은 4~5행이 보기에 적당하다.

⑧ 배치를 보기 좋게 하라.

어떤 문서인지, 어떤 종류의 용지인지, 어떤 색이고, 어떤 크기인지 등 외형적인 배치에 따라 다르게 보인다.

⑨ 현학적인 문구를 쓰지 마라.

문장 표현에서 되도록 현학적인 기교를 빼고, 상대방이 이해하기 쉬운 표현으로 바꾼다.

⑩ 감정이 들어간 문장을 빼라.

읽는 사람의 기분을 상하게 할 수 있는 문구나 내용은 피하고, 꼭 써야 할 경우 완곡하게 바꾸어 쓴다.

⑪ 불필요한 접속사를 빼라.

접속사는 문단과 문단, 문장과 문장 이음이 어색할 때 쓰인다. 접속사가 많은 것은 논리가 부족한 글이다. 루돌프 플레시는 "'그리고'는 모조리 제거하라. '그래서', '하지만' 역시 없애라."고 했다.

⑫ '의'와 '것'을 될 수 있으면 빼라.

문법적으로 맞더라도 길어지면 곤란하다. '의'는 일본식 표현이다. '의'와 '것'은 빼도 되는 사족이다.

예) 나의 살던 고향은 → 내가 살던 고향은

그는 사랑했던 것이다. → 그는 사랑했다.

⑬ **현재형으로 쓰자.**

'하고 있다.', '할 수 있다.'를 '한다.'로 바꿔 보자. 문장이 훨씬 깔끔해지고 속도감이 느껴진다.

예) 지금 보고하고 있다. → 지금 보고한다.

칼럼을 잘 쓰는 방법

사실 책을 내려면 우선 칼럼을 써보는 방법도 좋다. 온/오프라인 신문 등에 꾸준히 칼럼을 쓰면 지명도가 높아지고 칼럼이 쌓이다 보면 나중에 책이 나오기도 쉽다. 책보다 칼럼이 더 분량으로도 쓰기 쉽다. 기본적인 문장력과 간단한 요령만 익히면 누구나 쉽고 빠르게 쓸 수 있는 글이 칼럼이다.

칼럼을 잘 쓰려면 칼럼의 특성을 파악해야 한다. 세상에는 기업이나 공공기관마다 엄청난 사보가 있고, 그곳을 채워야 하는 콘텐츠가 필요하다. 신문에 칼럼을 쓰게 되면 신문 독자층이 어떤지 미리 알고 써야 한다. 대표적 칼럼은 한국경제신문의 '천자 칼럼', 동아일보의 '횡설수설', 한겨레의 '세상 읽기', 조선일보의 '만물상' 등이 있다. 칼럼 시장은 월간호든 계간호든 일정하게 발행하는 잡지나 사보가 많다. 그리고 그곳에는 칼럼을 실어야 한다. 물론 옛날에는 인쇄를 하는 경우가 많았지만, 요즘은 인터넷으로 웹진이 많아지고 있다.

칼럼의 분량은 얼마인가? 보통 분량은 원고지 10~15매 정도이고 A용지로는 1장 반~2장 사이이다. 글자 크기는 10pt이고 줄 간격 160%이다. 칼럼 원고료는 얼마인가? 발행하는 곳에 따라서 다르다. 특히 대행사를 낀 경우는 원고료가 짜다. 200자 원고지 매당 1만 원 선으로 보통 15매라면 15만 원이다. 직접 연결하는 경우 회사가 좋은 곳이면 칼럼당 25만 원~30만 원을 받기도 한다. 보통 의뢰하고 1주일에서 많게는 2주일 사이로 칼럼을 작성한다. 물론 마감일에 빠듯하게 보내는 것보다 좀 더 일찍 보내는 것이 좋다. 그래야 수정도 원활하고 잡지를 내는 곳은 시간에 쫓기는 경우가 많기 때문이다.

원래 '칼럼(column)'이란 그리스·로마 건축 등에서 흔히 볼 수 있는 원형 기둥을 의미하는 단어이다. 신문이나 잡지에 실리는 특별기고를 '칼럼'이라 하는 이유도 마치 기둥 모양으로 위아래로 길게 실리기 때문이다. 글자들이 가로로 진행된 행(行)이 차곡차곡 쌓이면서 생기는 기둥 형태의 단(段)을 '칼럼'이라 불러온 것이다. 한 페이지의 지면이 만들어지려면 우선 전체를 몇 개의 칼럼으로 만들어야 할지 결정해야 하고 그것이 편집의 전체 얼개를 구성하는 기본적인 레이아웃이 된다.

칼럼 하나로 대한민국 전역이 들썩인 적이 있다. 〈"추석이란 무엇인가" 되물어라〉라는 김영민 교수 칼럼 때문이다.

추석을 맞아 모여든 친척들은 늘 그러했던 것처럼 당신의 근황에 과도한 관심을 가질 것이다. 취직은 했는지, 결혼할 계획은 있는지, 아이는 언제 낳을 것인지, 살은 언제 뺄 것인지 등등. 그러나 21세기의 냉정한 과학자가 느끼한 연애편지를 쓰던 20세기 청년이 더 이상 아니듯이, 당신도 과거의 당신이 아니며, 친척도 과거의 친척이 아니며, 가족도 옛날의 가족이 아니며, 추석도 과거의 추석이 아니다. 따라서 "그런 질문은 집어치워주시죠"라는 시선을 보냈는데도 불구하고 친척이 명절을 핑계로 집요하게 당신의 인생에 대해 캐물어 온다면, 그들이 평소에 직면하지 않았을 근본적인 질문을 던지는 게 좋다. 당숙이 "너 언제 취직할 거니"라고 물으면, "곧 하겠죠, 뭐"라고 얼버무리지 말고 "당숙이란 무엇인가"라고 대답하라. "추석 때라서 일부러 물어보는 거란다"라고 하거든, "추석이란 무엇인가"라고 대답하라. 엄마가 "너 대체 결혼할 거니 말 거니"라고 물으면, "결혼이란 무엇인가"라고 대답하라. 거기에 대해 "얘가 미쳤나"라고 말하면, "제정신이란 무엇인가"라고 대답하라. 아버지가 "손주라도 한 명 안겨다오"라고 하거든 "후손이란 무엇인가". "늘그막에 외로워서 그런단다"라고 하거든 "외로움이란 무엇인가". "가족끼리 이런 이야기도 못 하니"라고 하거든 "가족이란 무엇인가". 정체성에 관련된 이러한 대화들은 신성한 주문이 되어 해묵은 잡귀와 같은 오지랖들을 내쫓고 당신에게 자유를 선사할 것이다. 칼럼이란 무엇인가.

이 칼럼은 명절 때 만나는 친척들의 오지랖에 대처할 수 있는 법을 쓴 유쾌한 글이었다. 기존 칼럼에 대한 대한 파격이기도 했다.

하지만 기존에 그 분야를 모르고 있다면 칼럼을 쓰기 어렵다. 칼럼의 종류는 경제 칼럼, 문화 칼럼, 시사 칼럼, 과학 칼럼, 스포츠 칼럼, 건강 칼럼, 여행 칼럼, 가십 칼럼(gossip column), 고민상담 칼럼, 만화 칼럼 등을 말한다. 칼럼의 형식에 따른 분석은 설명형 칼럼, 주장형 칼럼, 전문가 칼럼, 일반인 칼럼 등으로 나눌 수도 있다. 보통 원고청탁서를 보내는데, 기획 의도와 청탁 내용에는 칼럼을 쓰는 방향에 대해서 언급이 되어 있다.

칼럼니스트(columnist)는 무엇을 하는 사람인가? 신문, 잡지에 기고하는 일이 칼럼니스트의 직업이다. 시인도 직업이 되지 못하는데, 어찌 일개 칼럼니스트가 직업이 된다는 말인가?

"돈도 안 되는 칼럼을 왜 쓰세요?"

가끔 이렇게 질문하는 사람들을 만난다. 사실 이들은 세상 물정을 잘 모르는 우둔한 사람이다. 칼럼이 돈이 안 되다니, 돈이 되니까 칼럼을 쓰는 것이다. 그럼 돈이 되는 칼럼을 어떻게 쓸 수 있는가? 돈이 되고 안 되고는 누가 판단하는가? 역시 돈을 주는 사람이다. 그들이 돈을 주고 싶어도 그 글을 읽어보지 않으면 상대가 어떤 식으로 글을 쓰는지 알 수 없다. 그래서 처음에는 돈이 되든 안 되는 글을 써서 내가 쓰는 글이 돈이 된다는 것을 증명해야 한다. 증명의 진입장벽을 넘은 칼럼니스트는 강의도 하게 되고, 방송 출연도 하게 되니 결국 돈을 벌 수 있게 된다.

1. 칼럼요청서를 보면, 대부분 첫 문장부터 재미있고 유연하게 쓰길 주문한다.

독자의 눈길을 끌 만한 내용이 앞부분에 있어야 한다. 지루한 논문 서술식이 아니라 톡톡 튀는 재미있고 유연한 글을 원하는 것이다. 특히 칼럼의 도입부는 첫 문장부터 어려운 단어를 사용해서는 안 된다. 칼럼의 첫 문장을 리드(lead)라고 한다. 리드는 마치 달리는 철도의 기관차와 같다. 기관차는 동력을 발생하여 객차와 화차 등을 견인할 수 있도록 제작된 철도차량을 말한다. 열차의 맨 앞에서 강력한 동력으로 수십 량의 객차와 화물차를 이끄는 역할이다. 앞에서 잘못 이끌면 칼럼이 생명력을 잃어버린다. 대부분의 실수는 전문지식을 자랑하는 것이다. 그러면 독자는 아마도 다른 곳으로 시선이 가기 마련이다. 그렇다고 사실만 나열해서는 글의 힘이 없다. 어떤 글에 생명력을 가지게 하는 것은 바로 다른 사람과 다른 그 '무엇'이다. 흥미를 끈다든지, 충격적인 사실을 던져준다든지, 좋은 질문으로 시작한다든지 해서 독자의 관심을 끌어야 한다. 칼럼의 초반부에 외면당할 수 있음을 명심해야 한다. 흥미로운 주제, 타당한 문제 설정이 칼럼의 승부를 좌우한다.

2. 칼럼의 문장은 화려한 수사보다 담백한 논리에 바탕해야 한다.

이미 칼럼의 시작이 좋다면 독자에게 가까이 가고 있는 것이다. 칼럼의 목적은 개인의 생각과 주장을 독자에게 전달하는 것이다. 그렇다고 화려한 수사가 중심이 된다면 좋지 않은 칼럼이 된다. 담백한 논리와 촘촘한 근거가 잘 짜인 글이 좋은 칼럼이다. 형이상학적인 수사가 많이 등장하는 관념적인 글을 독자는 싫어한다. 실제 자신의 현장에서 쓸 수 있는 적용 가능한 이야기를 좋아한다.

칼럼은 가방끈의 자랑이 아니다. 칼럼의 문체는 지나치게 화려하지 않아도 좋다. 칼럼니스트는 오직 칼만으로 승부하는 요리사이다. 단순히 내가 그동안에 써왔던 글이 아니라 오늘 쓰는 글 하나만으로 승부해야 한다. 계급장을 떼고 칼럼니스트를 모르는 사람이 읽어도 쉽게 깨달을 단순한 원리와 유익한 지혜를 담고 있어야 한다. 독자의 생각을 읽어서 "좀 더 비약하자면"이라고 먼저 선수를 쳐야 한다. 글을 쓸 때 반대하는 사람을 앞에 두고 쓴다고 생각하라. 결론부터 쓰고 그다음에 부연설명을 하라. 치밀한 논증이 결국 설득력과 합리성을 담보한다.

3. 직접적인 예시가 많이 등장하는 실용적인 글이 호응이 좋다.

주장에 걸맞은 논리적인 근거를 갖추었다면 칼럼이란 기둥을 만들기 위한 과정까지 마친 것이다. 이제 기둥에다가 살을 붙이기 시작하면 된다. 칼럼을 쓸 때도 마찬가지로 익히는 시간을 거쳐야 좋은 글이 된다. 자칫 논리에만 치우치다 보면 오히려 무겁거나 지루해질 수 있다. 주제와 관련된 에피소드, 사례를 찾아야 한다. 자신의 체험이 가장 좋지만, 그것이 없더라도 인터넷을 검색하면 얼마든지 유명한 예화를 찾을 수 있다. 단지 주의해야 할 것은 주제와 상관이 없으면 차라리 안 쓰는 것이 낫다는 점이다.

4. 문장을 내용단락별로 나누고 중간 제목을 다는 것이 좋다.

잡지 기사처럼 중간 제목이 자주 들어가 단락별로 나뉘는 글을 원한다. 예를 들어 "'밑 빠진 독에 물 붓기' 아닌, 엄마와 아이를 위한 투자", "사랑은 시간에 비례하는 것이 아니다", "아이에게 해서는 안 되는 말 best 10", "여자들은 모르는 남자들의 심리 비밀" 등으로 중간 제목만 봐도 읽고 싶게 만들어야 한다. 적절한 단락 구성을 하고, 논지 전개를 매끄럽게 하는 것이 중요하다. 아무리 제목이 좋아도 중간 제목이 맛깔스럽지 않다면 읽고 싶지 않을 수 있다. 잘 쓴 칼럼은 우선 불필요한 문장이 없다. 처음 쓴 원고는 초고일 뿐이다. 날것의 문장을 다시 읽어보고 수정해야 한다. 문장의 단락과 단락의 느슨함을 조여야 한다. 헐거운 논리적 구조로써 사람들을 설득하긴 어렵다. 짜임새 있는 칼럼은 절차탁마의 단련을 통해서 이루어진다.

5. 참신한 콘셉트로 독자가 쉽게 읽고 공감할 수 있게 작성해야 한다.

칼럼은 '진부한 해결안'을 찾는 과정이 아니다. 오히려 '참신한 딴지걸기'가 통한다. 먼저 글 전체의 흐름을 파악해야 한다. 그래야 어떤 부분을 생략할지 판단할 수 있고 줄여야 논거가 확실해진다. 칼럼니스트에게 글을 의뢰하는 사람은 본인이 하지 못하는 주장을 칼럼니스트들이 해주길 원한다. 단지 밋밋한 글보다 칼럼니스트가 지닌 고유의 주장을 더욱더 중요하게 생각한다. 앞에서 제시한 5가지를 유의한다면 칼럼 쓰는 일이 쉬워질 것이다.

에세이를 잘 쓰는 방법

 수필, 에세이의 차이부터 알고 써라!

일반적으로 '수필=에세이'라고 생각하는 경우가 많은데, 이는 엄밀하게 말하면 잘못된 것이다. 우선 범위를 따져본다면 '에세이〈수필〈산문'이다. 가장 큰 범위가 산문(散文)으로, 자유롭게 쓴 글을 모두 포괄하는 문학 형태이며, 소설도 산문에 속한다. 산문은 장산문(長散文)과 단산문(短散文)으로 나누며 장산문은 소설, 동화, 비평 등이요, 단산문은 수필, 칼럼, 소평론, 기행문, 일기, 수기, 서간, 감상문, 수상문 등이다.

반면 수필(隨筆)은 인생과 자연 등 생활에서 직접 경험하고 생각한 것들을 형식에 구애받지 않고 자유롭게 쓴 문학 형태이다. 비교적 자유롭게 쓴 글을 '따를 수(隨)', '붓 필(筆)'을 써서 수필(隨筆)이라 한다. 수필은 크게 에세이(essay, 중수필重隨筆)와 미셀러니(miscellany, 경수필輕隨筆)로 나누는데, 에세이는 어느 정도 지적(知的)·객관적·사회적·논리적 성격을 지니는 소평론 따위이며, 미셀러니는 감성적·주관적·개인적·정서적 특성을 가지는 글로서, 좁은 의미의 수필을 말한다.

현재 우리나라 수필문단은 '미셀러니(miscellany)'가 주류를 이룬다. 요즘 '수필'이라고 하는 것이 신변잡기, 일기처럼 느껴지는 경우가 많은데, 그 이유도 '미셀러니'를 수필의 전부로 생각하는 경향 때문이다. 우리가 쉽게 읽는 수필은 에세이가 아닌 '미셀러니'가 대부분이다.

'수필'을 일컫는 영어의 'essai'란 말은 라틴어의 'exigere'에서 나왔다. 'exigere'는 '계량하다, 조사하다, 음미하다'라는 뜻이며, 'essai'는 '시험해 보다, 시도하다'라는 뜻이다. '수필'의 용어로 'essai'나 'essay'가 쓰이게 된 것은 프랑스의 철학자 몽테뉴의 《수상록》으로부터 비롯되었다. 몽테뉴는 관직에서 물러나 한가로이 자신의 체험이나 신념을 기술한 글들을 모아 엮었는데, 그것이 바로 《수상록》이다. 뒤이어 영국에서 철학자 베이컨의 《수필집》이 간행되었고, 이로부터 서양에서는 본격적으로 수필 문학이 형성되었다. 서양에서 수필은 고대 그리스의 철학자 플라톤, 테오프라스토스, 로마의 키케로, 세네카, 아우렐리우스의 철학적인 저술 등을 포함한 개념이다.

이처럼 오랜 맥을 가지고 있는 수필은 현대에 와서 그 태도에 따라 크게 '경수필'과 '중수필'로 분류한다. 경수필은 '미셀러니(miscellany)'로 가볍고 쉬운 느낌의 문장으로 구사되어 있으며 흔히 '몽테뉴적 수필'이라고 한다. 개인적 정서와 감정에 의존하여 주관적이며, 서술자인 '나'가 겉으로 직접 드러나 있는 신변잡기 내용이 대부분이다. 반면 중수필은 '에세이(essay)'로 일정한 주제를 가지고 체계적인 논리 구조와 객관적인 관찰을 바탕으로 하여 쓰인 수필로, 무겁고 깊이 있는 느낌의 문장으로 구사된다. 흔히 '베이컨적 수필'이라고 한다. 사회적, 객관적 관심을 표현하며, 서술자인 '나'는 겉으로 드러나지 않는 경우가 대부분이다.

결국 우리가 흔히 대하는 수필은 신변잡기적이고 개인적인 생각과 체험을 다룬 가벼운 느낌의 수필, 즉 '경수필=미셀러니=몽테뉴적 수필', 반대로 보편적 논리와 이성에 의존하고, 논리적이고 논증적인 진술이 드러나며, 지적·사색적인 수필, 즉 '중수필=에세이=베이컨적 수필' 두 종류로 나누는 것이다.

 '수필'이라는 말이 가장 먼저 쓰인 것은 중국 남송 때의 학자 홍매의 《용재수필》이다. 우리나라의 경우, 수필이라는 명칭은 이민구의 《독사수필》, 조성건의 《한거수필》, 박지원의 《일신수필》 등 여러 가지 글을 모아놓은 책들에서 나타나기 시작했다. 그러나 그 형식이나 내용에 있어 수필로 분류한 것은 이미 삼국 시대 신라의 한문학에서부터이다. 잡기(雜記), 잡록(雜錄), 잡설(雜說), 만필(漫筆), 만록(漫錄), 필담(筆談), 기문(記聞), 산록(散錄), 연담(軟談), 견문록(見聞錄) 등 다양한 한문학 장르는 거의 수필로 분류된다.

 이처럼 수필에 다양한 분야가 있다보니 문학에서 시와 소설에 비해 소외된 면이 있다. 국어사전에서도 보면, 소설은 산문체의 '문학양식', 시는 '문학의 한 장르', 동화는 동심(童心)을 바탕으로 지은 '문예작품'이라고 하여 '문학'임을 분명히 한다. 그럼 수필은 문학이 아니라 신변잡기란 말인가. 수필도 엄연한 문학에서 하나의 장르이다. 에세이는 붓 가는 대로 누구나 쓸 수 있으나 수필은 쉽게 창작할 수 있는 것이 아니다. 문예창작학과를 가거나 문학가로부터 전문적인 지도를 받는 것을 장려한다. 세상에 스스로 머리를 깎는 사람은 없다. 자신이 쓴 글을 누군가 평가해줘야 하기 때문이다. 수필은 하루아침에 쉽게 쓸 수 있는 예술장르가 아니다. 건필을 바라는 마음에 정리를 해 본다. 당신은 어떤 수필을 쓰고 싶은가? 당신은 어떤 에세이를 준비 중인가?

 나는 내년에 에세이 한 편을 준비 중이다. 그동안 잡지와 신문에 기고했던 칼럼을 모으니 책 한 권이 될 것 같다. 이 책은 다른 책과 다르게 에세이가 좋을 것 같다. 제목은 비밀이다. 에세이는 제목 자체가 메시지이다. 내가 퇴사 후 어떻게 독립해서 15년 이상 살아 남았는지 소회를 밝히는 것이다. 이번 에세이는 가족과 멘토, 위기와 극복, 희로애락이 담길 것이다. 대략 예시하면 이렇다.

[예시] 〈아버지의 직업〉
아버지의 직업은 운전사였다. 나는 어릴 때부터 아버지의 직업란에 뭐라고 써야 할지 고민이 많았다. 결국엔 '운전사'보다 '회사원'이라고 쓰곤 했는데 어린 마음에 아버지의 직업을 부끄럽게 느꼈던 것 같다. 어느 날 아버지에게 '왜 운전사가 되셨느냐?'고 대뜸 물어보았다. 아버지는 원래 고등학교 졸업 후 대학을 가고 싶었으나 집안 사정상 갈 수 없어 공군에 지원했고 그때 헌병대에 근무했다고 하셨다. 그때 보여준 공군 헌병대의 사진은 아직도 기억이 난다. 빛바랜 베레모 속의 아버지는 옛날 영화에 나오는 장교 같았다. 아버지는 제대 후 결혼했고 농사를 지었는데, 그것이 싫어서 서울로 오면서 운전대를 잡으셨다고 한다. 우리네 보통 아버지들이 그렇듯이 직업의 선택권이 주어지지 않았던 것이다.

- 윤영돈

1. 에세이는 첫 문장에서 승부가 난다.

에세이는 일정한 형식을 따르지 않는 느낌이나 체험을 생각나는 대로 쓴 산문 형식의 글이다.

일단 에세이를 쉽게 생각해서 막상 써보면 생각보다 잘 써지지 않는다는 것을 알게 된다. 첫 문장부터 막막하다. 첫 문장을 어떻게 써야 할지 정하는 순간 승부가 난다.

예) 주위를 보면 너나없이 아프다. 마음이 아픈 사람 천지다. 근래에 조용하고 빠르게 확산하는 현상 중 하나가 공황장애. 공황발작이다. - 정혜신

예) 사쿠라 꽃이 피면 여자 생각이 난다. 이것은 불가피하다. 사쿠라 꽃이 피면 여자 생각에 쩔쩔맨다. - 김훈

2. 주제를 명확하게 정하고 쓰는 것이 좋다.

주제가 이미 정해진 경우라면 에세이 형태에 초점을 맞추고 시작하자. 주제를 정하면서 어떻게 쓸 것인지 대략적인 아웃트라인을 그린다. 우선 생각나는 대로 일단 써보는 것이다. 키워드(Key Word)는 초반에 독자에게 확 꽂히는 핵심이 되는 단어를 의미한다. 처음부터 키워드를 찾기 어렵다. 처음부터 지나치게 완벽하게 쓰려고 하지 말고 어차피 다시 편집이 필요할 테니 그냥 시작하자. 초고는 브레인스토밍(Brainstorming)을 하며 생각나는 단어와 문장만 일단 써 보는 것으로 시작하고 퇴고는 문단을 완성해 나가면 좋다.

3. 브레인스토밍을 끝나면 키메시지를 분명하게 정하고 쓰자.

어떤 그림을 그리더라도 스케치를 잘해야 색을 잘 칠할 수 있다. 정보를 전달하고 싶은가? 설득하고 싶은가? 브레인스토밍을 하다 보면 하고 싶은 말이 무엇인지 보이기 시작한다. 그럴 때 키메시지(key Message)를 정하고 나머지를 버릴 때 문장이 간결해진다. 키메시지는 키워드와 조금 다르다. 키메시지는 독자가 전달받고 마음에 남기는 메시지이다. 글은 결국 읽었을 때 남는 이미지가 중요하다. 그것이 바로 심상(心象)이다. 이렇게 단어를 선택하고 문장을 만들어보자. 그리고 관련 자료를 검색해봐도 늦지 않는다.

4. 실제 이야기하는 직접 화법이 섞여야 글이 맛있다.

에세이는 혼잣말이 아니다. 직접 화법으로 쓸 때 에세이의 살아있는 맛이 난다.

> 예시) "거리에서 웬 청승이냐. 집에 들어가, 븅신아~"
> 맑은 공기가 절실한 순간에 매연으로 꽉 찬 지하주차장에 갇히는 느낌일 것이다. -《당신이 옳다》 정혜신

5. 수사보다 에피소드가 에세이에서는 더욱더 중요하다.

에세이의 힘은 에피소드에서 나온다. 실제 경험이 없으면 쓸 에피소드가 없다. 대학교 에세이를 쓸 때도 동아리나 봉사활동 같은 과외활동을 열심히 해 놓지 않으면 정작 에세이 쓸 거리가 없다. 우선 종이를 꺼내어 당신의 에피소드를 적어보자. 이 에피소드의 상황에서 나오는 3~5줄 정도 쓰고, 그다음에 당신의 하고 싶은 말을 적는다. 에피소드와 관련된 어떠한 생각이든 쭉 정리해본다.

6. 에세이는 신변잡기 수다가 아니다.

에세이는 결코 펜이 가는 대로 쓰는 것이 아니다. 에세이에도 딱딱한 것이 있고, 말랑말랑한 것이다. 당신이 쓰려는 에세이는 어떤 모양의 에세이인가? 가끔 페이스북이나 인스타그램에서 보이는 글 중에서는 어디서 봤던 글이 대부분인 경우가 많다. 조금 서툴더라도 좋다. 자신만의 참신한 이야기를 써 내려가자.

7. 에세이는 주제보다 소재가 더 중요하다.

작고 평범한 일상이 수필로 승화되기 위해서는 가장 중요한 것이 소재이다. 소재에 의미를 부여해야 읽는 사람에게 마음을 움직이게 할 수 있다.

8. 일상에서 의미를 찾는 것이 에세이다.

전체 밑그림이 그려진 느낌이다. 이제 어디에서 누구를 만나고 어디에서 어떻게 사느냐 하는 따위의 일상을 기록한 글은 수필이 될 수는 없다. 하지만 누구를 만남에 따라 이전과 변화된 생각, 만남의 의미화 과정을 거치면 평범한 일상이 에세이로 승화된다.

9. 형용사와 부사를 최대한 절제해야 에세이의 맛이 난다.

에세이의 장점은 감정을 여과시켜서 품격을 지니는 문학이라는 데에 있다. 플로베르는 이렇게 이야기한다.

"작가는 인생의 테두리 밖에서 손톱을 깎으며 바라보면 된다."

소설은 결코 작가의 철학을 들려주지 않는다. 하지만 에세이는 1인칭 주관적 시점이든 1인칭 관찰자 시점이든 작가의 철학으로 독자의 공감을 얻는다. 에세이를 주변 사람들에게 보여주지 마라. 객관적으로 볼 수 있는 전문가의 의견을 수용하는 편이 더 좋다. 물론 다른 사람의 조언을 받되 항상 자기 자신이 결정해야 후회가 없다.

10. 에세이는 향기가 나야 한다.

전체적으로 스케치를 해서 이야기 뼈대를 완성되었다면 이제 자신의 문체, 톤, 단어 선택 등을 결정해서 채색을 하자. 자신의 생각과 철학을 개

입시켜야 한다. 담백하되 화려하지 않고, 솔직하되 느끼하지 않으며, 감성적이되 수다스럽지 않은 글이 바로 에세이다. 무엇보다 자신의 인간적인 향기가 나면 좋다. 예부터 인향만리(人香萬里)라 하지 않았던가. 사람의 향기는 만 리를 가고도 남는다. 당신이 쓴 글이 사람의 향기로 만 리를 가기를 응원한다.

거의 모든 명문들도 거의 다 형편없는 초고로부
터 시작된다.

당신은 일단 무슨 문장이든지 써볼 필요가 있다.

내용은 뭐라도 상관없다. 시작이 반이라고 종이 위
에 쓰기 시작하는 것이 중요하다.

— 앤 라모트

고두현 시인은 1963년 한려해상국립공원을 품은 경남 남해에서 태어났
다. 유배 온 서포 김만중이 《사씨남정기》, 《서포만필》을 쓴 노도(櫓島) 자
락에서 시인의 감성을 키웠다.

1993년 《중앙일보》 신춘문예에 〈유배시첩—남해 가는 길〉이 당선되어
등단했다. 잘 익은 운율과 동양적 어조, 달관한 화법을 통해 서정시 특
유의 가락과 정서를 보여줌으로써 전통 시의 품격을 높였다는 평가를 받
는다.

《한국경제신문》 문화부 기자, 문화부장을 거쳐 현재 논설위원으로 일
하고 있다. 시집 《늦게 온 소포》, 《물미해안에서 보내는 편지》를 비롯해
시·산문집 《시 읽는 CEO》, 《옛 시 읽는 CEO》, 《마흔에 읽는 시》, 《마음
필사》, 《사랑, 시를 쓰다》와 엮은 책 《시인, 시를 말하다》가 있다. 《시와시
학》에서 젊은시인상을 수상했다.

Q1. 문장 다듬기의 기본을 자세히 알려 주세요.

문장은 쓸 때보다 다듬을 때 더 어렵다고들 합니다. 저도 그렇습니다. 시는 말할 것도 없고 신문 기사나 칼럼, 에세이를 쓸 때도 끝없이 쓰고 또 고쳐 쓰지요. 저만 그런 게 아니겠지요. 헤밍웨이도 《무기여 잘 있거라》를 39번 고쳐 썼다고 합니다. 톨스토이는 《안나 카레니나》를 하도 많이 고쳐서 초고 형태를 알 수 없을 정도였다는군요. 위대한 작품들은 이처럼 끝없는 자기혁신과 '창조적 파괴'를 거쳐 탄생했습니다. 가장 눈길을 끄는 작가는 발자크입니다. 그가 얼마나 퇴고에 심혈을 기울였는지, 제가 신문에 쓴 칼럼 내용을 읽어드릴게요. 이 글은 중학교 국어 교과서에 수록돼 있습니다.

등장인물이 2,400여 명에 이르는 《인간희극》 시리즈의 프랑스 작가 오노레 드 발자크(1799~1850). 그는 수없이 원고를 고치고 다듬은 '고쳐쓰기의 달인'이었다. 한 쪽을 쓰기 위해 60장 이상을 새로 쓰고 또 고쳤다. 이미 끝낸 소설을 열여섯 번까지 수정하기도 했다. 단조로운 묘사는 풍부하게, 늘어지는 이야기는 속도감 있게, 대화체는 더 생생하게 손질했다. 그 덕분에 그의 소설은 어느 작품보다 사실적이고 재미있으며 생동감이 넘쳤다. 원고를 인쇄소에서 조판한 뒤에도 그는 끊임없이 고쳤다. 출판사들은 그를 위해 특별 교정지를 준비해야 했다. 한가운데에 활자를 찍고 아래위와 양옆에 넓은 여백을 마련해 고쳐 쓸 수 있도록 했다. 그는 여기에 고칠 문구와 더할 문장들을 빽빽하게 써넣었다. 여백이 모자라면 뒷면에 이어 쓰고, 그것도 부족하면 다른 종이에 따로 써서 풀로 붙였다. 인쇄소 직원들은 비명을 질렀다. 특별히 훈련받은 식자공마저 손을 내저었다. 우여곡절 끝에 나온 새 교정쇄를 받고도 그는 멈추지 않았다. "안 되겠어. 어제 쓴 것, 그제 쓴 것, 모두 마음에 들지 않

아. 의미는 뚜렷하지 않고 문장은 혼란스럽고 문체는 잘못됐고 배치도 너무 어려워! 모든 걸 바꿔야 해. 더 뚜렷하게, 더 분명하게!" 교정지만 일곱 번 고친 일도 있었다. 추가 비용이 너무 많이 들어 출판사가 어려워하면 자기 호주머니를 털었다. 이런 식으로 원고료의 절반 이상, 전부까지 다 날린 게 10여 차례나 된다. 한 번은 어떤 신문사가 끝없이 계속되는 그의 교정에 지쳐 마지막 수정본을 기다리지 않고 신문에 싣자 발자크는 그 신문사와 '영원한 절교'를 선언하기도 했다. 인쇄기가 돌아가는 중에도 그의 문장 다듬기는 계속됐다. 이 때문에 출판사들은 초판본을 낸 지 얼마 지나지 않아 수정본을 잇달아 내야 했다.

- 〈인쇄 중에도 문장 고쳐 쓴 발자크〉

(고두현, 중학교 국어 2-1 교과서, 지학사)

Q2. 선생님께서는 첫 책을 어떤 계기에서 쓰시게 되었는지요?

문화부 기자 시절에 '독서 경영'에 관한 기사를 많이 썼어요. 그때 만난 기업 최고경영자들이 모두 궁금해했습니다. 어떻게 하면 직원들이 좋은 책을 읽고 창의력을 키울 수 있을까. 이들에게 도움이 될까 해서 《독서가 행복한 회사》를 쓰게 됐죠. 책을 쓰면서 이야기를 만들어나가는 게 힘들었습니다. 독자들의 흥미를 끌기 위해서는 스토리텔링을 잘 살려야 하는데 그 구성을 어떻게 하느냐를 놓고 여러 차례 고민하며 설계를 바꿨습니다. 그러다 키워드를 하나씩 세워가며 뼈대를 구성하고 거기에 살을 붙이며 얘기를 풀어나갔지요.

Q3. 출판하신 책 중에 가장 추천하고 싶은 책은 무엇이고 그 이유는 어떻게 되는지요?

이렇게 혹독한 훈련을 거친 다음에야 책 쓰는 것이 몸에 익었다고나 할까요. 두 번째 쓴 책이 《시 읽는 CEO》인데 다행히 베스트셀러가 됐습니다. 이후로도 꾸준히 읽히면서 스테디셀러로 살아남았죠. 인문학의 뿌리인 시를 현장 경영자들의 창의성과 접목한 게 주효했다고 봅니다.

Q4. **내 인생에서 영향을 준 책이나 저자가 있다면?**

저는 김소월과 백석, 정지용, 윤동주, 서정주 등 서정시인들의 감수성이 좋았어요. 그들의 시를 어릴 때부터 읽고 따라 쓰면서 소리내어 운율까지 음미했던 게 글쟁이가 된 비결 중 하나라고 생각합니다.

Q5. **예비저자들에게 해주고 싶은 선생님만의 책 쓰기 노하우가 있다면 어떤 것이 있을까요?**

레오나르도 다빈치처럼 무엇이든 소년의 눈으로 보는 자세가 중요합니다. 아이의 시각으로 세상을 관찰해보세요. 그러면 묘사력부터 달라질 겁니다.

제 8 강

Rewriting
어떻게 퇴고할 것인가?

모든 문장이 한번에 완성되기 어렵다. 문장은 심사숙고를 통해서 완성된다. 두들겨 다듬을수록 문장에 빛이 난다. 문제는 자신의 글을 고치는 것이 진짜 어렵다는 점이다. 문장을 퇴고하기 위해서는 꼼꼼하게 살펴봐야 한다. 문장이 내용에 적합한지, 문법에 맞는지, 문장의 호흡이 끊기지 않는지 다양한 관점에서 검토해야 한다. 결국 밀고 당기는 과정이 퇴고(推敲)다. 옛날에는 원고지에 다시 쓰면서 고쳤다고 하나 요즘은 컴퓨터에서 모니터로 보면 잘못된 문장을 찾기 어렵다. 프린트해서 고치면 신기하게도 오자, 탈자나 문맥이 이상한 게 드러난다. 그냥 눈으로 읽으면 잘 못 찾는 경우도 있으니 소리를 내어서 읊조리는 것도 발음, 어감, 문맥 등을 다양하게 살펴볼 수 있어서 좋다. 퇴고는 언제 끝날지도 모르는 지루한 노동이다. 퇴고를 아무리 잘해도 실제 활자화되어 책이 나오면 오자와 탈자는 왜 이리 많이 보이는지 말이다. 하지만 조금이라도 오탈자를 줄이는 것이 저자의 할 일이다.

맞춤법만 고치지 말고, 내용을 수정하기

모든 문서의 초안은 끔찍하다.
좋은 글을 쓰기 위해서는 죽치고 앉아서 그저 쓰는 수밖에는 없다.
나는 《무기여 잘 있거라》를 마지막 페이지까지 총 서른아홉 번 새로 썼다.
— 어니스트 헤밍웨이

초고를 우선 쓰고 고치는 것이 중요하다. 초고는 혼자 문을 닫고 쓴 다음, 퇴고는 문을 열고 경험자의 피드백을 받는 것이 좋다. 도공이 자신이 구워낸 도자기를 가차 없이 깨뜨리는 장면을 본 적이 있는가? 책을 쓰는 것도 같은 원리로 많은 시행착오를 거쳐 완성됨을 기억하자. 지은 그릇을 초벌구이하여 유약을 칠한 다음 다시 재벌구이를 하는 것이 전통 도자기의 일반적인 생산과정이다. 왜 재벌구이를 하는 것일까? 도자기를 구울 때처럼 초벌구이는 400도까지는 5시간 정도로 천천히 온도를 올리고 800℃로 초벌구이를 끝낸다. 초벌구이가 끝나면 가마를 하루 정도 식히고, 완전히 식으면 기물을 가마에서 꺼낸다. 이제 유약을 입히는 과정이다. 톱으로 끊고 줄로 닦고, 재벌구이는 1,250도 이상의 높은 온도로 가열하기 때문에 완전히 새로운 작품이 나오는 것이다. 재벌구이가 끝나면 하루 정도 천천히 냉각을 시켜야 한다. 급속히 냉각을 시키면 도자기는 금이 가면서 파손된다.

나쁜 글이란 무엇을 썼는지 알 수 없는 글,

알 수는 있어도 재미가 없는 글,

누구나 다 알고 있는 것을 그대로만 쓴 글,

자기 생각은 없고 남의 생각이나 행동을 흉내 낸 글,

마음에도 없는 것을 쓴 글,

꼭 하고 싶은 말이 무엇인지 갈피를 잡을 수 없도록 쓴 글,

읽어서 얻을만한 내용이 없는 글,

곧 가치가 없는 글,

재주 있어 멋지게 썼구나 싶은데 마음에 느껴지는 것이 없는 글이다.

- 이오덕

이오덕 선생이 열거한 나쁜 글을 반대로 보면 좋은 글이 될 수 있다.

좋은 글이란 주제가 명확한 글

소재가 새롭고 재미난 글

화제가 긴장되게 짜인 글

참신하고 개성적인 표현의 글

독자가 쉽게 읽히도록 다듬어진 글

단락이 짧고 문장이 주어와 서술어 사이가 짧은 글

문법이 바르고 자연스러운 문맥의 글

구성이 논리적인 글

첫문장이 매력이고 끝까지 읽게 만드는 글이다.

당신 자신의 이름이 들어간 책을 내는 것은 좋다. 하지만 당신 이름에 먹칠을 하는 책을 내서는 안 된다. 빨리 내려는 욕심에 책이 망가지고 당

신의 명예에 오점이 될 수도 있다. 책쓰기는 당신이 최선을 하지 않는 이상 오히려 성급하게 내지 않는 것이 최고다. 쉽게 쓰려는 욕망을 내려놓고 제대로 책을 써라. 누군가에게 꾸준히 피드백을 받아라.

출간 저자에게 피드백을 받거나 블로그나 페이스북, 브런치에 올려도 좋다. 브런치에 올라오는 콘텐츠를 보면 몇 개의 글만 있는 사람은 구독자를 늘리기 힘들다. 출간 저자일수록 성장 마인드셋을 가져야 한다. 필자도 3,500명 이상 구독자를 확보한 것은 양을 확보하기 위해 노력했기 때문이다. 특히 예상 가능토록 특정 요일을 선택해도 좋다. 글을 쓰기 위해서는 분명 시간적 여유도 있어야 하지만, 시간을 일부러 내지 않으면 안 된다. 좀 하다 지치는 것은 무리했기 때문이다. 자신이 즐겨야 오래간다.

소리 내어 읽어라. 문장들의 리듬이 괜찮은지 확인하는 길은 그 방법 뿐이다. 산문의 리듬은 너무 복잡하고 미묘해서 머리로는 알아낼 수 없다. 귀로 들어야만 바로잡을 수 있다.

- 다이애나 애실

책을 잘 쓰기 위해서는 글을 잘 익혀야 한다. 글이 맛있게 읽히려면 먼저 그 글이 어디에 쓰이느냐에 따라 특성이 다를 것이다. 일반적으로 문서를 쓰는데 바싹 구우면 사실만 나열하게 되어서 질겨져서 고유의 풍미를 느낄 수 없는 최악의 글이 된다. 아무리 좋은 자료라도 글이 잘 익어야 된다. 반대로 글이 재료와 잘 맞아서 어울릴 때는 노릇노릇하게 구워져 고소하고 맛깔스러운 음식처럼 풍미가 있을 것이다. 어디 글뿐인가. 관계란 하루아침에 이루어지기 어렵다. 글도 한순간 아이디어를 넘어서 좋은 글이 되려면 경험에서 우러나와야 할 것이다.

글의 종류에 따라서 요리하는 방법도 달라야 한다. 기획서는 콘셉트가 중요한 반면, 보고서는 상사의 의중을 알아야 한다. 사업계획서는 사업 아이템과 비즈니스 가능성에 따라 다르고, 제안서는 고객사에게 요청하는 바에 따라 다를 것이다. 내용을 구성하는 이야기가 다르기 때문에 글의 종류에 따라서 요리 방법이 달라져야 한다. 책쓰기를 할 경우로 한정해서 설명하겠다.

1. 교정(校訂)

글을 요리할 때 주의사항 중 하나로, 큰 덩어리로 보면 오자나 탈자가 잘 보이지 않는다는 점이 있다. 적당량으로 나눠서 보면 잘 보이기 시작한다. 교정이란 문장에서 잘못된 글자를 바르게 고치는 것을 말한다. 오자(誤字), 탈자(脫字), 오류(誤謬), 탈루(脫漏) 등 잘못되거나 빠뜨린 글자를 수정하는 것이다.

다음 중 틀린 것을 알맞게 고쳐보자.

a) 가름을 잡을 수 없습니다.

b) 일과 놀이를 갈음합니다.

c) 인사에 가늠합니다.

(이렇게 고쳐야 합니다)

a) 가늠을 잡을 수 없습니다. → 목표에 맞게 안 맞음을 헤아리는 표준을 말합니다.

b) 일과 놀이를 가름합니다. → 함께 하던 일을 가릅니다. 구별합니다.

c) 인사에 갈음합니다. → 같은 것으로 바꿔 대신합니다.

교정은 본문의 내용에서 문맥에 맞지 않는 단어나 맞춤법 정도에서 오타를 고치는 작업을 말한다. [네이버 사전](https://dict.naver.com/)을 검색하거나 [맞춤법 검사기](http://speller.cs.pusan.ac.kr/)를 활용하는 것도 좋다. 문장이 좋다는 의미에는 어법에 맞는 글이라는 전제가 깔려 있다. 물론 의도적으로 문법을 파괴하기도 하지만 전달력이 좋은 글일수록 단순하면서도 명료하다.

2. 교열(校閱)

교열은 원고의 내용 가운데 문제가 될 만한 내용이 있는지 확인하고 잘못된 것을 바로잡아 고치며 검열하는 작업이다. 언어의 역할은 전달이다. 아무리 좋은 내용이라고 하더라도 전달에 용이한 방향으로 끊임없이 변화되고 진화되어 왔다. 보통 단어를 하나를 놓고 글이라고 하지는 않는다. 적어도 글이라고 하면 뜻을 담은 문장을 말한다. 교열이라고 하면 문법에 맞는 글을 쓰는 것에 만족하지 않고 내용을 잘 전달하고 있는지를 고려해야 한다.

a) 21세기 라이프 스타일의 변화에 큰 영향을 끼친 것은 무엇일까 생각해보면, 그중에 사람들과의 갈등과의 그로 인한 인간에 대한 미움과 불안, 그리고 스트레스에서 벗어나 마라톤은 현대인에게 소중한 스승이다.

b) 21세기 라이프 스타일의 변화에 따라 사람들과의 갈등이 생겼다. 그 때문에 인간을 미워하고 불신하였다. 그래서 스트레스에서 벗어나게 도와주는 마라톤은 현대인에게 소중한 스승이다.

a)는 문장이 길고 내용이 자연스럽게 연결되지 않는 비해, b)는 문장을 짧게 나누고 문장의 오류를 고쳐 의미전달을 명확하게 했다.

글을 요리하실 때는 전체 내용을 생각하면서 어떻게 전달하는 것이 잘 읽힐 수 있는지 최적의 조리법을 찾아가야 한다. 글을 너무 잘 익히려고 자주 뒤집어 버리면 나중에 뒤죽박죽인 글이 된다. 글의 표현만 생각하지 말고 내용을 구성하면서 글을 구워야 한다. 너무 만지작거리면 나중에는 처음 생각했던 착상과 멀어져 간다.

3. 윤문(潤文)

글을 매끄럽게 다듬는 것을 윤문이라 한다. 일반적으로 출판을 위해서 윤문을 하는 경우가 많다. 어떻게 글을 매끄럽게 할까? 매끄러운 글은 쉽고 빠르게 전달되는 문장들로 이루어진다. 문장이 의미전달에 용이하도록 단어와 어순 등을 골고루 살피는 것이 윤문이다. 앞에서 본 것처럼 문장에서 틀린 단어를 고치거나, 적당한 단어로 교체하는 것은 교정과 교열이라고 한다.

윤문이라고 하면 부정적인 관념을 갖고 계신 사람들도 많다. 왜냐하면 원래 문학에서는 윤문이라는 표현을 쓰지 않기 때문이다. 문학은 언어 자체로 하는 예술이다 보니 문장 하나가 하나의 세계일 수 있기 때문이다. 윤문한다고 함부로 고치면 작가를 무시한다고 할 수도 있다. 기교만 많이 부린 문장이 난무할 수 있는 것도 윤문에 부정적인 이유 중 하나이다. 멋부린 문장이 중요한 것이 아니라 쉽게 전달하는 것이 중요하다. 현학적이거나 화려한 문장보다는 초등학생도 이해하기 쉽도록 작성하는 것이 좋다. 맛있는 글을 쓰는 사람들의 공통점은 글을 꾸준히 쓴다는 것이다. 신선도가 떨어지기 전에 초고를 쓰고, 먹기 편하게 잘라줘야 독자가 잘 읽는다. 쫄깃한 문장은 그만큼 공이 들어간다.

　글을 구울 때는 가능한 한 짧은 시간에 초고를 쓰고 묵히는 것도 하나의 방법이다. 교정, 교열, 윤문을 할 때도 시간차를 두는 게 좋다. 무조건 초고를 탈고하자 마자 곧바로 교정을 보면 잘 안되는 경우가 많다. 약간의 휴지가 있어야 명확한 판단을 할 수 있다. 일정한 시간차로 교정을 해야 한다. 초고를 쓴 뒤에 퇴고를 할 때는 자꾸자꾸 뒤집으면 내용이 뒤죽박죽으로 된다. 하나의 콘셉트로 익을 때까지 밀고 가야 한다. 자꾸 뒤집고 싶은 충동이 일지만 꾸욱 참고 생각을 익히는 사람이 좋은 글을 굽는다. 맛있는 문장을 쓰려면 기다릴 줄도 알아야 한다.

　책쓰기를 하다 보면 데이터북을 만들어 놓고 책이라고 우기는 사람도 있다. 덧셈 글쓰기가 아니라 뺄셈 글쓰기를 전략으로 삼아라. 사람들은 글을 쓰라면 자신의 지식을 과시하기 바쁘다. 사실 지식을 더 하기보다 진짜 필요한 지식만 담아야 한다. 헤비콘텐츠(heavy contents)에서 스낵콘텐츠(Snack Culture)로 변화하고 있다. 예를 들면, GM의 메리 바라 회장은 부사장일 때 GM이 오랜 전통의 관료주의에 빠져 있는 것을 느꼈다. 단적인 예로 회사의 복장 규정에 관한 논쟁이 있었다. 그녀가 당시 10페이지에 달하던 GM의 '드레스 코드(dress code)'를 "적절히 입으라(dress appropriately)"는 단 두 마디로 줄인 일화는 유명하다. 그녀는 2013년에 HR 보고서 요구 사항을 90% 줄였다. 글로벌 제품 개발 담당 수석 부사장 겸 CEO인 그녀는 GM 차량 제조 프로세스 단순화에 중점을 두며 기업문화를 혁신했다. 미국 언론은 이를 각 부서와 직원들에게 권한을 부여하고 임파워링을 잘했다는 자율적 문화를 GM에 정착시킨 사건이라고 극찬한다. 《열정의 배신》이라는 책에 이런 말이 있다.

"열정보다 희소한 실력이 있어야 한다는 것이다."

내러티브 메모를 들어본 적이 있는가?

"우리 아마존은 파워포인트 프레젠테이션을 하지 않고, 설득력 있게 구조화된 6페이지짜리 메모를 작성합니다. 우리는 일종의 '학습 홀'에서 각 회의 초반에 이것을 조용히 읽습니다."

미국 아마존 임원 회의 전엔 '침묵의 30분'이 펼쳐진다. 제프 베조스 최고경영자(CEO)와 'S팀'이라고 불리는 20명 안팎의 임원진이 6페이지짜리 문서를 읽으며 필기를 한다. 마치 시험을 앞둔 대학 강의실을 떠올리게 하는 풍경이다. 2004년부터 무려 15년 간 임원회의서 '내러티브 메모'를 정독한다. 경영 화두·핵심 사업 전략 등이 담긴 이 문서는 아마존 내부에서 '내러티브'라고 불린다. 베조스 CEO를 포함, 임원진 전원이 내러티브 메모를 읽고 나면 그제야 하루 회의를 시작한다. 이렇게 세계적인 기업도 독습(讀習)으로 시작한다. 내러티브를 꼼꼼하게 읽은 뒤, 적극적으로 자기 의견을 제시하는 조직 문화의 시초가 CEO 중심에서 벗어나서 '내러티브 읽기 문화'에서 시작했다는 점을 주목할 필요가 있다.

이 메모는 목차나 화살표 없이 완전한 문장으로 이루어져 있다. 이들은 이 여섯 장의 '줄글'을 읽으며 자신의 생각과 질문을 정리한다. 회의가 시작되면 충분히 숙지해온 내용을 바탕으로 직원들 간의 치열한 토론이 진행된다. 모든 회의 내용이 담겨 있는 '6장짜리 메모'로 아마존의 회의 방식에서 가장 중요한 것은 바로 '6장 분량의 내러티브 메모(Six-Page Narrative Memos)'이다. 세계 시가총액 1위에 오른 기업 아마존, 그들만의 글쓰기 방식, 내러티브 메모(Narrative Memo)는 어떻게 작성하는가?

내러티브(Narrative)는 '말하다'라는 뜻의 라틴어 동사 'narrare'에서 유래한 단어다. 내러티브는 인과 관계로 엮인 이야기다. 'TED 위대한 연설의 비밀' 강연자 낸시 듀 아르트(Nancy Duarte)는 "프레젠테이션에서의 스토리텔링은 주의를 집중시키고 신념을 변화시키는 강력한 방법"이라고 말한다. 그녀는 시간이 지남에 따라 서스펜스를 만드는 우리가 좋아하는 책과 영화에서 예제를 제공한다. 이야기는 공감과 다른 감정적인 반응을 일으키는 좋은 방법이기도 한다. 전통적인 PowerPoint 글머리 기호로는 이를 달성하기 어렵다. 이제는 스토리 패턴으로 구조화하여 그래픽으로 접근해야 한다. 설득적인 스토리 패턴은 어떻게 시작해서 어떻게 끝나는가에 달려 있다.

 ## 내러티브 메모의 장단점은 무엇인가?

제프 베조스의 경우, 서사 스타일은 포인트가 연결되어 있고 논리적인 순서로 구성되어 있음을 의미한다. Amazon 스타일의 6장 내러티브 메모를 작성한다. 작성하기 앞서서 이런 질문을 던져본다. 이 접근법이 어떤 상황에서 효과가 있을 것인가? 어떤 상황에서 내러티브 메모가 더 나은 선택일 수 있는가?

회의의 생산성이 저하되는 이유는 충분한 준비 없이 만나기 때문이다. PPT를 만들어야 하면 그것이 부담이 되기 때문에 회의가 아니라 발표가 되기 쉽다. 한 사람만 준비하고 나머지는 경청하게 되는 것이다. 6장짜리 내러티브 메모로 회의를 하면 누구나 동등한 정보를 공유한 상태에서 회의를 시작하기 때문에 도중에 기본적인 내용에 대한 부연 설명을 할 필요가 없어진다.

1. 내러티브 메모를 사용하면 준비시간이 짧아지고 회의시간도 짧아진다.

이미 알고 있거나 공유하는 내용이 아니라 반드시 논의해야 할 사항을 중심으로 회의를 진행하면 그만큼 회의시간은 큰 폭으로 단축된다. 같은 결론을 이전보다 짧은 시간에 도출함으로써 생산성을 증가시킬 수 있는 것이다. 핵심 논의에서 벗어나지 않게 되는 것 또한 생산성을 증가시키는 데 큰 역할을 한다. 제프 베조스는 "우리가 하지 않으면, 고등학생과 같은 임원들이 회의를 통해 허세 부리는 시도를 할 것이다."라고 말한 적이 있다.

2. 내러티브 메모는 중심적인 회의 내용과 안건의 중요도를 파악할 수 있다.

메모를 읽음으로써 중심적인 회의 내용과 함께 안건의 상대적 중요도도 미리 파악할 수 있다는 뜻이다. 베조스는 "내러티브 구조로 된 메모는 무엇이 더 중요한지, 각 사안의 연결 관계가 어떻게 되는지 파악하는 데 더 낫다."라고 주장한다. 굳이 지금 하지 않아도 될 논의들을 하느라 그동안 버린 시간을 생각한다면, 핵심에서 벗어나지 않는 회의가 생산성에 얼마나 중요한 것인지 바로 이해할 수 있다.

3. 내러티브 메모의 힘은 회의할 때뿐만 아니라 메모를 작성할 때도 발휘된다.

얼핏 PPT를 만드는 것보다 그냥 문서를 만드는 것이 더 간단하다고 생각할 수 있겠지만, 목차나 항목 구분 없이 줄글로 6장을 채우는 것은 PPT를 만드는 것보다 어려운 일이다. 게다가 디자인이나 그래프로 부실한 내용을 포장할 수 없기 때문에 문서 속 글의 깊이가 고스란히 드러난다. 베조스는 "(그 메모는) 그때 좋은 논의가 될 내용을 위한 문맥을 창출하기로 되어 있다."라고 말했다.

4. 내러티브 메모는 형식적 면이 아니라 내용적 면에 초점을 맞추게 된다.

PPT를 만들 때 디자인에 쏟던 노력은 형식적인 면에 초점이 맞추어져 있는 반면, 메모를 작성할 때에는 노력의 초점이 논리와 아이디어에 맞추어져 있다. 논리 정연하게 메모를 작성하는 것은 오히려 PPT를 만드는 것보다 많은 시간과 노력을 요구할 때가 많다. 베조스는 "잘 구성된 메모가 단순하게 키워드만 나열한 파워포인트보다 훨씬 더 의미 전달에 효과적"이라고 말한다.

5. 내러티브 메모는 생각이나 아이디어가 명확해지도록 촉진한다.

베조스는 "내러티브 메모를 작성하면서는 생각과 아이디어가 명확해지지 않을 수 없다"라며 "완전문(full sentence)으로 이뤄진 6장 분량의 글을 읽고 나면 사고방식이 명료해진다"고 밝혔다. 실질적인 내용의 완성도를 높이기 위해 노력을 쏟는 것은 오히려 회의의 생산성을 높인다.

빽셈 글쓰기로 인생 역전에 성공한 이기주 작가의 예이다. 대중은 이기주 작가 혜성처럼 나타났으니 《언어의 온도》를 그의 첫 책으로 오해하는 경우도 많지만, 이기주는 초보작가가 아니다. 이기주 작가는 기자 생활을 7년 정도 하고 청와대에서 스피치라이터를 했던 글쟁이이다. 《언어의 온도》는 이기주 작가의 여덟 번째 책이다. 《언품》에 나온 한 문장을 읽어보자.

당신이 무심코 던질 말 한마디에
당신의 품격이 드러난다.
아무리 현란한 어휘와 화술로
말의 외피를 둘러봤자 소용없다.
말은 마음의 소리다.
당신의 체취, 당신이 지닌
고유한 '인향(人香)'은
분명 당신이 구사하는 말에서
뿜어져 나온다.

-《언품》중에

무심코 던질 말 한마디에
품격이 드러난다.
나만의 체취, 내가 지닌 고유한 인향은
내가 구사하는 말에서 뿜어져 나온다.

-《말의 품격》중에

　출간된 지 반년이 지나 역주행을 해서 베스트셀러에 오르는 일은 무척 이례적이다. 인스타그램, 트위터 등에서 많이 회자됐지만, SNS의 반응으로 베스트셀러에 오르는 일은 흔치 않다. 껍데기보다 본질에 집중해야 한다. 이기주 작가는 한 인터뷰에서 이렇게 이야기한다. "종이책의 아날로그적 물성(物性)을 살리기 위해 장식적인 요소를 최대한 들어내기로 했죠. 덧셈이 아닌 뺄셈 방식으로 접근했어요. 제 선택과 포기에 도움을 주신 디자인 회사 관계자 여러분, 감사를 드리고 싶어요."

가방에 넣고 다닐 만한 책을 만들고 싶다는 열망이 자기계발은 신국판이라는 고정관념을 깼다. 소장 가치를 높여줬다는 평이다. 마우스 투마우스 SNS 게시물을 마우스(mouse)로 클릭하고, 그것이 다시 입소문(mouth)으로 퍼졌다는 것이다. 여러분의 책이 마우스 투 마우스를 불러오시길 바란다.

나는 나의 문장으로 예민한 하나의 악기를 만들려
고 했다. 그러므로 구두점 하나라도 잘못 찍으면
그 조화를 파괴하게 된다.

– 앙드레 지드

　책을 쓸 때 퇴고를 하는 것은 당연하다. 책쓰기에서 퇴고를 잘하는 저
자를 추천해보니 최효찬 박사를 뽑는 분들이 많았다. 최효찬 박사는 연세
대 정치외교학과를 졸업하고 동 대학원에서 문학박사 학위를 받았다. 경
향신문에 입사해 17년 동안 신문기자로 일했고 경제부를 거쳐 매거진X부
차장을 지냈다. 현재는 연세대 미디어아트연구소 전임연구원으로 매체미
학을 연구하는 한편 자녀교육의 새로운 패러다임을 제시하는 자녀경영연
구소를 운영하고 있다. 저서로는 《5백년 명문가의 자녀교육》, 《세계 명문
가의 자녀교육》을 비롯해 《아빠가 들려주는 경제 이야기 49가지》, 《세계명
문학교, 1% 인재들의 공부법》, 《일상의 공간과 미디어(2008 학술원 우수학
술도서)》 등 베스트셀러를 다수 펴냈다.

Q1. 선생님께서 여러 책을 내실 때 저자께서 퇴고를 어떤 식으로 하는
　　지 자세히 알려주세요.
　　저는 초고를 쓸 때 그 완성도를 거의 한 80% 수준으로 잡아요. 이후에 원
　　고를 다시 들여다보면서 그때야 비로소 정리하거든요. 초보저자일수록 조

금 쓰고 고치고 하다 보니 진척이 없는 경우가 많아요. 왜냐하면 전체를 한번 써봐야 저자도 내가 쓰고 싶었던 내용이 무엇이구나 깨닫게 됩니다. 그러면 처음 짰였던 목차도 고칠 수 있어요. 자료도 어느 부분이 부족하고 어느 부분은 덜어내야겠다거나 보완해야 할 것이 무엇인지 알게 됩니다. 써보지 않으면 알 수 없는 거예요. 그래서 저는 처음 힘을 빼고 80%만 쓰고, 나중에 전체 맥락을 파악한 다음 20%를 보완하면서 재정리가 되면 일단 출판사에 보냅니다. 그래야 작업이 빨라집니다. 출판사 편집과정에서 최소 3번 피드백을 받아가면서 써야지 내용이 단단해집니다. 저에게는 그 피드백이 오히려 훨씬 더 중요합니다. 책이야 요즘 1인 출판도 가능하죠. 하지만 원고라는 게 저자 입장에서 구성된 거잖아요. 그런데 이제 출판사나 편집자 쪽에서는 독자 입장에서 객관적으로 바라보는 내용이기 때문입니다. 중간중간에 제 글에 대한 편집자 의견이 상당히 중요하거든요. 그러니까 단순히 교정하는 수준을 조금 좀 뛰어넘어서 내용이 부족한 부분을 솔직히 소통하는 사이가 되어야 합니다. 인쇄물을 꼼꼼히 보면서 초교를 할 때 어차피 다시 볼 거니까 하는 생각으로 교정을 해서는 안 돼요. 초교 때는 이 잡듯이 문장 교열을 완벽히 해서 오류를 줄인다고 생각해야 해요. 다시 보는 교정은 '재교(再校)'라 하고, 다음에 세 번째 보는 교정은 '삼교(三校)'라고 합니다. 하지만 무턱대고 많이 교정한다고 좋은 것은 아닙니다. 하나의 원고를 붙들고 세월아네월아 할 수 없기 때문이죠. 삼교 때는 거의 디자인에 글을 앉혀 보여주는 작업을 해요. 대지 작업을 해주면 나중에는 pdf로 다시 보내준다는 말이 나올 즈음이면 출판사 편집 단계가 거의 끝나는 그런 단계거든요. 그래서 일단은 저자 입장에서는 탈고를 해서 편집자에 넘겨주면 그 이후부터 이제 다시 보완되는 부분들이 제가 볼 때는 20% 정도는 되는 것 같아요. 그래서 초기에 저자가 100%를 해줬다 하더라도 편집자나 출판사에서 요구하는 그런 부분들을 다시 보완하면 훨씬 더 완성도가 높아지는 것입니다. 물론 저자가 다시 거부하거나 수용을 할 수 있습니다. 그런 과정을 거치면서 저는 퇴고를 하거든요.

'책'이라는 게 저자가 온전히 다 기획을 해서 그것을 출판사에 넘기는 것도 중요하지만, 편집자가 어느 정도 역량을 발휘하느냐 그런 것들도 중요한 것 같아요. 단순히 교정만 보는 편집자도 있고 애초에 저자가 강하게 밀고 나가는 그런 기획들은 다르겠죠. 편집자가 봤을 때 좀 거슬리는 부분을 수정해 줌으로서 독자에게 편익을 제공하게 됩니다. 저는 남자이기 때문에 여자 입장에서 순화해야 될 부분들이 있어요. 요즘 성 평등이 중요해짐에 따라 저자의 글들에 민감하게 반응하기 때문입니다. 걸러내야 할 부분을 편집 작업에서 삭제하는 게 중요합니다.

Q2. **선생님께서 편집자의 피드백이 어떤 영향을 주는 것 같은지요?**

저는 이제 올드 세대잖아요. 세대로 치면 지금 동시대에 제 책을 볼 사람들은 저보다도 대체적으로 한 세대나 두 세대 정도 나이가 젊은 사람들이거든요. 40~50대 중에 보는 사람들은 별로 없고, 대부분 다 30~40대 연령층인데 그런 연령층에 맞추려면 편집자의 시대 감각이 아주 중요하죠. 그래서 저는 그런 것들을 대부분 다 수용하는 편입니다. 하여튼 책의 성격에 따라서 많이 다르기는 한데 제가 썼던 자녀 교육서도 편집자의 역할이 컸습니다. 요즘 민감하게 받아들이는 부분들은 편집자의 시각을 많이 존중하는 편입니다.

Q3. **책을 쓰면서 가장 힘들었던 난관은 무엇이고, 어떻게 극복했는지요?**

《500년 명문가 자녀 교육》을 쓸 때였어요. 전국 가문들 집안들을 막 취재하다 보니까 알다시피 우리나라의 명문가라고 할 만한 가문들이 동학 혁명, 식민지 시기, 6·25전쟁 등을 거치면서 많이 피폐해져 있었어요. 그러다 보니 책을 쓸 때부터 엄청난 난관이었어요. 이 책을 써야 하나 말아야 하나…. 그러다 보니 실상에만 머물지 말고 우리 역사를 거슬러 올라가서 고려 시대, 신라 시대, 그리고 지역적으로도 중국 공자시대까지 외연을 더 넓혀서 한번 생각해 보는 관점으로 접근을 했어요. 그러니까 '교육'이라는 게, '자녀 교육'이라는 게 하루아침에 이루어지는 게 아니고 인류가 태동하면서 지속적으로 고민을 했던 부분이기 때문이죠. 구체적으로는 과거와 현재, 미래를 이 책 속에 녹이자. 자녀 교육 자체를 과거의 어떤 고답적인 수준, 제가 중계방송하는 그런 수준에 머물지 말고 현대적으로 관점으로 한 번 재해석해 보자는 거였죠. '《500년 명문가의 자녀 교육》'을 통해 옛날 것을 끄집어내서 제가 생각하는 것. 그리고 미래의 교육은 어떤 방향으로 나아갈 것인지에 대해 한번 써보자.' 그런 생각으로 저는 나름대로 500년 명가의 자녀 교육이라는 기획을 새롭게 해버렸어요. 초고 상태를 보고 편집자가 다시 피드백을 주면서 기획 방향을 재정립하게 됐죠. 완전히 다시 새롭게 해석하는 그런 부분이었기 때문에 상당히 많은 반향을 불러일으켰죠. 책을 나올 때 보면 당초 기획보다 분위기가 많이 바뀌잖아요. 기획 의도와 달리 막상 현실을 보니까 현실은 전혀 다른 식으로 굴러간다고 생각돼요. 자기 나름으로 기획을 재창조하는 그런 과정이 필요해요.

그래야만 왜 지금, 우리 시대에 이런 책이 나와야 되느냐, 혹은 왜 우리 시대에 이런 책이 필요한가에 대한 물음에 답해주는 책이 되거든요. 예를 들어 《논어》에 대한 책을 쓰더라도 옛날 《논어》 그대로 번역해 버리면 아무 의미가 없잖아요. 현대적으로 어떤 의미가 있고 미래의 어떤 사고에 영향을 줄 것인가까지 생각하면서 글을 써야 해요. 미비한 점들은 그 작가의 역량에 달려 있다고 봐야죠.

Q4. 출판하신 책 중에 가장 추천하고 싶은 저서는 무엇이고 그 이유는 어떻게 되는지요?

글쎄요. 지금 40권 정도 썼는데, 40건 중에서 하나를 고르니까 쉽지 않네요. 많은 책들을 썼지만 제가 제일 힘들게 쓴 책이 그나마 저한테는 좀 의미가 있는 것 같아요. 2012년부터 시작해서 2017년까지 쓴 《서울대 권장도서로 인문고전 100선 읽기》가 저한테 많은 생각도 하게 만들고 공부도 엄청 많이 됐던 책입니다. 아마 당대의 어떤 지식인이든 저자든 간에 그런 옛날 고전 100권을 읽고 읽은 사람들도 별로 없을 것 같아요. 저는 칼럼을 쓰고 책으로 묶으면서 보완하는 과정을 거쳐서 제 나름대로 그게 단순한 어떤 요약 차원을 떠나서 그 책을 재해석하고 지금 관점에서 썼기 때문입니다. 제 지적 영역들을 많이 확장해 준 책이고, 사회적으로 3천 년 인류의 지성사, 지식사 자체를 나름대로 해석하면서 수용할 수 있는 책이기 때문입니다. 개인적으로도 의미가 있고 독자들한테도 의미가 있는 책인 것 같아요.

Q5. 예비저자들에게 말해주고 싶은 선생님만의 책쓰기 노하우가 있다면 어떤 것이 있을까요?

저는 기자 하면서 대학원 다니고 책을 쓰고 그랬잖아요. 이제까지 살아오면서 그랬던 것 같아요. 그러니까 어떤 기회가 주어지면, 예를 들어서 그 기회는 내가 이렇게 목표를 세운다고 해서 되는 것도 아니잖아요. 어떤 분위기가 무르익어야 되는 거거든요. 그런데 그때 사회적 분위기가 무르익으면 먼저 자기 자신이 실행해야 돼요. 저는 당초에 신문사 들어가서 한 5년 정도 공부하다가 돈 좀 모아서 유학가려고 생각을 했었는데, 그게 안 돼서 차선책으로 언론홍보대학원에 들어갔어요. 석사를 마치고 난 다음에 일반대학원에 들어가려니까 도저히 공부할 수 있는 데가 없어서 몇 년 동안 놀았는데, 이때 《테러리즘과 미디어》라는 그 책이 매개가 돼 가지고 비교문학 전공으로 들어간 거거든요. 그러고 보면 자기 역량을 일단은 좀 키워야돼요. 자기 역량을 키우면은 어떤 기회가 이렇게 오게 되고, 그 기회가 올 경우에 주저 없이 그냥 받아야 돼요. 그런데 사람들은 이게 자신한테 어떻게 이득이 될 것인지 손익 계산을 자꾸 따지는데, 저는 이제까지 살아오면서 손익계산을 따져가며 시작해 가지고 제대로 된 경우는 없어요. 그러니까 손익계산을 따지지 말고 어떤 기회가 오면 그 기회를 그대로 받아들여서 하면 됩니다. 200% 활용을 해 버려야 돼요. 훨씬 더 집중력이 필요합니다만, 그렇게 하다 보면 자기 분야가 생겨버리잖아요. 자녀교육에 대해서는 학교 다닐 때 교육학회에서 들은 바도 없고 그전까지 교육에 대해서 생각해 본 적도 별로 없었어요. 그런데 일단 내가 자녀를 키우는 입장이 되고 여기에 대해서 나도 공부를 해야겠다고 생각을 하면 전문 지식을 완전히 스펀지처럼 한 200~300% 빨아들여야 돼요. 그래야지만 자기 전문 분야가 되고 어디 가서도 자기 입장에서 이야기를 할 수 있어요. 누구든지 자기 관점이 없으면 어떤 이야기를 할 수가 없지 않습니까. 자기 입장이나 관점을 나름대로 세우고 거기에 대해서 글쓰기를 해 나간다면 어엿하게 인정을 받을 수 있는 그런 작가가 될 수 있죠.

제 9 강

Contacting
이 책은 어떻게 세상에
나오게 할 것인가?

아무리 좋은 원고라도 출판을 하지 않으면 서점에서 만나기 어렵다. 원고가 독자의 손에 가기까지 모든 과정은 출판사에서 담당한다. 출간기획에서 편집, 홍보, 마케팅, 영업 등까지 출판사에서 진행한다. 출판사는 규모에 따라 1인 출판사, 10명 내외 소형출판사, 30~50명 이상이면 중견출판사, 80명~100명 이상 대형출판사이다. 무조건 대형출판사라고 해서 자신의 책을 마케팅해주는 것은 아니다. 대형출판사에서 한 달에 수십~수백 종이 나온다면 자신의 책은 그중에 하나일 것이다. 아무리 대형출판사라도 모든 책에 전부 마케팅 비용을 지불하기는 힘들다. 결국 잘 나가는 한두 권에 마케팅 비용을 쓸 수밖에 없다. 출간기획서를 써서 모든 출판사에 다 보내도 연락이 없는 경우도 있고, 혹은 여러 곳에서 연락이 오기도 한다. 또 아는 출판사 대표에게 출간기획서 없이 콘셉트만 이야기해도 계약하자고 하는 때도 있다. 아예 독립출판사를 차려서 책을 내는 저자들도 있다. e-book을 먼저 냈는데, 나중에 잘 되어서 종이책을 내는 경우도 있다. 중요한 것은 자신의 책이 세상에 나오게 하는 것이다. 그렇다고 허접한 책을 내면 저자의 인지도만 나빠진다. 처음 책을 낼 때는 베스트셀러 여부를 떠나서 책 자체의 질을 높이는 것이 중요하다.

붕어빵 같은 출간기획서는 쓰지 않는다

분명하게 글을 쓰는 사람에게는 독자가 모이지만
모호하게 글을 쓰는 사람에게는 비평가만 몰려들 뿐이다

― 프랑스 작가 알베르 카뮈

"선생님이 이 출판사가 너무 작지 않을까요?"

이렇게 물어오는 수강생들이 있다. 출판사 규모보다 편집 상태를 보는 것이 저자에게 더 중요하다. 가끔 보면 규모가 큰 경우인데도 책이 엉망인 경우가 많다. 내용도 엉성하고, 어떻게 저런 책이 나왔을까 싶을 정도다. 단지 출판사의 규모만 보다 보면 놓치는 기회가 많다. 출판사의 규모에 상관없이 쓰자.

출간기획서란 출간될 책에 대한 전반적인 기획을 담은 문서이다. 출판사는 책을 만들기 전에 도서 시장분석, 트렌드 분석, 경쟁 도서 분석, 등을 통해 도서의 흥행성을 미리 판단하고 기획이 타당할 경우 출판 작업을 시작한다. 다만 원고를 출판사에 투고하는 저자의 입장에서는 직접 써야 한다. 출간기획서를 토대로 자신의 책이 왜 잘 팔릴 것인지를 설득하는 과정이다.

퍼스널 브랜딩 관점에서 저자의 책은 자신이 어떤 사람인지를 대표적으로 드러내는 브랜드다. 특히 첫 책은 자신을 알리는 매우 중요한 수단이다.

강의, 코칭, 방송 출연 등도 다 책을 통해서 하게 된다. 한번 기회를 놓치면 다음 기회를 잡는 것도 어렵다. 시기를 놓치면 결국 책이 나오지 못 하는 경우도 있다. 간혹 편집자가 그만두면서 책이 보류된 경우도 꽤 많다. 그렇다고 하더라도 자비로 내면 비용이 드니 출판사가 내줄 때 내는 것이 맞다.

책쓰기를 배운 사람 중에 A씨는 대형출판사를 만나서 몇 년 만에 책을 내서 베스트셀러가 되고 이직도 성공했는가 하면, B씨는 작은 출판사를 만났지만 그 분야에서 알려지는 데 출판사가 기여를 했다. C씨는 작은 출판사에서 교정를 많이 봐서 첫 책이 어느 정도 나갔고, 다음에는 대형출판사를 만나서 베스트셀러로 유명해진 경우였다. 해리포터 저자 조앤 롤링은 작은 출판사에 나왔다가 큰 출판사로 옮겨서 세계적인 베스트셀러가 된 경우다.

무엇보다도 중요한 것은 출판사의 규모가 아니라 어떤 사람을 만나느냐이다. 대표와 특히 편집자가 중요하다. 편집자를 잘 만나면 책이 잘 나온다. 편집자에 따라서 단순히 맞춤법만 고쳐주는 경우가 있는가 하면 내용까지 깔끔하게 처리해주기도 한다. 그런데 많은 사람들이 출판사의 규모만 보다 보니 종종 실수를 저지른다. 예를 들면, 대형출판사 경우에는 여러 책이 나오다 보니 자칫 내 책은 홍보도 안 되고 다른 책만 홍보하는 경우도 있다. 결국 어렵게 쓴 책이 도로아비타불이 된 경우다. 작은 출판사인데도 성심성의껏 교정도 보고 직접 퀵으로 편집본을 보여주며 수정해달라는 경우가 있는 반면, 달랑 이메일로 보내고 보라고 하면 수정하기가 힘든 경우도 있다. 출판 과정에서 대형출판사 중에도 진짜 존경스러운 편집자가 있었고, 작은 출판사인데도 한 대학에서 신입생들이 1,000권을 사서 결국 책도 잘 되고 출판사도 커진 사례도 경험했다. 또 대형출판사를 만나서 해외로 나간 경우도 있다.

책은 오래된 도구다. 따라서 경험이 많은 사람을 만나야 한다. 필자는 책 11권을 묶으면서 많이 배웠다. 11권의 경우는 저자로, 2권의 경우는 감수자로, 3권의 경우에는 기획자로 책을 묶는 과정에서 느꼈던 것들을 적어보겠다. 글을 쓴다는 것은 매우 힘들지만 보람 있는 일이다. 규모에 상관없이 책을 묶는 것은 후세를 위해서 매우 유익한 일이다. 집필을 출간으로 이어주는 출간기획서를 쓰기 위해서 다음과 같은 내용에 유의해야 한다.

① 제목

책 제목과 제목을 뒷받침할 부제를 적는다. 책 제목은 책이 나올 때까지 수시로 바뀐다고 보면 맞다. 그래서 제목을 꼭 확정하지 않아도 좋다. 가제목이라고 생각하자. 후보 제목군을 나열해본다. 제목만 봐도 저자의 수준이 보인다. 따라서 제목을 신중하게 정해야 한다.

　　예) 책 잘 쓰는 법(가제)

② 콘셉트

콘셉트는 책을 설명해주는 한 줄의 문장이다. 보통 20자 이내로 줄여야 한다. 콘셉트는 쓰려는 책의 특징과 차별화 포인트를 기술한다. 유사 도서와 다른 점을 명확하게 부각해야 한다. 주요 차별성이 한눈에 들어오도록 항목별로 정리하여 간결하고 인상적으로 작성한다. 도서 콘셉트에는 집필 도서가 기존 책들과 변별되는 특성만 적는다. 에세이인지 실용서인지 경제경영서인지 자기계발인지 도서의 분야를 적는다. 도서 분류가 가장 잘 되어 있는 서점 사이트는 교보문고이다. 세부 분류까지 적어놓으면 출판사 입장에서는 상당히 준비된 원고라고 판단한다.

예) 기존 책쓰기 관련 책들이 동기부여에 치우친 조언 중심으로 제시했다면,
이 책은 책을 잘 쓰는 방법을 강조하는 실용도서다.

③ 저자 소개

일반 단행본의 표지날개에 소개되는 저자 프로필을 간략하게 작성해
야 한다. 저자의 약력 중에 책과 관련하여 매력적으로 보이는 포인트가
있어야 출판사와 독자의 눈에 띌 확률이 높아진다. 붕어빵 같은 이력서로
는 눈에 띄지 않는다. 나중에 책이 나왔을 때 책날개에 들어가서 원고의
주제와 잘 매칭되도록 써야 한다. 저자 소개에서 실용서라면 구체적인 전
문성과 경력 위주로 써야 하고, 에세이라면 글쓰기에 대한 이력, 경력 등
을 기재해야 한다.

예) 윤영돈 코치는 20권 책을 꾸준히 내면서 책쓰기를 12년간 가르친 문학박
사이자 전문코치다. 20년 동안 실용서, 자기계발, 인문학, HR 등 분야의
20권 출간 저자이다. 특히 《기획서 마스터》는 약 7만 권이 판매되어 베스
트셀러가 되었다. 2008년부터 시작한 책쓰기 과정은 한국경제신문 한경
닷컴교육센터 'Biz book 과정', 카이스트, 유한킴벌리, 디큐브아카데미, 한
국강사협회 '책쓰기 마스터 클래스' 등에서 진행해 오고 있으며 이 과정을
통해서 다수의 저자가 탄생하였다. 클래스101에서 《노션으로 책쓰기 마스
터 클래스》 강사로 맹활약 중입니다. 《30대, 당신의 로드맵을 그려라》는
한국문학번역원 주관 '한국의 책' 선정되었고, 중국어 번역·수출되면서 퍼
스널브랜드 상승효과를 보았다.

④ 집필동기

책을 쓰게 된 동기를 자세하게 적어둬야 쓰면서도 주제와 벗어나지 않
는 책을 쓸 수 있다. 집필동기를 적어두면 가장 큰 혜택은 마음가짐이 나
태해질 때마다 자신을 바로 잡을 수 있는 좋은 원동력이 된다는 점이다.

왜 책을 쓰려는지, 이유를 좀 더 명확하게 하는 것은 저자 자신에게도 좋고 독자와 출판사를 설득하기도 좋다.

> 예) 누구나 자신의 이름이 들어간 책을 내고 싶다. 하지만 자신 이름에 먹칠을 하는 책을 내서는 안 된다. 빨리 내려는 욕심에 책이 망가지고 자신의 명예에 오점이 될 수도 있다. 《책 잘 쓰는 법》은 성급함을 가라앉히도록 도와주고 책 쓰기가 명예가 될 수 있게 도와준다. 단순히 동기부여의 차원 책이 아니라 제대로 책을 쓰도록 이끌어주는 디테일한 책이 나온 것이다.

⑤ 대상독자

책의 예상 독자층을 구체적으로 적는다. 이 책을 꼭 읽었으면 하는 타깃 독자층을 맨 위에 적는다. 이 책이 독자에게 주는 이점이 무엇인지 함께 적어두면 금상첨화다.

> 예) 1차 독자 : 30~40대의 책쓰기를 준비해야 하는 직장인
> 2차 독자 : 50~60대 은퇴하기 전에 책을 내려는 전문직

⑥ 경쟁도서

자신이 쓰려는 책과 유사한 경쟁도서를 분석하라. 기존에 비슷한 도서가 있다고 했을 때 기존도서가 잘 되었다면 이미 쓰려는 책이 들어갈 시장이 선점되어 버린 것이다. 왜냐하면 기존도서를 밀어내고 자신의 책이 들어가야 하기 때문이다. 서점 사이트에서 찾아보고 자신의 책과 같은 경쟁도서가 없다고 좋아할 일이 아니다. 아예 경쟁도서가 없다면 시장이 존재하지 않았을 가능성이 있기 때문이다. 어느 정도 경쟁도서가 있어야지 도서시장이 있다고 보는 것이 맞다. 책쓰기 책은 기획자나 출판사 대표,

편집자 입장에서 쓴 책이 저자가 놓칠 수 있는 부분을 이야기해줬기 때문에 성공할 수 있었으나, 책을 잘 쓰는 방법은 역시 저자가 가장 잘 알 수 있을 것이다.

예) 경쟁도서
《책쓰기가 이렇게 쉬울 줄이야》 / 양원근 저 / 오렌지연필 / 2010 년 1월 / 예스24기준 판매지수 : 11322 / 책 사이즈 130*210 《출판사 에디터가 알려주는 책쓰기》 / 양춘미 저 | 카시오페아 | 2018년 08월 / 예스24기준 판매지수 : 4182 / 140*205

⑦ 목차

목차는 책의 뼈대와 같다. 목차 없이 집필하기는 어렵다. 출판사에서 가장 심혈을 기울여서 보는 것이 바로 목차다. 앞에서 목차에 대한 이야기는 잘 되어 있으니 참고하기 바란다.

⑧ 광고카피

책에서 광고카피는 주로 앞표지에 들어가는 홍보문구를 말한다. 광고카피라고 해서 주눅들 필요는 없다. 책을 샀을 때 표지를 유심히 보는 습관을 기르자. 띠지를 버리지 말고 모아두면 요긴하게 쓸 때가 많다. 베스트셀러 띠지는 정말 고민해서 만들기 때문에 광고카피가 좋을 때가 많다.

예) 그동안 책쓰기에 실망했다면 《책 잘 쓰는 법》으로 경력을 업그레이드하라!

⑨ 추천사

추천사는 자신이 쓰는 책의 진가를 알아보고 영향력을 미칠 사람에게 받는 것이다. 요즘 추천사를 생략하는 경우가 많아지고 있다. 추천사는 잘 못하면 짜고 치는 고스톱이 된다. 추천사를 받을 때 출판사에서 대신 써주는 경우도 있다고 해서 먼저 그렇게 말하는 것은 결례이다. 저자가 자신의 부족함을 깨닫고 거인들에게 어깨를 빌려서 책을 알리는 행위다. 단지 개인적 목적에서 벗어나게 하는 공적 목적을 되새기게 한다. 개인적 친분으로 추천사를 받기보다 자신의 책을 통한 독자와의 여행에서 좀더 뜻깊은 의미를 되새길 수 있는 분에게 받는 것이 좋다.

> 예) 저자는 풍부한 경험과 이론을 겸비한 이 분야 최고의 전문가다. 이 책은 그 어떤 것보다 오늘날 채용의 현실을 꿰뚫고 있을 뿐 아니라 미래를 위한 놀라운 통찰을 제공한다. 복잡하고 불확실한 세상에서 직업을 구하고, 인재를 찾는 사람들은 이 책을 통해 바로 그 나침반과 지도를 거머쥐게 될 것이다.
>
> — 이창준, 경영학 박사/GURU People's ㈜아그막 대표

⑩ 서문 쓰기

서문은 신파로 빠지지 않도록 주의해야 한다. 대부분 처음 책을 내는 분들은 서문에 책 쓴 동기부터 살아온 온갖 이야기를 풀어낸다. 하지만 독자가 서문에서 원하는 것은 한정되어 있고, 서문마저 장황하게 인용되어 있다면 그 책에 호감도 떨어질 것이다. 출판사 담당자는 당신이 책에서 어떤 이야기로 어떤 성과를 가져다줄 지에 대해서만 관심이 있다. 서문에 책을 쓰게 된 계기를 담고, 쓰려는 책이 다른 책과 무엇이 차별화되는지, 독자에게 어떤 이익이 되는지, 어떻게 활용해야 하는지를 담으면 좋다. 쓰는 데 도움을 준 사람들에게 간단하게 감사의 인사를 첨언해도 된다.

⑪ 샘플 원고 준비하기

출간기획서와 함께 샘플 원고도 준비해야 한다. 그런데 출간기획서에 서문과 샘플 원고까지 포함하면 분량이 넘칠 수 있다. 될 수 있으면 서문과 샘플 원고는 별도로 첨부하여 출판사에서 보기 편하게 하는 방법도 좋다. 샘플원고는 3~5개 꼭지를 보내면 된다. 책에서 꼭지란 한 챕터 아래 들어가는 목차를 이루는 단위로, 평균적으로 A4용지 2~3장이면 된다. 총 35꼭지~40꼭지가 모여서 책 한 권(A4용지 100~120장)이 된다.

요즘은 샘플 원고가 중요하다. 전체 원고를 원하는 출판사도 늘고 있다. 샘플 원고를 작성할 때 주의사항은 쓰려는 책에서 가장 대표 특징이 되는 부분을 담아야 한다는 점이다. 샘플원고에서는 문장의 흐름이 매끄러운지를 많이 본다. 물론 맞춤법이 틀린 게 많다면 좋은 평가를 받기 어렵다. 한마디로 글쓰기 실력이 있는지, 문체가 안정적인지 다각도로 검토를 할 것이다. 기본기가 안 된 사람은 결국 책을 출간하기 어렵다. 출판사에서도 샘플원고가 마음에 들면 추가 원고를 요청해 온다. 그러면 전체원고를 보내고 계약하면 된다.

출간기획서로 출판사에 투고하기

승리하면 조금 배울 수 있고
패배하면 모든 것을 배울 수 있다.

― 크리스티 매튜슨

"코치님, 출판사에 어떻게 투고하죠?"

원고를 쓰고 나면 출판사를 선택하고 계약을 해야 한다. 출판사가 내는 책 대부분은 기출간 저자들과 진행하거나 기획출판을 통해 만들어지기 때문이다. 예비저자들이 출간기획서를 출판사에 보낸다고 출판사에서 출판을 해주지는 않는다. 출간기획서는 저자들이 출판사를 찾기 위해 준비해야 하는 기본 문서다. 각 출판사 홈페이지에 들어가 보면 저자들을 위해 집필 제안서를 받는 코너가 대부분이 있다. 어떤 곳은 아예 이메일주소를 알려주지 않고 홈페이지로만 투고가 가능하다. 예비저자는 출간기획서로 투고함으로써 해당 출판사에서 출판할 수 있는 기회를 얻을 수도 있다. 물론 한 출판사에만 넣지 말고 여러 출판사에 같이 투고한다. 왜냐면 출판사마다 주요 독자층과 원하는 주제가 다르기 때문이다.

하지만 책쓰기 과정을 진행하는 교육이 우후죽순으로 생기면서 출간기획서를 통해서 투고하는 요령을 가르쳐줌에 따라 출판사 대표 이메일에는 스팸처럼 엄청나게 투고 메일이 온다고 하소연을 한다. 예비저자가 출판사의 깐깐한 문턱을 넘기 위해서는 출간기획서를 진짜 잘 써야 한다.

하지만 유명저자도 투고 메일로 책을 내는 경우가 있을 정도이니, 이 방법이 소용없는 것은 아니다. 출간기획서와 샘플 원고를 쓴 후에 투고할 출판사를 선정한다. 인터넷 서점에서 내가 출간하는 분야에 책을 낸 출판사를 고르는 게 가장 좋다. 출판사 목록을 30~50개 정도 추려라. 평소 그 분야에 관심이 있다면 출판사의 이름 정도는 잘 알고 있고 그 출판사의 책 경향을 파악할 수 있다. 예전에는 한 출판사 이름으로 여러 분야의 책을 출간하는 '종합 출판사' 위주였는데, 요즘은 출판사마다 전문적으로 출간하는 분야가 정해져 있거나, 종합 출판사라 하더라도 분야별로 임프린트 세부브랜드가 세세하게 나뉘어져 있다. 출판사 홈페이지를 찾아보고 홈페이지가 없으면 블로그나 이메일 주소를 찾을 수 있다. 투고할 때도 아무 순서 없이 하지 말고 우선순위를 정리해두자. 원고가 좋더라도 출판사에서 연간 출간 일정을 정해두기 때문에 출간 일정과도 맞아야 한다. 이메일로 출간기획서를 첨부해 보낼 때도 메일 내용이 지나치게 짧지 않도록 주의한다. 간단하게 임팩트 있는 부분을 알려줘야 첨부파일을 열어보기 때문이다.

안녕하세요. ○○○출판사 담당자님!
저는 윤코치연구소 윤영돈 소장입니다.
이미《채용트렌드 2022》등 20권 정도 출간한 저자입니다.
20년 가까이 전문코치로 활동하고 있습니다.
한국경제신문 한경닷컴교육센터, 카이스트, 한국강사협회 등에서 15년 간 책쓰기 강의를 진행했습니다.

현재 클래스 101에서 책쓰기 마스터 클래스를 진행하고 있습니다.

원고를 첨부하오니 검토하시고 연락주시기 바랍니다.

- 윤영돈 드림

출판사에서 원고를 검토하는 데 2~3주 정도가 소요된다. 무조건 출판사 여러 곳으로 동시에 출간기획서를 보내는 것은 좋지 않다. 우선순위가 낮은 출판사에서 먼저 연락이 오면 난처해질 수도 있다. 따라서 순차적으로 5곳을 먼저 보내고 2주에 다시 5곳을 보내면서 반응을 확인하면 좋다. 의외로 이메일로 답변을 주는 곳이 꽤 있다. 전체원고를 보고 싶다는 것도 긍정적인 신호다. 차례대로 만나서 출간에 대해서 의사 결정하면 된다. 출판사에서 긍정적인 피드백이 온다면 출판사의 출판 담당자분과 함께 미팅을 통해 출판 계획을 세우고 집필을 시작하면 된다. 그렇다고 예비저자가 무조건 책을 다 완성해서 보내는 것은 좋지 않을 때가 많다. 왜냐하면 아직 책을 집필한 경험이 없기 때문에 책의 내용과 구조를 잘 이해하고 쓰기 힘들기 때문이다. 출판사의 역량에 따라서 책이 잘 되느냐 안 되느냐가 따라 달라질 수 있다. 저자와 출판사 사이에도 인연이란 게 있다. 같은 원고도 누가 편집하고 누가 마케팅을 하느냐에 따라서 책의 성과가 달라질 수 있다.

출간계획서를 안 쓰고도 책을 낼 수는 있다. 오히려 출판사에서 연락이 오기도 한다. 필자의 경우에는 문서작성 강의를 많이 해서 그것을 블로그에 자주 올렸다. 그런데 한 출판사에서 보고 이렇게 이메일이 와서 결국 책을 내게 되었다.

안녕하세요?

○○○출판사의 홍길동입니다.

현재 저희가 준비 중인 <세상 모든 글쓰기> 시리즈 중에서

<기획서/제안서 작성>에 관한 출간 제안을 드리고자 연락드립니다.

<세상 모든 글쓰기> 시리즈가 지향하는 바는 메뉴얼 형식의 실용적인 지침서로,

현재 직접 강의하고 계신 강의안을 바탕으로 작업하시면

선생님의 노하우를 살린 효율적인 작업이 가능하다고 생각합니다.

자세한 사항은 기획서를 첨부하였으니 참고해주시면 감사하겠습니다.

* 분량: 200자 원고지 450매 내외

* 마감일 : ####년 9월 말(협의 가능)

그럼, 연락을 기다리겠습니다. 수고하세요.

- 홍길동 드림

필자의 경우에는 계약을 하고 집필을 시작한다. 계약하지 않고 집필했을 경우의 리스크 때문이다. 집필 시작하기 전에 출간기획서를 써두면 나중에 출판사를 설득할 때 긴요한 무기가 된다. 물론 출간기획서 이전에 우선 콘텐츠가 좋아야 한다. 특히 집필할 책이 출판시장에서 어떻게 경쟁력을 갖췄는지 알려줘야 한다. 왜냐하면 출판사도 회사이기 때문에 출간한 서적이 최소 1쇄 이상은 팔려야지만 수익이 발생하기 때문이다. 1쇄는 최소 1,000부 정도로 전문서적이나 교재를 발행한다. 대중성이 있는 책이라면 2,000~3000부 정도를 발행한다. 실용서처럼 소장가치가 높은 책이라면 5,000부 정도를 발행한다. 유명한 저자라면 초판부터 10,000부 이상을 찍는 경우도 있다. 초판 발행 부수를 결정짓는 요소는 손익분기점이다. 초판만 발행해서 판매되면 출판사는 손해를 보지 않는다. 그 때문에 출판

기획서를 정성스럽게 작성하지 않고 대충 쓴다면 볼 것도 없이 출판사에서는 출판을 거절하는 답장이 오게 된다.

> 안녕하세요?
> ○○○출판사입니다.
> 보내 주신 소중한 원고를 잘 받아보았습니다.
> 여러 방면으로 검토해 본 결과
> 좋은 원고이기는 하지만 저희 출판사의 방향과는 맞지 않는다고 생각했습니다.
> 이 원고는 저희 출판사와 인연이 닿지 않았지만
> 다른 원고로 다시 뵙기를 바랍니다.
> 선생님의 제안이 다른 좋은 출판사를 만나서
> 양서로 출간될 수 있길 바라겠습니다.
> 그럼 항상 건강하시고 행복하세요.

정중하게 표현했지만 결국 출간할 수 없다는 답장이다. 실제 출판사에서 투고 거절 멘트로 가장 많이 쓰는 표현인 '저희 출판사와 출간 방향이 맞지 않아서…'라는 말은 무엇일까. 출판사에서 완곡하게 거절하는 멘트이다. 출판사도 수익이 나지 않으면 운영하기 어렵기 때문에 시장에서 잘 팔릴지 안 팔릴지 고민할 수밖에 없다. 내 원고의 분야를 출간한 적이 있는지, 출간기획서에서 출판사 담당자들을 사로잡을 만한 부분이 부족했는지, 요즘 트렌드와 잘 맞는지 확인해볼 필요가 있다. 출간기획서를 승낙한 출판사에서 긍정적인 피드백이 온다면 출판사의 출판 담당자분과 함께 미팅을 통해 출판계획을 세우고 집필을 시작해야 한다.

책이 브랜드 파워를 높여준다

한 사람의 명성은 한 회사의 브랜드와도 같다.

당신은 어려운 일들을 잘 해내기 위해 노력하면서 명성을 얻어 낸다.

— 제프 베조스

 책을 쓴 사람과 책을 안 쓴 사람 차이

이 세상은 두 종류의 사람이 있다. 책을 쓴 사람과 책을 안 쓴 사람이다. 출판은 더이상 지식인의 전유물이 아니다. 전문분야 종사자라면 저자가 될 수 있다. 퍼스널브랜드란, 자기 자신을 상품화하는 것인데, 대중의 선택을 받기 위해 믿을 만한 사람으로 보여야 하는 것은 물론이고, 해당 분야에서 전문가가 되어야만 한다. 그리고 이렇게 퍼스널브랜드를 만들어 가는 과정이 바로 '퍼스널브랜딩'이라고 할 수 있다.

그런데 이는 과거에 흔히 회자했던 '자기 PR'과는 사뭇 다른 맥락이다. 자기 PR은 자신을 널리 알려서 인맥의 층을 두텁게 하고 자신을 선택해 줄 사람을 늘리는 것에 초점이 맞춰져 있다. 반면, 퍼스널브랜드는 여기에서 한층 더 나아가 자신만의 재능, 매력, 가치를 명료한 형태로 만들고, 그것을 불특정 다수에게 알리는 일을 말한다. 이러한 퍼스널브랜드가 있는 사람과 그렇지 않은 사람 사이에는 큰 차이가 있다. 예를 들어 실력도 비슷하고 나이도 비슷하지만 퍼스널브랜드가 없는 사람은 대중에게 자신을 어필할 수 없게 되고, 그 결과 수익을 창출할 수도 없다. 반면, 실력이 다소 떨어지더라도 퍼스널브랜드가 확실하다면 오히려 더 많은 수익을 창출할 수 있는 것이 현실이다.

가난에 쫓기며 세탁 공장 인부와 건물 경비원을 전전하던 어느 작가 지망생은 영어 교사 자리를 어렵게 얻고 틈틈이 집필 작업을 했다. 하지만 작품이 마음에 들지 않았던 그는 〈캐리〉를 완성하기 전에 쓰레기통에 처박고 말았다. 아내가 우연히 쓰레기통에서 그 원고를 발견했고, 독려와 조언을 아끼지 않은 결과 출판 계약에 이를 수 있었다. 만일 아내의 도움이 없었더라면 오늘날 스티븐 킹이 없었을지도 모른다. 가장 많이 영화화된 〈캐리〉는 하마터면 세상에 못 나올 뻔했다. 스티븐 킹의 첫 번째 장편 소설 〈캐리〉는 영화로 총 4번이나 만들어졌다. 1976년에 만들어진 브라이언 드 팔마의 〈캐리〉를 시작으로 1999년에 후편 〈캐리 2〉가 나왔다. 2013년에는 드 팔마의 〈캐리〉를 리메이크한 클로이 모레츠 주연의 〈캐리〉가 등장했다. 2002년에 TV 영화로 만들어진 작품 〈캐리〉도 있었다. 그만큼 스티븐 킹을 알리는데 첫 책이 큰 역할을 했음을 부인하기 힘들다.

아무 노력 없이 우연히 좋은 책을 쓸 수 없다

가난한 이혼녀 조앤 K. 롤링은 절박한 심정에서 어린 딸을 유모차에 태우고 공원을 돌다가 아이가 잠들면 엘리펀트하우스(Elephant House) 구석 자리에서 커피 한 잔 시켜놓고 미친 듯 글을 썼다. 예전부터 생각해온 아이디어를 가지고 《해리포터와 마법사의 돌》을 쓰기 시작한다. 낡은 타자기로 생각을 옮기기 시작했다. 이렇게 《해리포터》를 써서 그녀는 일약 세계적 작가가 되었다. 하지만 그냥 우연히 그렇게 되었을까?

롤링은 원고를 완성한 뒤에도 출판사에서 계속 거절당한다. 이유는 애들이 읽기에는 너무 길다는 것이었다. 12번을 거절당한 끝에 마침내 크리스토퍼 리틀을 만나게 되어, 13번째로 작은 출판사 블룸즈베리에서 1권을 500부 찍어 출판했다.

사실 롤링의 프로필을 보면 놀라게 된다. 파리에 유학까지 한 불문학과 고전 학사이며, 명문 엑서터대학교 졸업생으로 포르투갈에서 영어 선생님을 했다. 이 달란트는 저자의 몫이다.

> "실패는 삶에서 불필요한 것을 제거해준다. 나는 내게 가장 중요한 작업을 마치는 데 온 힘을 쏟아부었다. 그런 견고한 바탕 위에서 나는 인생을 재건하기 시작했다. 스스로 기만하는 일을 그만두고 정말 중요한 일을 시작하라!"

롤링은 결국 《해리포터》로 저자로 작위까지 받게 되었다.

아무 노력과 경험 없는 사람이 우연히 좋은 책을 쓸 수 없다. 책을 쓰겠다는 욕망에 사로잡혀 나중에 보면 실망할 정도의 책을 내서는 안 된다. 출간기획서만 잘 쓴다고 책을 잘 쓸 수 있는 것은 아니다. 한 챕터를 남의 책을 인용할 것이라면 아예 내지 마라. 나중에 욕 먹거나 저작권 시비에 휘말릴 수 있다.

책이 당신의 브랜드를 자연스럽게 만들어 준다

사람들은 누구나 남들로부터 인정을 받고 싶은 욕망이 있다. 인정받기 위해서는 남들과 다른 무엇인가를 보여주어야 한다. 요즘 가장 좋은 방법은 책을 쓰는 것이다. 책이 당신의 브랜드를 만들어준다. 명함 대신 책을 주는 것도 좋은 방법이다. 원래 '브랜드(Brand)'란 라틴어로 '각인시키다'라는 뜻이다. 브랜드는 얼마나 남들에게 인지시키느냐가 중요하다. 거대 미디어그룹 타임워너의 전 회장인 스티브 케이스는 이렇게 이야기한다.

"향후, 브랜드는 점점 더 중요하게 될 것이다. 왜냐하면 시대의 변화가 빨라지고, 복잡해지고, 경쟁이 치열해질 것이기 때문이다."

그렇다. 지금처럼 속도의 시대, 경쟁의 시대에는 타인에게 당신 스스로를 인지시켜, 살아 있음을 증명해야 한다.

> "할리데이비슨이 파는 것은 바이크가 아니다. 그들이 파는 것은 일탈적인 저항정신이다."
>
> -《할리데이비슨, 브랜드 로드 킹》

어렵게 생각할 것은 없다. 살아 있음을 증명하는 과정이 바로 브랜딩(Branding)이기 때문이다. 지금 있는 자리에서 높은 연봉을 받고 싶은가? 세상은 일을 열심히 하는 사람이 아니라, 일을 특별하게 잘하는 사람을 필요로 한다. 남들보다 특별하게 잘하는 것이 없다면 이미 경쟁력을 잃었다는 이야기다. 잘하기 위해서 노력하고, 그 노력한 결과를 글로 써라.

머리부터 발끝까지 당신 자신을 팔아라

전문가일수록 자신의 브랜딩에 서툰 경우가 많다. 과묵하게 자신의 일에만 열중하면 되지 굳이 상품처럼 자신을 '진열한다'는 생각 자체를 싫어하기 때문이다. 미국의 경영학자이자 경영 컨설턴트인 톰 피터스는 "어떤 프로젝트팀에 가담하고 싶다면 머리부터 발끝까지 당신 자신을 팔아야 한다"라고 역설한다. 다시 말해 자신의 핵심 가치를 정의하고 자신이 원하는 기회를 잡기 위해서 끊임없이 자신을 브랜딩해야 한다. 퍼스널브랜딩의 출발점은 정체성이다. 당신에게 이렇게 질문해 보겠다.

"자신에 대해 여덟 단어 이하로 말할 수 있는가?"

이 여덟 단어로 책을 쓰면 더욱더 브랜딩하기 쉽다. 퍼스널브랜드는 그들을 남과 확실히 구분 짓게 한다. 세계적인 마케팅 전문가 세스 고딘은 "자신에 대해 여덟 단어 이하로 묘사할 수 없다면, 당신은 아직 자신의 자리를 갖지 못한 것이다."라고 단언한다. 당신의 퍼스널브랜드는 단순히 이미지만을 의미하지 않는다. 외면의 이미지뿐만 아니라 내면의 정체성까지 아우르는 것이 핵심 역량이다. 좀 더 쉽게 설명하자면, 겉으로 보이는 외공뿐만 아니라 속에 숨겨진 내공까지 두루 갖춰야 한다는 의미다.

내 몸값을 올리고 싶다면 칼과 방패로 브랜딩하라

직장에서 높은 연봉을 받는 비결은 무엇일까? 퍼스널브랜드가 잘 형성되어 있는 사람이 그렇지 못한 사람보다 높은 연봉을 받을 확률이 높은 것은 어쩌면 당연한 일이다. 그들은 백조처럼 화려해 보이지만, 수면 아래에서는 부단한 노력을 하고 있다.

직장에서 높은 연봉을 받고 싶은가? 그러면 자신만의 무기인 칼이 있어야 한다. 남들과 싸워서 이길 수 있는 '강철검'이 있어야 한다는 말이다. '강철검'은 절대로 한 번에 만들어지지 않는다. 여러 번의 담금질을 통해서 세상에 나온다. 우리는 자신의 장점을 강점으로 승화시켜야 한다.

이미 많은 직장인들이 좋은 인상과 강력한 이미지를 주기 위해서 자신만의 강점을 강화하는 노력을 하고 있다. 물론 단점도 파악해서 보완해야 한다. 하지만 방패보다 칼에 더욱더 신경 써야 한다. 피터 드러커는 "자신의 약점을 보완해 봐야 평균밖에 되지 않는다. 차라리 그 시간에 자신의 강점을 발견해 이를 특화해 나가는 편이 21세기를 살아가는 방법이다."라고 말한다. 수동적인 방패보다 적극적인 칼이 좋은 결과를 얻을 수 있다. 자신의 지식노동 결과로 책을 써라. 상식의 수준을 뛰어넘는 한 분야의 전문가로서 '명품'이 되어야만 살아남게 된다는 것이다. 자신을 한 분야의 전문가로 만들어 이름값을 올리는 것이 바로 직장인의 퍼스널브랜딩이다. 이름값이 오르면 당연히 몸값은 치솟게 된다. 이름값을 올리고 싶다면 책을 쓰면 된다. 그러면 그 책이 당신의 브랜드를 만들어줄 것이다.

책쓰기는 운전을 하는 것과 같다. 액셀로 앞으로 가야 하지만, 반대로 브레이크로 위험을 피해서 가야 한다. 책쓰기에 몰두하다 보면 리스크를 등한시해서 문제가 발생한다. 말보다 글은 더욱더 주의해야 한다. 왜냐면 고난도의 작업이기 때문이다. 책쓰기에 대한 준비가 되지 않았는데 책을 냈을 때 자신도 몰랐던 위험이 발생할 수 있다. 책을 낼 때 주의해야 할 리스크 10가지를 체크리스트로 알아보겠다.

 자신의 이름에 먹칠하지 않는 책 리스크 7가지 체크리스트

1. 책을 쓸 때 저작권 문제를 확인해야 한다.

예를 들면 유튜브나 남의 강의를 듣고 그것을 정리해서 책을 냈다가 절판 당하고 배상금을 물어준 사람들이 꽤 있다. 대한민국처럼 좁은 시장에서 나쁜 소문이 나면 거의 매장된다고 보면 된다. 저작권 침해(copyright infringement)는 저작권자의 허락 없이 저작물을 이용하거나 저작자의 인격을 침해하는 방식으로 저작물을 이용하는 것이다. 표절이 타인의 창작물을 자신의 것처럼 무단으로 활용할 때 생기는 윤리적 개념이라면, 저작권 침해는 저작권법에 의해 보호받는 저작물을 저작권자의 허락을 받지 않고 부당하게 활용하여 저작권자의 권리를 침해할 때 성립하는 법적인 개념이다. 한번 서점에 깔린 책은 다시 거둬들이더라도 비용적 문제만 뿐만아니라 법적 문제에 대해서도 주의해야 한다.

2. 책은 근거 없이 쓰면 허풍쟁이가 된다.

논리나 사실 확인 없이 쓰면 결국 허풍쟁이가 된다. 잘못된 사실이나 논리의 비약을 체크해야 한다. 어떤 글이든 팩트 체크가 중요하다. 팩트 체크(Fact checking)란 텍스트 진술의 사실성과 정확성을 담보하기 위해 허구가 아닌 다른 텍스트로 사실 정보를 확인하는 행위이다. 팩트 체크의 문제는 텍스트가 출판되기 전이나 후, 또는 다른 방식으로 전파될 수 있다. 개인 사례도 잘못 쓰면 소송당하니 주의를 요한다.

3. 특수성과 보편성을 함께 체크해야 한다.

'내가 경험이 몇 년인데, 그것만 묶으면 책이 된다고' 하는 마음으로 자칫 경험 위주로 쓰게 되면 모든 사람의 상황이 다르므로 일반적 적용이 어려울 수 있다. '성급한 일반화(hasty generalization)의 오류'라고 한다. 자신의 경험도 다른 사람과 비교해서 보편성을 체크해야 한다.

4. 기승전결보다 결승전으로 써야 한다.

기승전결(起承轉結)에서 기를 제거하고 결론부터 써라. 결승전(結承轉)으로 뜸 들이지 말고 이야기하라. 결론부터 쓰면서 전환이 되어야 한다. 책을 쓸 때에는 기존의 책과는 다른 접근이 필요하다. 실용서, 자기개발서, 경제경영서 등은 결승전으로 결론부터 써야 한다.

5. 글에는 그 사람의 태도가 다 드러난다.

말보다 글이 더 리스크가 많다. 말은 소리와 표정 등으로 그 사람의 본래 뜻이 잘 전달이 된다. 하지만 글은 그렇지 않다. 그래서 다시 읽어보고 여러 사람의 입장을 고려해서 써야 한다. 글에는 결국 그 사람의 태도가 드러난다.

6. 시나리오 없이 쓰지 마라.

유튜브도 사나리오 없이 촬영하다 보면 결국 사고를 친다. 마찬가지로 책을 쓸 때에는 시나리오를 가지고 있어야 한다. 그렇지 않으면 결국 문제가 발생한다.

7. 폰트와 사진도 저작권에 신경 써야 한다.

보통 저작권이라면 글만 생각하는 사람이 있다. 하지만 저작권은 텍스트, 표, 사진, 이미지 등에 모두 있다. 폰트도 유료글꼴인지 확인해야 한다. 무료폰트 사이트 눈누(http://noonnu.cc/) 등에 가보셔도 좋다. 무조건 썼다가 배상금을 물어줘야 하기 때문이다. 사진은 더욱더 엄격하니 주의가 필요하다. 픽사베이(http://www.pixbay.com) 등 무료 사이트를 이용하는 것도 하나의 방법이다.

SNS 글쓰기의 원칙 7가지

불평하지 않는 고객들이 사실상 가장 믿을 수 없는 고객이다.
다시 말하면 불평하는 고객이 가장 믿음직한 고객이라는 뜻이다.

− 자넬 발로

글을 쓸 때 놓치기 쉬운 것이 하나의 문장도 읽는 사람에 따라 다르게 읽힐 수 있다는 점이다. 이제는 누구나 원하는 정보를 만들 수 있고 소셜미디어(social media)를 통해서 빠르게 전파할 수 있다. 옛날에 TV나 신문처럼 단독 취재한 게이트키퍼(gatekeeper)가 사라지고, 바야흐로 SNS(Social Networking Service)에 올라간 글 한 줄에 살고 죽는 세상이 되고 있다. 우선 SNS 한 줄과 사진으로 인생이 망친 사례를 살펴보자.

대표적인 사건이 '벨기에 응원녀'로 유명해져 모델 계약까지 맺었던 17세 소녀가 잘못 올린 사진 한 장으로 글로벌 화장품 브랜드인 로레알과 맺은 계약을 파기당한 사례이다. 페이스북에 소녀는 벨기에와 미국의 16강전을 앞두고 아프리카 여행 당시 가젤을 사냥한 사진을 올리고 "오늘은 미국을 사냥하러 간다"라는 글을 올렸다. 이 사진을 보고 미국 환경보호국을 지원하고 있는 로레알로서는 소녀와의 계약을 파기할 수밖에 없었다. 결국 소녀는 문제가 된 페이스북을 폐쇄했다.

비슷한 사건으로 미국 공군기지 보안대 소속으로 잘 나가던 여군 중사가 전쟁 희생자 상징 이미지에 대고 혀를 내밀고 찍은 사진을 페이스북에 게재했다가 파면 위기에 놓인 사례가 있다. 그녀는 미군 전쟁포로나 희생자를 모독했다고 SNS에서 엄청난 비난 여론에 직면했다. 이에 공군기지 측은 적절한 조치를 취할 것이라고 말했다.

잘 나가는 인터넷 기업의 30대 홍보 임원은 팔로어가 170명밖에 안 되는 트위터에 올린 글 하나 때문에 회사에서 파면되었다. 그녀는 2013년 12월 남아프리카 공화국으로 가면서 "아프리카로 여행 간다. 에이즈에는 안 걸렸으면 좋겠다. 근데 농담이야. 난 백인인데 뭐!"라고 썼다. 비행기 탑승 때까지 약 30분간 휴대전화를 만지작거렸지만, 반응이 없었다. 그런데 11시간 비행하는 동안 엄청난 일이 일어났다. 그의 글을 팔로어 1만 5000명 이상을 가진 파워트위터가 리트윗(재전송)하면서 그녀는 한순간에 '정신 나간 인종차별주의자'가 된 것이다. 그녀는 꺼놓았던 휴대전화 전원을 켜자마자, 알지도 못하는 사람들이 보낸 문자·전화 수백 통을 보고 '위기'를 직감했다. 같은 회사 직원까지 "이런 사람이 홍보 담당자냐"라고 항의하자, 회사 경영진이 사과했고 곧바로 잘렸다. 해고 사실도 본인보다 소셜네트워크가 먼저 알았다. 그녀는 가족에게서조차 버림받았다. 그녀의 가족이 남아공에서 인종 평등을 위해 활동해왔는데, 명성에 금이 갔다는 것이다. 고모는 대놓고 "집안을 망쳤다"라고 소리쳤다고 한다. 소셜네트워크 사회의 무서움을 적나라하게 알려주는 사례이다. 환경보호, 희생자, 인종차별 등 민감한 사항에 대해서 SNS에 썼을 때 주의를 해야 한다.

1. 자신의 생각을 오해받을 글과 사진은 절대로 SNS에 올리지 말자.

'내 생각인데 무슨 상관이야' 하고 쉽게 생각하다간 부정적인 평판을 얻기 쉽다. SNS에서 글을 절제해야 하고 정확하지 않은 정보를 퍼 나르는 일이 없어야 피해를 적게 입을 수 있다. SNS의 글은 개인적인 내용이라도 만천하에 공유되어 확산하기 때문에 조심해야 한다. 편향된 종교, 성적 편견, 성희롱, 욕설 등으로 분란을 일으키는 것은 금물이다. 특히 직장 생활에 대한 불평불만, 상사에 대한 험담, 기업 비밀 등 쓸데없는 말이 모르는 사람들에게 공유되어서 상대방에게 전달될 수 있음을 간과해서는 안 된다. 아무리 친구 공개로 했다고 하더라도 인간관계에서는 내 편이라고 생각했던 사람을 통해서 쉽게 구설에 휘말릴 수 있다. 채용회사가 SNS, 인터넷 홈페이지 등을 통해 지원자의 평판을 조회하는 경우도 증가하고 있다. 평판조회(Reference Check)는 과거에는 지원자의 학력이나 경력을 조회, 검증하는 것에 한정되었으나 현재는 지원자의 자질, 적성, 업무능력, 신뢰성, 경력이나 성과, 대인관계, 이직 사유, 리더십까지 포괄하는 개념으로 이해되고 있다.

결국 글을 읽어보면 그 사람이 어떤 생각을 하고 있는지가 드러난다. 그러니 부정적 평판을 얻고 싶지 않다면 함부로 오해받을 글과 사진을 SNS에 올리지 않는 것이 좋다. 자신도 모르게 자신의 개인정보가 노출될 수도 있다. 아무 생각 없이 택배 선물을 찍었는데, 주소부터 보낸 사람까지 다 공개되는 것이다. SNS의 흔적은 꾸준히 자신을 따라다닐 수 있다. 특히 나쁜 일에 연루되었을 때는 SNS를 정지하거나 폐쇄시키는 경우도 많다.

사실 SNS에 함몰되면 현실과 SNS 속 자신의 이미지 사이에 경계가 불명확해진다. 페이스북을 자꾸 보다 보면 남들의 모습과 자신을 비교하여 빠져나오기 힘들어진다. 그리하여 항상 스마트폰을 끼고 사는 패턴이 고착되면 긴 책을 읽는 호흡을 따라가기 어렵게 된다.

> "트위터는 인생의 낭비다. 인생에는 더 많은 것들을 할 수 있다.
> 차라리 독서를 하기를 바란다."
>
> — 알렉스 퍼거슨 맨체스터 유나이티드 감독

2. SNS를 통해 비리나 부정을 고발할 목적이 아니라면 어떠한 형태의 비난도 삼가는 것이 좋다.

감정적으로 격앙된 상태에서 SNS에 글을 올리는 것은 좋지 않다. 올바른 판단이 되지 않기 때문에 문제가 될 수 있다. 특히 술을 마시거나 기분이 들뜬 상태에서 사진이나 동영상을 올려서는 안 된다. 누구도 쓴 사람을 옹호하지 않는다. 아무리 팩트가 분명하고 올바른 주장이라고 할지라도 내가 소속되어 있는 조직과 관련 회사, 고객들을 생각해서 비난과 지적은 삼가야 한다. 자칫 내가 쓴 글이 잘못 해석돼서 오히려 타인의 명예와 조직의 브랜드에 먹칠을 할 수 있다. 근거가 있더라도 SNS를 통해서 남을 비난하는 것은 명예훼손으로 고소당할 수 있다는 점 명심해야 한다. 〈정보통신망법〉 제70조에 따르면 ① 사람을 비방할 목적으로 ② 정보통신망을 통하여 ③ 공공연하게 ④ 사실이나 거짓의 사실을 적시하여 ⑤ 명예를 훼손하고 ⑥ 마지막으로 위법성을 조각할만한 사유가 없는 경우에 해당되면 사이버 명예 훼손죄가 성립된다. 심지어 사실이 아닌 경우에는 공유했다는 것만으로도 법적 책임을 질 수 있다. 내가 SNS에 쓴 글은 이미 우리나라 안에서는 물론, 전 세계 수많은 불특정 다수에게 실시간으로 가깝게 확산될 수도 있다는 사실이다. 내 친구만 본다고 생각하지만 팔로우까지 생각하고 공유되어서 퍼지는 것을 생각하면 의도대로 되지 않을 수 있다. SNS에 올리는 버튼을 누르는 순간에 이미 출판이 되는 것과 같다.

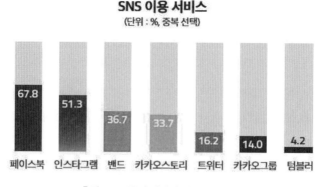

SNS 이용 서비스
(단위 : %, 중복 선택)

페이스북	인스타그램	밴드	카카오스토리	트위터	카카오그룹	텀블러
67.8	51.3	36.7	33.7	16.2	14.0	4.2

■ 출처 : KT그룹의 디지털 미디어렙 나스미디어

3. 여기저기에 올리는 것보다 SNS의 매체 특성에 맞게 글쓰기를 하는 것이 좋다.

인스타그램, 페이스북, 밴드, 카카오스토리, 트위터 등 SNS의 매체 특성을 알아야 글을 잘 쓸 수 있다. 인스타그램 매체에서는 이미지 위주로 글을 간략하게 적어야 한다. 20대와 여성의 절대적 지지를 받고 있는 인스타그램에서는 '콘텐츠가 곧 이미지'다. 인스타그램에서 글을 쓸 때는 텍스트보다 이미지에 시간을 더 투자해서 예쁜 '인스타그래머블'한 이미지를 만들어야 한다. '인스타그래머블(Instagrammble)'이란 신조어로 인스타그램에 올리기 좋은 이미지를 뜻한다. 외식업계에서는 SNS에 올릴 만한 적합한 트렌디한 시각적 요소가 없으면 사람들이 오지 않아서 망한다고 한다.

반면 페이스북 매체는 텍스트 위주라도 누가 쓰느냐에 따라서 읽게 된다. 페이스북은 콘텐츠의 배치 자체가 텍스트 먼저 나오기 때문에 텍스트

위주로 될 수밖에 없다. 페이스북은 많은 친구 관계를 맺고 재미있거나 관심사가 비슷한 사람끼리 콘텐츠를 공유해서 파급력이 좋다. 페이스북은 전 세계에서 가장 많이 사용하는 소셜미디어로 전 연령대가 골고루 사용하고 있다. 최근 나온 기능인 '텍스트 배경색' 기능도 130자 이내일 때 쓸 수 있어서 트위터의 140자와 유사하다.

한편 '트윗(tweet)'이란 말은 작은 새가 지저귀는 소리를 나타내는 영어로, 트위터는 개인 간의 사사로운 이야기들을 나누는 SNS의 기본 정의를 정립하는 지표가 되었다. 오랫동안 사용한 사용자가 많은 만큼 이슈의 근원지가 되었다. 팔로우 시스템, 리트윗 시스템 등을 통해 원하는 사용자의 트윗을 공유함으로써 언론보다 빠른 확산력을 자랑하고, 트윗당 글자가 140자로 제한되어 원하는 메시지를 함축하기 위한 재치를 발휘할 수 있다. 해외에서는 그 영향력이 막강하지만, 국내에서는 초창기에 비해 인기가 많이 시들해졌다.

국내 어플 중에는 밴드와 카카오스토리의 40~50대 이용률이 상대적으로 높다. 밴드는 모임 성격이 강해서 가족, 동호회, 동창회, 회사 등 멤버 구성원을 가입해서 멤버들끼리 서로 대화를 하거나 정보와 일상을 공유한다. 카카오스토리에는 아기, 반려동물 등 소소한 이야기나 가족들과 공유하기 좋은 콘텐츠를 올린다.

4. SNS에서 독자들의 반응을 이끌어 내고 싶다면 이야기할 대상을 한정시키자.

페이스북에서 관계를 맺은 '페친(페이스북의 친구)'은 내가 선택한 사람들이다. 페이스북에 글을 올릴 때 상대방이 누구냐에 따라 내용이 달라지기 때문에 누구에게 이야기할지 정해야 한다. 모든 사람에게 이야기하지 말고 타깃을 명확하게 정하고 이야기하자. 읽는 대상, 주제의 범위, 언제 올릴지도 결정하자. 오히려 한 사람에게 유익할 때 반응이 나오기 때문이다. 예를 들면 그냥 '세상의 모든 글쓰기'보다 'SNS 글쓰기'라고 정하니 더욱더 반응이 예상된다. 여기에 'SNS 글쓰기의 7가지 원칙'이라고 한정을 시키니 읽는 독자에게 반응을 이끌 수 있다.

5. SNS에서 공유될 수밖에 없는 실용성이 담긴 정보를 나누자.

SNS에서 공유가 잘 되는 콘텐츠의 특징은 재미있거나, 쓸모 있거나. 몰입할 수 있는 무엇인가가 있다는 공통점이 있다. 다른 말로 하면 '쓸모 있는 실용성'이다. 구체적인 정보를 올려야 한다. 읽는 사람에게 광고로 느껴지지 않도록 정보 콘텐츠로 표현해야 한다. 관심 있는 분야의 큐레이션 콘텐츠도 좋다. 소셜미디어로 공유될 수밖에 없는 콘텐츠는 기존에 널린 콘텐츠가 아니라 킬러 콘텐츠다. 주제와 관련된 전문성이 있어야 한다. 알찬 정보는 결국 읽는 사람이 알아본다. 결국 콘텐츠의 질이 공유를 불러온다. 그리고 공유를 불러오는 한마디를 덧붙이자. 예를 들면 "공감하시면 꼭 '좋아요'를 눌러주세요"라고 공감을 이끌어 내는 한마디를 던져야 행동으로 움직인다.

주위에 찾아보면 가치 있는 정보를 공유하는 사람들이 의외로 많다. 그 사람들이 어떻게 킬러 콘텐츠를 공유하는지 유심히 관찰하라. 대중매체에서도 볼 수 없는 전문가의 식견을 만날 때가 있다. 콘텐츠 큐레이터가 늘어나고 있으니 그들과 교류하며 안면을 넓힐 수 있다. 오프라인에서 처음 만나는 사이도 금세 벽을 허물고 대화를 할 수 있다.

인생은 가까이서 보면 비극이지만 멀리서 보면 희극이다.

- 찰리 채플린

6.자기 자랑에서 벗어나서 겸손하게, 솔직하게 써라.

온라인은 나이와 지위에 상관없이 평등의 관계이다. 그래서 글을 쓰는 사람은 나이가 많다고 말을 놓거나 하대를 하면 안 된다. 정중한 말투로 쓰는 것이 기본이다. 단지 20대의 언어가 40대에게는 정중하게 느껴지지 않을 수도 있다. 개인 취향을 존중해야 한다. 그래서 SNS에 글을 쓸 때는 이해하기 어려운 유머를 써서는 안 된다. 특히 전문용어는 가급적 피하고 쉬운 말로 바꿔야 한다. SNS 커뮤니케이션의 특징은 글쓴이와 읽는이가 수직적 관계에 있지 않다 점이다. 쓰는이와 읽는이가 따로 있지 않다. 모든 사람이 쓰고 읽을 자격을 지닌다. 일방향이 아니고 쌍방향으로 소통하는 것이다. 물론 SNS에는 가짜 뉴스나 거짓말 게시물도 많다. 그러니 더욱더 겸손하게, 솔직하게 써야 살아남을 수 있다. 사실 나만 '찌질한 인생'이 아니다. SNS에서는 '화려한 인생'인 것 같지만 어두운 인생을 가린 '찌질한 인생'이 더 많다. 그래서 찰리 채플린은 이렇게 이야기했다.

"인생은 가까이서 보면 비극이지만 멀리서 보면 희극이다."

SNS를 적극 활용해도 현실세계와 동떨어진 경우 현실도피, 우울증, 인간관계 파괴 등 역효과가 날 수 있으니, 오프라인과의 균형을 적절히 유지하면서 글을 쓰는 것이 중요하다.

7. SNS에 글을 올릴 때는 시의성 있는 주제를 선택하자.

글을 쓸 때는 어떤 글이든 시의성을 생각해야 한다. 쉽게 이야기하면 따끈따끈한 글이 먹힌다. 물론 시기에 맞는 글이 유용하다. 시의성 있는 콘텐츠를 찾기 위해서는 트렌드, 실시간 검색어 등을 살펴보는 것도 좋다. 글을 쓸 때 단지 시의성만 추구하기보다는 자신의 위치나 입장을 분명하게 생각하고 주제를 선택해야 한다. 누가 쓰느냐에 따라서 다르게 느껴지기 때문이다. 자신이 다니고 있는 회사 입장도 고려해야 한다. 단지 내가 쓰는 것이라고 하더라도 본인이 속한 단체나 회사 입장으로 확대해석이 가능하기 때문이다. 나의 글이 누군가의 타임라인에 떴을 때는 이미 공유될 수 있음을 의미한다. SNS에서 어떻게 글을 쓰느냐가 기회이자 위기가 될 수 있다.

트위터는 사회적 문제에 빠르게 확산되고, 페이스북은 좋은 게 좋은 쪽으로 긍정 주제가 빠르게 확산된다. 매체에 따라서 다르게 써야 한다. 브런치에는 글을 쓰는 사람이 모이게 되어 있다. 브런치의 장점은 글쓰기에 적합하게 디자인이 되어 있고, 최소한 기능으로 이미지를 구성할 수 있다는 점이다. 무엇보다 꾸준히 쓰는 사람이 살아남는다. SNS에 글을 쓰면서 실력과 인맥도 쌓아나가다 보면 자기도 모르는 사이에 개인 브랜드를 가지게 된다. 퍼스널브랜딩은 SNS에 차곡차곡 글을 쌓다 보면 어느새 평생 큰 자산이 될 수 있다.

당신이 누구이고 당신의 브랜드가 무엇인지,

그리고 무엇이 당신스럽지 않은지 정의하라.

나머지는 그저 잡음일 뿐이다.

— 제프리 자카리안

책을 쓰면 책이 나오고 널리 알려질 기회가 온다. 퍼스널브랜딩을 명확하게 알고 실천할 필요가 있다. 코로나 상황에서 채용 트렌드는 급변하고 있고, 인재상이 시대에 따라서 변하고 있다. 다양한 HR 경험을 축적해온 베테랑 김소진 제니휴먼리소스 대표를 만났다. 그녀는 뉴욕대학교 대학원에서 인사관리로 석사학위를 받고 1998년에 귀국했을 때 대기업에 들어갈 기회가 있었으나 현장 경험을 쌓기 위해 글로벌 HR컨설팅 머서 코리아 회사에 들어갔다. 그녀는 에이온, 휴잇 등 두 군데 회사에서 10년간 다양한 업무를 익힌 뒤 2008년 제니휴먼리소스를 창업했고, 어느덧 헤드헌터 13년 경험 노하우를 쌓았다. 이름이 알려지면서 KBS〈스카우트〉심사위원, tvN〈창작오디션 크리에이티브 코리아〉크리에이티브 마스터, KBS 라디오〈성공예감 김방희입니다〉등 출연했고, 저서로는《성공하는 남자의 디테일》등이 있다. 지금부터 맹활약하고 있는 김소진 대표를 만나보자.

Q1. 선생님께서는 첫 책을 어떤 계기에서 쓰시게 되었는지요?

'책을 써도 될까', '나중에 내가 읽어도 창피하지 않을까?' 이런 거에 대해서 고민을 되게 많이 했던 것 같아요. 그 고민을 해결하기 위해서 제가 했던 것은 관련된 도서들을 꾸준히 읽는 일이었어요. 관련 분야에서 출간하셨던 분들, 아니면 비슷한 얘기를 하는 자기계발서들, 커리어 관련에 대한 내용들 등을 충분히 읽어보면서 무엇인가 아쉬움이 남았어요. '내가 책을 내도 되겠다'라는 자신감이 좀 있었다고 해야 할까요. 책들이 내용도 많이 중복되고요. 경력개발 교과서 같은 내용들은 이미 업계에서는 뻔한 이야기를 되게 재미없이 길게 써놓았더라고요. 그래서 나는 다른 사람들과는 좀 다른 책을 써야 되겠다는 생각을 했어요. 첫 번째로 세운 원칙은, '우선 간결하고 짧게 쓰자. 교과서 같은 내용은 반복되지 않고 사례 중심으로 쓰자.'였어요. 제가 이 업을 오랫동안 했던 사람이니까 조금 더 와닿게 사례 중심으로 많이 얘기할 수 있을 것 같아서 그런 내용을 썼었고, 남과 다른 책을 쓰려고 많이 노력했던 것 같아요. 남과 다른 차별화 포인트라면 기존 저자들이 썼던 책이 왠지 직장 경험이라고 해도 좀 예전에 근무하고 임원으로 퇴사를 했던가, 아니면 교수님들이거나, 아니면 인사팀에 있었어도 잠깐 있었던가 하는 경우가 많았어요. 그러면서 쌓이는 고지식한 지식이라고 해야 되나요, 아니면 좀 올드한 지식이라고 해야 되나요, 현장 전문가들이 봤을 때 너무 뻔한 얘기고 옛날 얘기 아닌가 싶은 그런 내용들로 책이 구성되었다는 느낌을 굉장히 많이 받았어요. 가령 교수님들이 말씀하시는 포지셔닝의 개념을 예로 말씀드리면, 제가 헤드헌팅을 2003년부터 했었으니까 거의 20년이네요. 그런데 20~30년 정도를 통해 쌓였을 그분들이 포지셔닝 경험이 어떻게 보면 지금의 현장에서도 여전히 살아 있는 얘기인가 되물어봐야 해요. 그래서 저는 실제 필드에서 일을 하고 있으니까 현장 경험이 굉장히 드러나고 누구나 보면 공감할 수 있는 내용의 책들을 써야겠다고 다짐했던 게 결과적으로 포인트가 좀 다른 책으로 나올 수 있었던 비결 같아요.

Q2. 대표님이 책에서 잡았던 차별 포인트는 무엇인가요?

네, 《성공하는 남자의 디테일》, 간결하게, 현실적으로 누가 봐도 정말 공감되는 얘기라는 점이죠. 제가 공감되는 건 물론이고, '우리 옆 직원이 이렇게 하고 있는데', '우리 밑에 부하 직원이 이렇게 하고 있는데', '내 상사가 이렇게 하고 있잖아' 이런 느낌을 받을 수 있게끔 해당 내용들만 추렸던 것 같아요. 그 다음에 굉장히 자신감이 생기긴 했지만, 그래도 나중에 진짜 출간하려고 하니까 '과연 이걸 누가 읽고 공감할까', '책을 몇 권이나 누가 볼까, 살까' 등 여러 생각이 지나갑니다. 나중에 마음먹기에는 어떤 한 사람이라도 제 책을 읽고 어느 한 부분이라도 공감할 수 있다면 이 책은 성공적이라는 생각하기도 했어요. 그래서 그냥 자신감 있게 내보자. 아무도 안 봐도 한 사람이라도 보고 공감한다면 오케이라고 생각하니 마음이 편하더군요. 내 커리어에 대한 정리도 하고 나도 한 단계 업그레이드하는 거니까 굉장히 의미 있는 일이라고 생각을 했죠.

Q3. 헤드헌터에게 여러 질문을 해오는 분들도 많을 것 같아요?

우리가 질문을 받아보지 않았잖아요. 그러니까 스스로 질문을 받아보면 자기가 질문을 통해서 생각을 다시 해보게 되잖아요. 그래서 사실은 누군가가 질문을 해준다는 것도 되게 효과적인 것 같아요. 저는 헤드헌터라서 이직을 하고 취업을 하는 사람들의 이야기도 많이 듣고 또 기업에서 어떤 사람들을 찾는지 기업 측면도 얘기를 많이 듣잖아요. 그러니까 그 양쪽 사이즈를 다 볼 수 있어서, 그래서 양쪽에서 원하는 부분들을 취합할 수 있었던 것들이 좋았어요. 기업에서만 인사를 담당하던 사람들은 전체라기보다는 그 회사에 입사하려고 하는 사람들만 보는 거잖아요. '우리 기업에서 이런 사람을 원하니까 너는 이렇게 해야 돼.'가 되어버리죠. 근데 저희는 스타트업부터 외국계 기업, 국내 대기업, 중견기업, 중소기업, 이런 데 있었던 사람들을 대량으로 데이터베이스를 보고 얘기를 나누는 거잖아요. 그 사람들이 현재 위치는 자기 회사에서 부장이다 하면 대단해 보이죠. 근데 전체 마켓에서 자신의 위치, 네임밸류 이런 것들에 대해서 얘기를 해주면 굉장히 충격을 받고 좀 놀라워해요. "마켓이 지금 이런 상황이고 당신의 밸류가 지금 이렇게 평가받고 있다."라고 작정해서 얘기들을 해주니까 거기에 대해서 잘 몰랐던 부분이 있었다며 그런 현장의 얘기들을 들으려고 많이 찾아오거든요.

Q4. 출판하신 책 중에 추천하고 싶은 책은 어떤 걸까요?

《성공하는 남자의 디테일》, 성남디 1,2권이 잖아요. 그러니까 당연히 그거밖에 없고요. 1, 2권 중에 어떤 걸 하나 사야 되는 사람이 있을 수도 있잖아요. 예를 들면 2번부터 보고 1번은 나중에 봐라 이렇게 할 수도 있는 거고, 1권 먼저 보고 2권 볼 수도 있는 거고. 이게 왜 그러냐면 어떤 책 같은 경우에는 어느 걸 먼저 보느냐에 따라서 또 느낌이 다르더라요. 원래 저는 일단은 2권을 낼 생각이 없었어요. 1권 한 권만 내려고 했었어요. 1권은 아주 베이직한 거고, 2권은 실용적인 면이 조금 더 가미됐다고 해야 될까. 저는 만약에 본다면 1번 먼저, 그리고 2번을 같이 보겠네요. 그런데 이 책이 벌써 10년이 돼가지고 아무래도 뒤처진 부분이 있는 보이는 것 같아요. 지금은 그거를 리커버해서 개정판으로 내도 좋을 것 같기는 해요. 한 권으로 묶어가지고요. 요즘 옛날에 좀 베스트셀러가 됐던 것들을 리커버링 하더라고요. 혹시 개정판에 쓸 만한 내용들이 있을까 싶은 게, 제가 생각하기에는 그래요. 제가 커리어 쪽에 저도 한 20년 있었는데 10년 전에 썼던 글을 읽어보면 한 10%만 약간 가다듬으면 거의 쓸 만한 얘기들이거든요. 왜냐면 기존의 토대나 베이스가 바뀌는 게 아니고 약간의 흐름이나 트렌드가 변하는 거기 때문이죠. 예컨대 "이 사례는 안철수다" 그러면 안철수 너무 오래됐으니까 대신에 요즘에 뜨고 있는 사람 한 사람 딱 집어넣으면 벌써 글이 확 살더군요. 요즘은 책이라는 게 구찌라고 해요. 책이 구찌라는 게 무슨 말이냐면 이 사람 때문에 책을 사는 거라는 이야기죠. 옛날에는 책 때문에 사람이 이렇게 뜨는 거지만 반대로 요즘은 사람이 때문에 책이 뜨니까. 이 책이 왜 뜨냐 그러면 이 사람이 괜찮은 사람이라는 걸 그때서부터 알게 되는 거예요. 그러니까 요즘 그 상품도 그렇잖아요. 그 제품이 좋았고 필요해서 사는 게 아니라 그 사람이 파니까 좋아서 그냥 사는 거잖아요. 팬심이 중요한데 저는 요즘 팬이 없잖아요.

Q5. 대표님이 예비저자들에게 해주고 싶은 말이 무엇인가요?

제가 그동안에 두 번의 책을 썼잖아요. 10권, 20권 써봤던 사람이야 워낙 많이 써봤으니까 힘든 것도 잘 모르고 그러는지 몰라도, 저는 두 번 정도 쓴 그 상태니까 첫 책을 쓰는 예비 작가들에게 한마디 해볼게요. 예전에 비해서 책을 되게 쉽게 출간할 수 있고 누구나 책을 쓰잖아요. 그래서 오히려 제 생각에는 책을 더 읽지 않는 경향이 생긴 것 같아요. 왜냐하면 옛날에는 정말 대단한 작가들이 쓴 책이니까 책이 나오면 굉장히 많이 팔리고 그랬는데, 요새는 '너도 써? 나도 써!' 이러고 다 출간을 하니까 책이 너무 많고, 거기에서 또 골라내기도 힘들고, 그러다 보니까 책에 대한 신뢰도나 이런 게 많이 떨어진 것 같아요. 어찌 됐든 책을 쓰려고 하는 사람들이 있다면 자기가 얘기할 만한 이야깃거리가 좀 충분하고 넘쳐날 때, 그래서 자기가 충분한 실전 경험이 있을 때, 그런 내용들을 쓰면 사람들이 되게 공감하고 재미도 있으며, 의미도 있고 좀 도움이 많이 될 것 같아요.

제 10 강

Selling
독자의 손에 어떻게 쥐여줄 것인가?

초보 저자들이 착각하는 게 출판사에서 마케팅을 다 해준다고 생각하는 것이다. 우선 아무리 퀄리티가 좋은 책이라고 하더라도 독자의 손에 닿아야 한다. 이제 책을 만들어 어떻게 독자의 손에 쥐여줄 것인가 고민해야 한다. 엄청난 유튜버나 인플루언서라면 몰라도 그렇지 않으면 책이 나와도 재고로 창고에 쌓여있을 수 있다.

책의 판매에 직결되는 역할은 저자이다. 저자가 얼마나 움직이냐에 따라서 달라진다. 전국 대형서점에 다 깔린다는 것에 도취되어서는 안 된다. 출판사는 각 대형서점에 책을 진열하고 판매데이터를 하루하루 확인한다. 출판사의 인지도에 따라서 책이 좋은 위치에 갈 수 있다. 책은 다른 상품과 다르다. 독자의 욕구에 따라서 판매가 달라진다. 책이 나왔다고 독자가 얼른 사주는 것이 아니기 때문이다. 독자만큼 까다로운 소비자가 없다. 출판사는 이 까다로운 소비자들을 설득하기 위해서 노력한다. 이 책을 사야 하는 이유를 꼬집어서 독자에게 알려주는 것이 바로 판매전략이다.

출판 트렌드에 따른 독자의 니즈를 파악하면서도 콘텐츠의 소구점을 잘 찾아야 한다. 옛날은 기획편집과 출판마케팅이 별로 나뉘어 있었다면, 요즘 출판 마케팅은 판촉활동뿐만 아니라 시장 규모와 트렌드를 예측하고 기획 단계에서부터 책을 만들어간다. 서점, 기획자, 편집자 독자들 사이에서 외줄타기를 하고 있는 작업이 바로 출판 마케팅이다. 이제 저자가 스스로 마케터가 되어야 한다.

출판의 종류 : 기획출판, 반기획출판, 자비출판, 독립출판, 전자출판

책을 이용하는 것은 좋은 일이다. 그러나 혹사하지는 말라.
꿀벌은 꽃을 더럽히지는 않고 다만 꿀을 먹고 갈 뿐이다.

– 리리안달

출판사는 참 오래된 비즈니스이기도 하다. 예비저자들이 자주 물어오는 것이 기획출판, 자비출판, 독립출판, 1인 출판, 전자출판 등의 차이점이다.

출판의 종류는 기획출판, 자비출판, 독립출판, 1인 출판, 전자출판 등 다양하다. 출판관계자와 소통을 하기 위해서도 출판 관련 용어와 이해도는 나중에도 저자가 갖춰야 할 역량이다.

기획출판이란 무엇인가?

저자는 비용이 들어가지 않고 출판사 비용으로 제작하고 작가에게 인세를 지급하는 방식이다. 일반적으로 작가가 원고를 써서 출판사에 보내면 출판사는 검토하여 많이 팔릴 것 같다는 판단이 들 때 저자와 인세 계약을 하고 출판하게 된다. 이것을 기획출판이라고 한다. 기획출판은 시장분석, 판매, 마케팅을 먼저 고려해서 출판하게 된다. 기획출판은 대형 출판사가 하는 출판 방식이고, 보통 인세는 10%다. 초보 작가는 5~8% 정도 받을 때가 많다. 중간에 연결시켜 준 기획자나 출판기획사가 있으면 나누는 것이 관례이다. 출판사에서는 수익에 대한 보장이 필요하기 때문에 대부분 인지도 있는 작가의 작품, 또는 출판사의 의도에 맞는 원고를 선택한다. 따라서 예비 작가 원고가 거절되는 경우가 많다. 무분별한 이메일 투고가 늘어나기 때문이다.

 ## 자비출판이란 무엇인가?

저자가 자비출판 전문 업체에 비용을 주고 책을 내는 간접 출판이다. 저자는 원고 또는 콘텐츠 제작만 하고, 자비출판 대행사는 출판 비용 전액을 저자로부터 받아 원고를 제외한 모든 과정을 도맡아서 콘텐츠를 책으로 제작하는 형태이다. 물론 판권은 출판 비용을 댄 저자가 가진다. 작가는 자비출판에 비용을 지불해야 하기 때문에 부담을 느끼게 된다. 최소 1,000부를 찍는데, 500부 가격이나 거의 같다. 최근 소량 인쇄해주는 출판사가 생기고 있다. 일반적으로 '출판되었다'라고 말하려면 책 고유 번호인 ISBN이 있어야 한다. 그런데 이 ISBN은 출판사가 있어야 발급받을 수 있다.

1인 출판사를 통해 책을 내셨을 때 문제점이 하나 있다. 대형서점에 입고하기 힘들다는 점이다. 많은 사람들이 출판을 원하는 만큼, 출판사도 늘어나고 있다. 대형서점들도 이런 출판사들을 다 관리하기 어렵기 때문에 책을 입고 받을 때 출판사에 대한 일정 기준을 정해두고 그 기준을 충족하는 출판사의 책만 받는다.

예를 들어, 지금까지 15종 이상의 책을 출판한 출판사의 책만 받는다고 한다면, 이제 첫 책을 출판한 1인 출판사의 책은 입고 받지 않는다. 이럴 때는 서점에 유통해줄 수 있는 입고처를 또 따로 찾아 봐야 하는 것이다. 자비출판 안에 독립출판(1인 출판) 있다. 최근 독립출판물 또는 1인 출판물은 하나의 장르처럼 취급되며 독립적인 시장을 형성하고 있다. 자비출판은 저자가 제작비를 대고 제작하는 것으로 출판사는 제작 대행과 유통대행을 하는 것이다.

자비출판은 보통 350~500만 원이 있어야 가능하다. 자비출판을 전문으로 하는 출판사 홈페이지를 보면 같은 규격에 동일한 부수일 때 가격은 대동소이하다. 비용의 크기도 디지털기술과 인쇄기술 발달로 예전보다 크게 떨어졌다.

판형	사이즈(mm)	용도
국배판(A4)	210x297	논문, 매거진, 전문서적
4x6배판	188x254	학습지, 문제집, 학습참고서
크라운판	176x248	교재
신국판	152x225	소설, 에세이, 가장 널리 쓰임
국판(A5)	148x210	단행본, 교과서, 소설, 매뉴얼 등
다찌판	128x210	휴대가 간편해 최근 시집, 수필집
46판(A6)	128x188	시집, 수필집
국반판	105x148	문고본

단행본 판형인 신국판으로 200쪽 이내일 경우 100부 발행에 100만 원 안팎이다. 300부 발행은 150만 원, 500부는 200만 원, 1,000부는 300만 원 정도이다. 분량 200쪽에 1도 인쇄(흑백) 기준이다. 내지가 2도 인쇄라면 50~80만 원 정도, 4도(컬러)라면 80~120만 원 정도 늘어난다. 제본

이 양장으로 바뀐다면 증가하는 금액은 60~100만 원 정도이다. 자비출판을 할 때 편집과 교정·교열, 표지 등 책의 퀄리티를 고려해야 한다. 자비출판을 한 책 중에 문장 수준, 오탈자, 내용 면에서 완성도가 떨어지는 책이 있다. 책을 낼 때는 자신의 얼굴이라고 생각하고 끝까지 최선을 다하기 바란다.

 ## 반기획출판이란 무엇인가?

기획출판과 자비출판의 사이 출판 형태이다. 최근의 반기획출판은, 저자가 책 제작비용을 부담하고 출판사는 기획, 마케팅 등 인적자원을 투자하는 것이다. 반기획출판의 개념은 책이 많이 팔릴지 몰라서 출판사에서 주저하는 원고를 저자가 초판 비용의 일부를 부담해서 출판하는 것이다. 나머지 과정은 일반 출판과 동일하다. 인세 계약을 하고 시중 서점에 유통하여 잘 팔리면 이후부터 인쇄하는 것은 출판사가 부담하고 저자에게 인세를 지급하는 방식이다.

 ## 독립출판이란 무엇인가?

유통으로부터의 독립, 시스템으로부터의 독립. 그런 운동 정신에서 시작하기도 한다. 독립출판은 1인 출판 형태로 1인 출판사를 차리고 사업자 등록을 하여 혼자서 직접 하는 셀프 출판이며, 출판 주체는 독립(인디) 작가이다. ISBN이 없는 책은 정식 출판물로 인정받지 못한다. 이런 책들을 받아주는 독립서점이 있긴 하지만, 대형서점이나 일반 서점에는 입고할 수 없다. 독립출판은 수많은 걸림돌들을 뛰어넘고 만들어진다. 여러 가지 제약이 있지만 그럼에도 불구하고 많은 분들이 독립출판을 택하시는 이유는 자신만의 개성을 가감 없이 보여줄 수 있기 때문이다. 자비 형태보다 비용이 더 들어가기 때문에 책 하나 내자고 출판사 등록하고 번거로운 절차를 거칠 필요는 없다. 장기적 계획이 있다면 가능하다. 실제로 독립출판을 통해 성공한 사례가 《언어의 온도》이다. 저자이면서 출판사 대표가 전국을 누리면서 서점 순례했다는 전설이 있다.

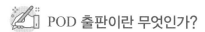 POD 출판이란 무엇인가?

콘텐츠 소유자(A)가 책 원본 파일(표지 파일+본문 파일)을 제작하여 셀프출판 대행인 POD 플랫폼(B)을 통해서 책을 출판하는 간접 셀프출판이다. 인쇄·제본 비용을 B가 부담하고 완성된 책은 플랫폼의 온라인 판매대에 올려지며, A가 B로부터 인세를 받는다. 간접 셀프출판 방식이다. 일반 배본망은 다음과 같다. 보통 출판사는 전국 주요 도시의 대형서점은 직거래를 한다. 중소서점은 도매상을 통해 배포된다. 교보, 영풍, 반디북(서울문고), 인터파크, 알라딘, 예스24 등 한국에서 대표적인 서점에는 들어간다. 독립출판할 때 어려운 점을 해결하기 위해 필자가 예비저자에게 추천하는 출판유형 중 하나다.

책 한 권을 출판하는데 1,000만 원이 든다고요?

진짜 어려운 비즈니스가 출판 비즈니스다. 1인 출판에서 많이 물어보는 것이 책을 출판하는 데 얼마 정도 드느냐는 것이다. 결론부터 말하면 약 1,000만원이면 출판을 할 수 있다. 예를 들면, 책의 초판 1,000부를 찍을 때 들어가는 비용을 말한다.

- 표지, 본문 디자인 비용 : 300만 원

- 편집(교정 교열) 비용 : 200만 원

- 종이 및 인쇄 제책 등 제작비 : 300만 원

- 물류 및 배본비, 창고 보관비용 : 200만 원

여기에는 저자 계약금(선인세), 임대료, 통신비, 각종 세금, 마케팅 비용 등은 아예 포함하지 않았다.

저자가 받을 수 있는 인세율은 저작권법에 기본으로 10%이다. 정가가 12,000원인 책이 있다면 3,600원 정도가 기초 제작비로 사용된다.

이렇게 제작된 책을 출판사는 정가의 60% 정도로 대형서점에 넘긴다. 1만 원짜리 책을 서점에 1000부 팔았을 때 출판사가 받는 돈이 600만 원이다. 책을 넘겼다고 해서 곧바로 입금이 되는 것이 아니다. 책이 독자에게 팔리면 그때 출판사에 금액을 준다. 그러니 만일 팔리지 않으면 재고가 되는 것이다. 책을 출판하는 것도 쉽지 않지만 책을 판매하는 것은 더 어렵다. 결국 책을 어떻게 만드냐에 따라서 다르겠지만, 초판을 만드는 데 드는 비용과 책을 팔아 얻는 금액은 비슷하다. 최소 중쇄를 찍어야 그때부터 수익이 나는 상황이다. 책을 읽지 않는 출판시장에서 초판을 소화하는 일도 어렵다. 중쇄를 찍을 수 있어야 출판사가 살아남을 수 있기에 저자를 선택할 때 고민이 많다.

당신은 왜 출판을 하려고 하는가?

　대형출판사가 책을 내는 방식을 따라 하기보다는 틈새시장을 공략하는 것이 좋다. 쉽게 접근하기 어려운 전문분야를 공략해서 독자를 확보해 나가면 자신만의 시장을 개척할 수 있다. 보통 대형 출판사들은 한 달에 20권 정도의 책을 내고 그중에 3권에 집중 마케팅을 한다. 그 3권에 내 책이 들면 대박이 나는 것이다. 그래서 무조건 대형 출판사만 좋은 것은 아니다. 작은 출판사라고 하더라도 콘셉트와 편집이 좋으면 충분히 좋은 책이 나온다.

　1인 출판사는 사장이 말단 직원의 역할까지 다 해야 한다. 1인 출판사는 단지 제작자로서 책 제작, 인쇄, 제본만 신경 써서는 안 된다. 출판기획자로서 어떤 책을 만들 것인지 구체적 콘셉트를 잡아야 한다. 콘셉트가 나오면 저자를 발굴하거나 본인이 써서 원고를 만들고, 편집자로서 원고 검토와 정리, 교정·교열 등도 해야 한다. 원고가 완성되면 디자이너에게 맡겨서 표지, 본문의 미적인 부분을 기술적으로 처리해야 한다. 그렇다고 무조건 디자이너에게 맡겨서는 안 되고, 안목을 지니고 있어야 퀄리티가 나온다. 책의 제작이 완료되면 책이 팔릴 수 있도록 영업과 마케팅을 해야 한다. 1인 출판사는 판매량이 저조하면 살아남기 어렵다. 1인 출판사가 놓치기 쉬운 것이 본인의 인건비이다. 물론 성공한 1인 출판사가 꽤 있다. 심플라이프(박경란 대표)가 낸 윤홍균의 《자존감 수업》은 무려 3년간 절차탁마를 거친 책이다. 1차 타깃을 20~30대 여성 독자로 삼고, 그들이 공감할 수 있는 콘텐츠, 쉽게 와닿은 실천방안 등을 담았다. 1대 1로 개인 코칭을 받는 느낌을 들도록 한 것이 주효했다. 1인 출판은 특화된 분야에 경험과 지식을 갖춰야 한다.

책 한 권 내려고 출판 등록하지 마라!

진입장벽이 낮은 만큼 1인 출판사가 폭발적으로 늘고 있다. 출판등록이 신고제로 관할 구청에 가서 등록비를 내면 된다. 자신의 집을 사무실로 삼고 필요한 초기 자본금 규모도 크지 않다. 나만의 책을 내고 싶은 사람들이 기존 출판사에서 거절당하면 잘 모르는 상황에서 1인 출판사를 차리는 일도 적지 않다. 하지만 좀 더 신중한 접근이 필요하다. 책 한 권 내려고 출판사를 차릴 필요는 없다.

1인 출판사 등록하면서 책을 내겠다는 사람을 가끔 만난다. 수요가 없이 무조건 출판사 등록만 해놓으면 소용없다. 2012년에는 전체 출판사 중 단 6%만 1년에 1권 이상의 책을 출간했다. 94%의 출판사는 2012년에 단 한 권의 책도 출간하지 못했다. 실제로 자기 책 한 권을 내고 그만두는 1인 출판사들이 너무도 많은 실정이다. 책 한 권을 내는데 생각보다 인쇄 비용이 천차만별이다. 적게 찍더라도 500~1,000권 단위로 찍으니 몇백이 드는데, 인쇄 경험이 없으면 나중에 실수로 다시 찍어야 하는 경우도 있다. 인쇄비용, 교정비용, 편집 비용, 표지 디자인, 마케팅 비용 등도 따져 봐야 한다. 책을 한 권 내기 위해서 디자인의 퀄리티까지 생각해보면 결국에는 손해만 입게 될 수 있다. 책을 쓰고 싶은 사람들은 늘어나는데, 역설적으로 책을 안 읽는 시대다.

책을 내는 일이 결코 쉽지 않지만 긴 안목으로 천천히 시작하면 1년~2년 사이에 책이 나오는 후배들을 보게 된다. 자비로 내든 기획출판을 하든 그것은 중요하지 않다. 자비로 했다가 나중에는 기획출판하는 저자들도 많다. 가장 중요한 것은 책의 내용일 것이다.

계약서를 검토할 때 유의사항

내가 생각하는 미래는 잘 이용하는 것 보다는
보호받아야 하는 것이다.

− 벤저민 그레이엄

"코치님, 출판계약서를 보내줬는데 무엇을 검토해야죠?"

출판사에서 계약하자면 초보 작가는 계약서를 검토 없이 그냥 결정하는 경우가 많다. 사실 계약서를 읽어보면 출판사 입장에서 유리하게 되어 있는 경우가 많다. 따라서 엄정하게 저자입장에서 요구할 수 있음에도 불구하고 '좋은 게 좋은 거'라는 생각으로 넘어가기 쉽다. 꼼꼼히 검토하는 것은 저자가 해야 할 일이다. 혼자 출판계약서를 검토하려면 머리가 하얗게 된다. 처음으로 출판계약서를 맺는 초보작가를 위해서 준비한 팁이다. 저자에게 유리하게 작성하는 출판계약서에 대한 노하우를 알아보자.

계약서를 쓰자고 하면 잘 검토하지도 않고 계약을 했다가 나중에 손해보는 경우가 많다. 출판사가 제공하는 출판계약서, 문체부 제공 출판 분야 표준계약서, 대한출판문화협회, 한국출판인회의 표준계약서 등이 다 다르기 때문에 계약 유형에 따라서 꼼꼼하게 살펴봐야 한다. 5가지만 살펴보면 되니 겁먹지 말고 꼼꼼하게 체크해 보자.

1. 가장 중요한 것이 출판권의 존속 기간이다.

보통 5년이라면 3년으로 하는 것이 저자에게 유리하다. 요즘같이 책이 빠르게 움직이는 경우에는 5년이 생각보다 길게 느껴진다면 3년으로 줄여서 계약해도 된다. 저자가 출판사에 요구할 수 있다지만 출판사도 곤란하다고 하면 서로 조율할 수 있다. 출판권 기간이 완료되면 자동연장이 되기 때문에 서면으로 내용증명을 보내는 것이 좋다.

제5조 (완전원고의 인도와 발행 시기)
① 저작재산권자는 90일 이내에 위 저작물의 출판을 위하여 필요하고도 완전한 원고 또는 이에 상당한 자료(이하 '완전원고'라 줄임)를 출판권자에게 인도하여야 한다. 다만, 부득이한 사정이 있을 때에는 출판권자와 협의하여 그 기일을 변경할 수 있다.
② 출판권자는 저작재산권자로부터 완전원고를 인도받은 날로부터 6개월 내에 위 저작물을 출판하여야 한다. 다만, 부득이한 사정이 있을 때에는 저작재산권자와 협의하여 그 기일을 변경할 수 있다.

2. 계약을 하고 책이 나오지 않는다면?

저자 입장에서는 책이 나오기 위해서 빠르게 원고를 출판사에게 넘겨야 하기 때문에 보통 90일 이내로 인도해야 한다고 계약서에 명시한다. 반대로 출판권자는 인도받고 6개월 안에 출판해야 한다고 명시하는 게 좋다.

제14조 (선인세의 지급)
① 출판권자는 이 계약과 동시에 선급금으로 100만원을 저작재산권자에게 지급한다.
② 전항의 선인세는 원고를 인수한 날로부터 10일 이내에 금융기관을 통해 송금함을 원칙으로 한다.
③ 출판권자는 출간 후 13조에 의한 저작권료 지급시 본조 1항에 해당하는 선인세를 차감한 금액을 저작권자에게 지급한다.

제15조 (저작재산권자에 대한 증정본 등)
① 출판권자는 초판(개정판) 1쇄 발행 시 30부, 중쇄 발행 시 10부를 저작재산권자에게 증정한다.
② 저작재산권자가 제1항의 부수를 초과하는 출판물이 필요한 경우 정가의 70퍼센트에 해당하는 금액으로 출판권자로부터 구입할 수 있다.

3. 선인세와 인세는 얼마나 받는지?

선인세는 100만원이라면 거저 받는 것이 아니다. 나중에 인세에서 감액한다. 그래서 먼저 받는다고 '선인세'라고 하는 것이다. 인세는 보통 10%이고, 초보 저자는 8% 정도이다. 일반적으로 인세가 높을수록 작가에게 유리하다고 생각하기 쉽다. 하지만 인세는 높은데, 책이 판매가 되지 않는다면 오히려 손해이기 때문에 책이 잘 나가는 것이 더 중요하다는 사실을 놓치면 안 된다. 책 부수는 10~30권을 준다. 저자라도 자신의 책을 구매할 때는 70% 금액을 출판사에 지급해야 한다. 1쇄 발행부수는 1,000~2,000부 정도 발행한다. 점점 출판시장이 좋지 않아서 리스크를 안고 가지 않으려고 한다.

> **제16조 (2차적저작물 및 재사용 이용허락)**
> ① 이 계약기간 중에 위 저작물이 번역, 각색, 변형 등에 의하여 2차적 저작물로서 연극, 영화, 방송 등에 사용될 경우 그에 관한 이용허락 등 모든 권리는 저작재산권자에게 있으며, 이때 발생하는 저작권사용료의 징수 등에 관한 사항에 대하여 출판권자에게 위임할 수 있다.
> ② 이 계약의 목적물인 위 저작물의 2차적 사용으로 발생하는 수익금은 저작권자와 출판권자가 각각 통상 5:5로 배분한다. 내용 중 일부가 제3자에 의하여 재사용되는 경우, 저작재산권자가 그에 관한 이용을 허락하며, 이때 발생하는 저작권사용료의 징수 등에 관한 사항에 대해 출판권자에게 위임할 수 있다.
> ③ 저작재산권자는 위 저작물을 원저작물로 하는 2차적저작물의 수출 판매수익(로열티)은 출판권자와 저작권자가 5:5로 배분한다. 단 해외 번역판권 계약 관한 사항의 전부 또는 일부를 출판권자에게 위임할 수 있다.

4. 놓치기 쉬운 제2차 저작권을 꼭 살펴봐야 한다.

보통 출판권자와 저작권자가 5:5로 배분하고, 어떤 경우는 6:4로 배분

한다고 하면 5:5로 요구해볼 수 있다. 어떤 경우는 명시하지 않고 협의하 겠다는 경우도 있으니 잘 살펴봐야 한다.

이 계약을 증명하기 위하여 계약서 3통을 작성하여 저작재산권자, 출 판권자가 서명 날인한 다음 각 1통씩 보관하고, 나머지 1통은 출판권 설정등록용으로 사용한다.

_____년 __월__일

저작재산권자의 표시(저작재산권자)
주   소   :
생년월일   :
성   명   : _____(인)
계좌번호   :
선급금으로 일금 _____원을 정히 영수함 (인)

출판권자의 표시(출판권자)
주   소   :
출판사명   :   사업자등록번호:
대표자 성명 : _____(인)

5. 출판 계약은 결국 신뢰가 중요하다.

결국 출판권자와 저작권자가 신뢰를 갖느냐가 중요하다. 아무리 좋은 계약을 해도 실행되지 않으면 소용없다. 의문이 들면 출판사에 꼭 물어 보고 계약해야 한다. 좋은 출판 계약은 결국 저자를 아끼는 출판사를 만 나는 것이다.

파는 것이 저자의 몫이다

영업은 물건을 파는 것이 아니라
자기 자신을 파는 것이다.

― 야마모토 후지미쓰

저자는 책만 쓰고 빠지면 안 된다. 저자가 적극적으로 파는 사람이 되어야 한다. 저자가 홍보나 마케팅에 적극적이지 않으면 책이 판매되지 않는다. 초보 저자일수록 세일즈라는 말에 부정적 이미지를 떠올린다. 인상을 찌푸리는 사람조차 있다. 우리는 사실 누군가를 끊임없이 설득하고 있는지도 모른다. 다니엘 핑크는 《파는 것이 인간이다》라고 주장한다. 어떻게 하면 잘 파는 사람이 될 수 있을까. 다니엘 핑크는 세 가지 전략을 소개한다. 동조, 회복력, 명확성이다.

첫 번째, 다른 사람이 처해 있는 상황에 동조(Attunement)해서 조화를 이루는 것이다. 두 번째, 거절의 바다에 빠졌을 때 빨리 회복력(Buoyancy)을 발휘하는 것이다. 세 번째, 다른 사람이 자신도 모르게 갖고 있는 문제가 무엇인지 밝히고 먼저 다가가 해결해 주는 과정, 명확성(Clarity)이다.

모든 비즈니스는 페인포인트를 해결하는 과정이다. 사람들의 욕망이 향하는 방향을 읽어내는 것. 저자는 독자가 자신이 보는 것을 보고 자신이 믿는 것을 믿으며 자신이 원하는 것을 똑같이 원할 것이라는 확증편향을 가진다.

"마케팅은 시장에 변화를 일으키는 행위이며, 마케터는 그 변화를 일으키는 사람이다. 유능한 마케터는 시장에 변화를 일으키는 도구를 파는 것이 아니라 고객의 꿈과 욕망에 한 걸음 더 가까이 다가가는 수단을 제공한다."

- 세스 고딘

시장에 변화를 일으키는 행위의 주체는 누구인가. 이제 파는 것은 저자의 몫이다. 저자가 움직이기 시작하면 책이 움직인다. 책을 사주지 않더라도 도서관에서, 주변에서 신청만 해도 책은 나가기 시작한다. 책을 내고서 주변 사람들에게 책을 보내는 것은 좋은 홍보 방안이다. 실제 책이 나왔다는 문자를 보냈던 교수는 금방 2쇄를 찍게 되었다. 주변에서 책을 받은 다음 다른 사람에게 추천하고 보답으로 책을 사준 것이다. 'give & take'가 된 것이다. 카톡으로 알리는 것도 좋다. 단지 책이 나온 링크만 주면 성의가 없다고 욕을 먹는 경우도 있다. 카톡으로 보낼 때도 최대한 예의를 갖추고 책을 보내드리겠다고 표하면 책을 받는 사람이 많아지고 그들이 SNS에 올리는 경우도 많다. 이후 책을 샀다는 인증샷이 카톡으로 날아온다. 책을 보내 준다고 해도 거절하고 자신이 책을 사겠다는 사람들도 꽤 많다. 저자는 책을 사고파는 사람이다.

그렇다고 어설프게 장사꾼이 되라는 말은 아니다. 노골적으로 판매행위를 하라는 게 아니다. 대놓고 판매하려는 저자를 좋게 보는 사람들은 없다. 저자의 체면을 구기지 않으면서도 얼마든지 팔 수 있다. 본질적인 책의 가치를 제공하고 저자의 전문지식을 독자에게 공유한다면 신뢰를 얻을 수 있다. 독자에게 책을 강매하는 행위는 하지 말아야 한다. 억지로 밀어 넣으면 반드시 무리수가 된다.

이제 밖에서 지나가는 사람에게 책을 판매할 수 없다. 디지털 시대에는 SNS를 하지 않으면 저자가 책을 알릴 곳이 없다. 따라서 평소에 SNS관리를 잘해야 한다. 출판사가 모든 마케팅을 알아서 해줄 것으로 생각하지만 책 홍보에서는 저자의 역할이 중요하다. 독자들은 출판사보다 저자라는 사람에게 더욱더 수용성이 높다. 저자는 자신의 채널을 가지고 있어야 한다. SNS, 인스타그램, 페이스북, 블로그, 브런치, 유튜브 등을 꾸준히 관리하고 그것을 어필해야 한다. 구체적인 수치가 드러나면 좋다. 필자의 경우는 브런치에 5,000명 이상 구독자를, 블로그는 400만 이상의 방문자를 보유하고 있다. 저자는 홍보할 수 있는 채널을 정리해두면 실제 실행할 때도 더욱더 좋다. 이 시대의 저자는 우러러보는 높은 자리가 아니라 낮은 자세로 독자를 존중하면 자연스럽게 팔로어들이 늘어난다. 방문할 때마다 새로운 일이 벌어지는 장소가 되어야 한다. 모든 내용이 광고라고 느껴지면 떠날 것이다. 트렌드는 매우 빠르게 변하는데 책은 속도를 따라가지 못한다. 그러므로 새로운 책을 소개하고 관련 콘텐츠를 제공하는 자신만의 플랫폼이 있어야 한다. 단순히 광고만이 가득한 공간이 아니라 고급 정보가 넘치는 곳이 되어야 한다. 필자가 했던 것이 바로 책쓰기 마스터 클래스였다. 결국 그것이 이 책의 탄생에 기여했다. 사람들이 먼저 콘텐츠를 맛보아 알고 있으니 추천하기 쉽다.

주변을 살펴보면 무엇인가 팔지 않는 사람은 없다. 자영업자이든, 교수든, 전문직이든 무엇인가를 비즈니스 해야 한다. 어느 때는 서비스를 팔고, 어느 때는 자신의 가치를 팔아야 한다. 저자가 책을 판다고 부끄러운 일이 아니다. 스스로 낯뜨거워할수록 누군가 앞에서 책 내용을 이야기해야 하는데 아무것도 할 수 없다. 책을 파는 것은 저자의 몫이다. 내 자식이 세상에 나가도록 만들겠다는 부모의 마음이 되어야 한다. 결정은 언제나 책을 쓰는 저자의 몫이 아니라 읽는 독자의 몫이다. 저자는 높은 곳에서 내려와야 진짜 독자를 만날 수 있다.

출간 전부터 책을 배본할 때부터 어떤 식으로 책을 소개할지 고민해야 한다. 단순히 SNS에 올린다고 책의 링크를 먼저 올린다면 사라고 하는 강요로 느낄 수 있다. 그 전에 책표지를 고르는 포스팅을 먼저 올리는 것이 좋다. 출간된 이후에 책이 독자의 관심을 받는 것은 단지 홍보만 한 것이 아니다. 함께 만들어 가는 느낌을 줘야 한다. 온라인서점에도 자주 책에 관심을 가지면서 주변 사람들에게 리뷰를 권하는 것도 좋은 방법이다. 요청하지 않으면 온라인서점에 하나도 리뷰가 없는 경우도 있다. 한 사람의 리뷰가 다른 사람의 리뷰를 부르는 경우도 있다. 오프라인 서점은 매대에 진열된 내 책이 안 팔리면 결국 창고로 가기 마련이다. 저자가 되면 최소한 오프라인 서점도 방문하면서 내 책이 어디에 있는지 확인하고 관심을 가질 필요가 있다. 출판사가 직접 책을 팔지 않고 서점을 통해서 판매하기 때문에 저자는 서점에 자주 갈수록 이익이 많다. 책이 어떻게 변하는지 바로 알 수 있다.

결국 마케팅의 기본은 입소문이다. 입소문은 책에 대해 일정 부분 의욕을 돋우고 영감을 불러일으켜야 한다. 그렇게 해야 그들이 친구들에게 제대로 된 의사를 표현할 수 있기 때문이다. 단지 책 홍보에 그치고 책 판매로 이어지지 않는다면 냉정하게 말해서 소용없다. 판매량도 좋아야 출판사도 더 총알을 쓰게 된다. 저자 특강이나 강연회를 통해서 책을 알리는 방법을 많이 쓴다. 하지만 독립서점은 10명 내외이고, 대형서점에서는 100명 내외로 한다고 해도 공간 대여료, 세미나 진행자 인건비, 현수막 등 다양한 비용이 지불된다. 저자가 강연만 하고 빠지면 강연회의 의미를 잃게 된다. 강연과 사인회, 기념 사진촬영 등을 해야 독자들과의 교류가 생기고 자연스럽게 판매량이 일어난다.

책이 날개를 다는 것은 저자가 열심히 할 때다. 책이 잘 자라도록 애쓰는 것을 부끄러워하지 마라. 책을 내고 나면 저자의 역할이 끝나는 것이 아니다. 저자는 내 아이가 잘 자라기 위해서 책을 보살펴야 한다. 왜냐면 책을 제대로 알고 있는 사람은 오직 저자뿐이기 때문이다. 바쁘다는 이유로 나몰라라 하는 저자도 있다. 그래서 책이 잘 자라지 않는 것이다. 혼자서 책을 낼 수는 없다. 누군가 책을 읽는 독자가 있어야 책이라고 할 수 있다. 이번 출판사와 작업을 하면서 모든 과정을 배움이라고 마음먹는 게 중요하다.

마케터들은 기존 고객을 유지하는 데 드는 비용보다 신규 고객을 유치하는 데 드는 비용이 다섯 배나 높다는 사실을 깨달았다. 그래서 이제 우리는 '제품을 생산하는 단계'에서 '충성스러운 고객을 만들어 내는 단계'로, '거래지향 단계'에서 '관계 지향 단계'로 옮겨가고 있다.

— 필립 코틀러

책쓰기 하면 떠오르는 저자로 단연코 이분을 빼놓을 수 없다. 조관일 박사는 조관일 창의경영연구소 대표이자 한국샌더스은퇴학교 교장이다. 항상 궁리하며 글을 쓴다. 6~7개의 직장을 거치며 쌓은 다양한 경험과 독특한 경력, 삶에서 배운 것을 바탕으로 〈조관일TV〉를 운영하는 20만 구독자의 인기 유튜버이다. 조관일 박사는 '입사'에서부터 '은퇴'까지 직장인이 거쳐야 하는 모든 단계를 책으로 엮어낸 우리나라 최초·유일의 작가이다. 공무원과 회사원, 신입사원과 최고경영자, 청년과 노인, 대학생에서 은퇴자까지, 그리고 교양강좌에서 전문 경영이론 등 광범위한 계층과 내용을 아우르는 한국HRD대상 명강사 부문을 수상한 '대한민국 최고의 명강사'다. 그 바탕에는 농협에서 사원으로 시작하여 농협중앙회 상무, 대한석탄공사 사장, 강원도 정무부지사, 강원대학교 초빙교수, ㈜한국강사협회 회장 등을 역임한 저자의 다채로운 경험이 뒷받침하고 있다. 청와대, 대검찰청, 삼성전자, 현대자동차, 서울대 등에서 2,000회 이상의 강의를 했으며, 베스트셀러 《비서처럼 하라》, 《멋지게 한말씀》을 비롯하여 《회사는 유치원이 아니다》, 《나는 왜 마음이 약할까》, 《한 템포 늦게 말하기》 등 50여 권의 책을 펴냈다.

Q1. **출간하면 저자가 해야 할 것이 무엇인지 알려주세요**

책을 출간하는 과정에서 저자가 특별히 신경 쓸 일은 없습니다. 출판사의 편집자와 협업하면 되니까요. 다만 마케팅과 관련해서는 저자의 역량을 최대한 동원할 필요가 있습니다. 강의, SNS, 언론 인터뷰 등을 통해서 가능한 많이 홍보하는 게 좋은 것은 당연합니다.

Q2. **선생님께서는 첫 책을 어떤 계기에서 쓰시게 되었는지요?**

저의 첫 책은 《고객응대》입니다. 농협중앙회 강원연수원에서 조교수로 일할 때 친절서비스에 대한 제 첫 강의를 들은 원장님이 강의안 그대로 책을 써보라고 권고하셔서 집필하게 되었습니다. 그 책은 농협 직원들을 위한 것이었는데 의외로 서점에서 팔려나갔습니다. 이후 좀 더 다듬고 내용을 보강해서 일반 서비스 업종에 적용할 수 있는 책으로 개작한 것이 《손님 잘 좀 모십시다》인데, 이 책이 공전의 히트를 치게 됐죠.

Q3. **책을 쓰면서 가장 힘들었던 난관은 무엇이고, 어떻게 극복했는지요?**

지금까지 60여 권의 책을 썼는데 직장생활하는 동안에 쓴 것이 정확히 20권입니다. 가장 힘들었던 것은 글쓰기에 몰입한 시간의 부족. 그리고 인터넷 시대가 아니었던지라 일일이 자료를 찾아 메모하고 복사하는 데에 시간이 많이 소요됐습니다. 그것을 극복하는 길은 잡다한 다른 일을 줄이는 수밖에 없었죠. 그래서 지금까지도 골프를 치지 않습니다. 운동 효과에 비하여 시간이 너무 많이 소요된다는 이유에서입니다.

Q4. **예비저자들에게 해주고 싶은 선생님만의 책쓰기 노하우가 있다면 어떤 것이 있을까요?**

일단 꼭 쓰고 싶은 주제를 선정하시되 과연 다른 사람들에게도 소용되는 것인지를 냉정하게 판단하시고

– 수많은 자료 수집을 통해 내용을 구상하신 후

– 몰입하여 집필하는 순서로 책을 씁니다.

– 많은 사람들이 글솜씨가 없다는 핑계를 대는데, 글이란 일단 쓰고 또 쓰
는 겁니다.

– 그런 후에 다듬기를 수십 번 이상 하면 책을 못쓸 사람은 없다는 게 저
의 생각입니다.

Q5. 저서를 내고 나서 달라진 점이 있다면 어떤 것이 있을까요?

책을 통해 일약 유명한 사람이 됐습니다. 특히 두 번째 책 《손님 잘 좀 모
십시다》는 당시 우리나라의 친절서비스에 대하여 가장 잘 쓴 책으로 평가
받았습니다. 그뿐만 아니라 그 책이 나오고 88서울올림픽이라는 시대와 맞
아떨어지면서 전국을 누비며 강의를 하게 됐습니다.

그 책이 나온 지 40년이 돼 가지만 지금도 그 책 때문에 강의를 부르는 경
우가 있습니다. 그 당시 신입사원이 지금은 중역이 됐기 때문이죠. 책의 효
과란 그런 것입니다.

책을 내지 않은 저자는 존재하지 않는다

책을 쓸 때, 절차탁마(切磋琢磨)의 순서를 기억하라. 예부터 '절차'는 학문(學文)을 닦는 것이라면, '탁마'는 수양(修養)을 쌓는 것이다. 이는 고대 중국의 옥을 가공하는 4단계를 의미한다.

1단계 '절(切)'은 옥과 석을 분리하기 위해서 옥의 모양대로 날카로운 칼로 자르는 공정이다. 주변에 옥과 석을 구분하는 작업부터 시작하라. 자료에서 쓸만한 것만 추수르는 단계이다.

2단계 '차(磋)'는 옥돌에서 불필요한 부분을 줄로 썰어서 없애는 공정이다. 이때는 분량을 넘치게 쓰고 다시 정제하면서 과감하게 쓸모없는 것을 제거하라.

3단계 '탁(琢)'은 끌로 쪼아 자기가 원하는 형태로 바꾸는 공정이다. 이 때는 목차부터 제목까지 다시 검토하는 것이다, 이 책이 왜 우리 사회에 나와야 하는지 재정의하라.

4단계 '마(磨)'는 숫돌로 윤이 나도록 가는 공정이다. 이 중 어느 한 과정이라도 그냥 지나치면 제대로 안 된 엉터리 옥이 나온다. 단단한 글쓰기를 하기 위해서는 초고(草稿)는 옥석을 분리하고 불필요한 것을 없애고, 퇴고(推敲)는 모양을 만들기 위해 쪼고 윤이 나도록 다듬어야 한다. 책에서는 처음부터 끝까지 문장을 보면서 윤문을 하는 것이다. 책을 만들 때 절차를 밟아 다듬고 또 다듬어야 생명력 있는 작품이 탄생한다. 결국 절차탁마는 내용과 표현을 닦는 과정이다.

책이 나오기까지 시간을 빼고 집중해서 책을 묶는다는 것이 쉬운 일이 아니다. 똑같은 시간에 책 쓰기를 잘하기 위해서 최적화된 방법으로 써야 한다. 작가는 글이 안 써진다고 푸념을 하지만, 저자는 슬럼프가 찾아오더라도 꾸준히 책을 마무리해야 한다. 작가는 글을 쓰는데 돈이 들지 않고 책을 쓰지 않아도 되지만 저자는 책이라는 아이가 세상에 나왔기에 책임져야 한다. 책을 내지 않은 작가는 존재한다. 하지만 책을 내지 않은 저자는 존재하지 않는다.

이 책의 장점은 실제 책쓰기 마스터 클래스를 진행했던 노하우를 담은 것이다. 이 책에서 안내하는 대로 무작정 따라하기만 하면 책쓰기 마스터 클래스를 진행할 수 있다. '책쓰기 마스터 클래스'는 크게 10단계로 이루어진다. 10주 동안 1회 2시간씩 진행하면 좋다. 예를 들면, 수요일 오후 8시부터 10시까지 10주 동안 이 책으로 진행하면 된다. 혼자 진행해도 되고 아니면 주변의 사람을 모아서 진행해도 된다. 이 책의 사명은 독자가 한 권의 책을 집필하는 저자로 거듭나도록 돕는 데에 있다. 책을 읽으면서 콘셉트 잡기, 집필계획 정하기, 책 제목 잡기, 책의 목차 짜기, 정보 찾기, 글감 깨우기, 문장 다듬기, 퇴고하기, 계약하기, 출간하기 등 순서로 과제를 수행하면 책 한 권을 갖게 될 것이다.

가장 큰 공부를 하고 싶은가? 인생의 변화를 가져오고 싶다면 책쓰기를 하라. 책쓰기가 가장 큰 공부이다. 자신의 길을 내기 위해서 온전히 자신의 역사를 밟아보고 현재에서 실험하는 것이다. 내 글은 내가 삶아온 발자취이다. 내 글을 쓰는 사람은 내 발자취를 정리하면서 스스로 과거에서 벗어나 새로운 미래의 길을 만든다. 글은 길을 만들고, 글을 묶으면 책이 남는다. 글은 길이다.

저자를 행복하게 만드는 상황 10가지

1. 책을 읽었다고 먼저 말을 걸어 올 때, 저자로서 기쁨을 느낀다.

2. 신간 나왔다고 인증샷을 카톡으로 보내올 때, 역시 잘 살아왔구나 싶다.

3. 교육사전미팅에서 명함 대신 저서를 드릴 수 있을 때, 책을 낸 보람을 느낀다.

4. 교재 대신 저서를 구매하겠다는 교육담당자를 만날 때, 뿌듯함이 올라 온다.

5. 저자들끼리 책을 교환해서 사인할 수 있을 때 저자들의 네트워크에 속해 서 배우는 점이 많다.

6. 저서가 많이 나가니 다른 출판사에서 책을 출간하고 싶다는 연락을 받을 때 쾌재를 부르게 된다.

7. 저서와 관련된 수주를 받게 될 때 기회를 얻으니 감사함이 몰려온다.

8. 교육제안서 없이 책 주제로 강의를 할 때, 책이 가장 큰 세일즈가 된다.

9. 강사비를 알아서 올려줄 때, 몸값이 오르니 가족이 행복해 한다.

10. 책을 쓰기 위해 꾸준히 공부를 할 수 있는 기회가 있을 때, 행복하다. 가장 큰 배움은 역시 책쓰기다. 지금 펜을 들고 노트에 내 생각을 적 어보자.

소장가치 있는 실용글쓰기 10권 추천 책

- 구본준, 《한국의 글쟁이들》, 한겨레출판, 2008.

- 다니엘 핑크, 김명철 역, 《파는 것이 인간이다》, 청림출판, 2013.

- 다치바나 다카시 지음, 박성관 역, 《지식의 단련법─다치바나식 지적 생산의 기술》, 청어람미디어, 2009.

- 바버라 베이그, 박병화 역, 《하버드 글쓰기 강의》, 에쎄, 2011.

- 숀케 아렌스, 김수진 역, 《글쓰는 인간을 위한 두 번째 뇌, 제텔카스텐》, 인간희극, 2021.

- 움베르토 에코, 김운찬 역, 《논문 잘 쓰는 방법》, 열린책들, 1994.

- 윌리엄 진서, 이한중 역, 《글쓰기 생각쓰기》, 돌베개, 2007.

- 이어령, 《뉴에이스 문장사전》, 금성출판사, 2004.

- 정민, 《다산선생 지식경영법》, 김영사, 2006.

- 최병광, 《3초 안에 반응이 오는 카피라이팅》, 랜덤하우스, 2007.

간절히 원하는 욕망을 현실로 바꾸는 글쓰기

책 잘 쓰는 법

초판 1쇄 2022년 8월 31일

지은이 윤영돈
발행인 김재홍
교정/교열 전재진
마케팅 이연실
디자인 박효은

발행처 도서출판지식공감
등록번호 제2019-000164호
주소 서울특별시 영등포구 경인로82길 3-4 센터플러스 1117호(문래동1가)
전화 02-3141-2700
팩스 02-322-3089
홈페이지 www.bookdaum.com
이메일 bookon@daum.net

가격 17,000원
ISBN 979-11-5622-720-5   03800